한국 창작 SF의

거의 모든 것

한국 창작 SF의 거의 모든 것

초판1쇄발행 2016년 11월 5일
초판2쇄발행 2018년 5월 10일
지은이 박상준 외 **펴낸이** 공홍 **펴낸곳** 케포이북스 **출판등록** 제22-3210호
주소 서울시 서초구 반포대로14길 71, 302호
전화 02-521-7840 **팩스** 02-6442-7840
전자우편 kephoibooks@naver.com

값 18,000원 ⓒ박상준 외, 2016
ISBN 978-89-94519-92-0 03810

한국 창작 SF의 거의 모든 것

박상준 외

Almost Everything of Korean Science Fiction

케포이북스
KEPHOIBOOKS

이 책은 아주 특별하다. 한국 창작 SF를 주제로 한 글만을 모은 책이기 때문이다. SF는 국내에서 여전히 소수의 독자를 위한 장르다. SF 자체도 그럴진대, SF에 대한 그것도 국내 창작 SF에 대한 책이라니. 여기에는 특별한 사연이 있다. 이 책은 웹진 '크로스로드'의 SF 코너 10주년을 기념하여 기획된 것이다.

아시아태평양이론물리연구소의 웹진 '크로스로드'는 2005년 창간되었다. 크로스로드라는 이름에는 이 웹진이 과학과 여러 분야가 만나는 교차로가 되고자 하는 희망이 담겨있다. 창간호부터 한국 창작 SF 코너를 운영하기 시작했고, 2015년 10회 생일을 기념하게 되었다. 당시, 아니 최근까지도 합당한 원고료를 지급하며 운영되는 SF 코너는 국내에서 크로스로드가 유일했다고 알고 있다. 여기에는 크로스로드 편집진의 의지도 중요했지만, 무엇보다 10년간 이 코너를 이끌어 오신 포스텍 인문학부 박상준 교수의 노고가 가장 크다고 할 수 있다.

SF는 말 그대로 Science Fiction, 과학소설이다. 과학이 문학, 예술과 소통을 한다면 이보다 더 좋은 방법은 없을 거다. 사실 우리나라 여름 극장가를 점령하는 블록버스터들은 대개 SF다. 이들은 원작 소설을 바탕으로 한다. 우리나라에도 SF가 흥행할 토양이 충분하다는 말이다. 물론 이런 SF들은 대부분 외국 작품이다. 그렇다면 우리의 SF는 어떨까?

우리에게도 SF의 역사가 있을까? 우리 SF의 현재는 어떤 모습인가? 우리 SF의 미래는 있는가?

이렇게 많은 국내 SF 전문가의 글을 한 자리에 모으기도 쉽지 않을 거라 생각한다. 국내 창작 SF라는 주제를 가지고 이처럼 밀도 있게 논의를 해본 적이 있었는지도 모르겠다. 크로스로드의 SF 코너만큼이나 이 책도 한국 SF 역사에 이정표로 남으리라 생각한다. SF를 사랑하는 사람들, 특히 한국 창작 SF에 관심 있는 모든 분들에게 이 책을 추천한다.

크로스로드의 편집장이어서 이런 귀중한 공간에 추천의 글을 남길 수 있다는 것을 큰 영광이자 기쁨으로 생각한다.

김상욱

1

행복한 마음으로 책을 한 권 묶는다. 각자 걸어온 길들을 종이 위에 표시하면 하나의 점에서 교차하는 이들이 저마다 풀어낸 이야기들로. 소중한 추억이나 뜨거운 열정, 소망 어린 기대 등으로 채색된 행복한 글쓰기의 결과물들로. 간혹 아련한 아쉬움이나 냉철한 비판 등으로 가리긴 했으되 마음 저 깊은 곳에서 퍼져 나오는 즐거움이 더 큰 동력이 되었음이 틀림없는 글들로, 이렇게 한 권의 책을 세상에 내어놓는다.

'한국 창작 SF의 거의 모든 것'이라고 제목을 잡는다. '거의'를 넣긴 했어도 '모든 것'이 주는 부담이 크다. 그래도 이렇게 제목을 잡은 것은, 과장이나 뻔뻔함이 아니라 애정과 바람이 크기 때문이다. 한국 창작 SF의 이모저모를 보이는 데 있어서 열여덟 명 필자가 충분하다고 생각해서가 아니라, 그들 각자가 해 온 일과 그들이 헤쳐 온 발자취들이 그대로 한국 창작 SF의 이런저런 측면들을 상징한다고 믿기 때문이다. 필자를 더 모시지 못한 아쉬움보다 현재 글들의 울림이 가져올 메아리가 더 크리라 기대하는 까닭이기도 하다.

있는 곳이 서로 다르고 현재 주로 하는 일에 적지 않은 차이가 있는 열여덟 분의 글을 모아 담는다. 제대로 된 작가 대접을 받지 못하면서도 우리 주변에서 묵묵히 창작 SF를 써 온 작가들, SF에 대한 몰이해와 냉대에 아랑곳하지 않고 말 그대로 '세월'의 무게를 헤치면서 SF에 관한 일을 끈기 있게 계속해 온 전문가들, SF와의 인연을 계속 이어 저마다의 행복과 즐거움을 키우면서 순수한 독자를 사칭(!)하는 각 분야 전문가들, 이들이 풀어내는 서로 빛깔이 다른 글들을 하나로 모아 둔다.

2

이 책의 필자 열여덟 명의 공통점은 물론 SF이다. SF에 대한 각자의 애정이 교차하여 『한국 창작 SF의 거의 모든 것』을 낳은 것인데, 이러한 열여덟 갈래 빛줄기를 교차시킨 것에 대해서도 짧게나마 말해 두어야겠다.

구체적으로 그것은, 아태이론물리센터(APCTP)에서 발행하는 월간 웹진 크로스로드(http://crossroads.apctp.org)에 지난 10년 동안 게재되어 온 한국 창작 SF 작품들이다. 아시아 태평양 지역 이론물리학자들의 학술 단체인 아태이론물리센터가 우리 사회의 과학문화 활성화에 기여하고자 과학문화사업을 시작한 것이 2005년이고, 그해 10월에 월간 웹진 크로스로드를 창간하면서 그 꼭지 중 하나로 한국 창작 SF를 게재하기 시작했다. 그 이후 10년 동안 줄곧, 한국 창작 SF의 발표 지면 자체가 거의 없는 상황에서 기성 문단과 동일한 대우로 우리나라의 SF를 발굴, 게재해 왔다. 10년을 한결같이 한국 창작 SF를 게재해 왔다는 이 사실만으로도 크로스로드가 한국의 SF 발전에 기여한 바가 적지 않다는 생각이, 열여덟 명의 필자를 묶어 준 거멀못이다.

크로스로드 SF를 지속시켜 온 아태이론물리센터의 과학문화위원으로서, 이 자리를 빌려, 열일곱 분 필자들께 깊은 감사의 말씀을 드린다. 필자 분들과 그들 각각이 대변해 주는 보다 많은 분들의 애정 어린 관심과 격려 덕분에 오늘 이 귀중한 책을 묶어 내는 데까지 이를 수 있었다. 물론, 우리들 모두의 기대를 저버리지 않고 SF를 읽는 즐거움을 계속 지속시켜 준 크로스로드 SF의 수많은 작가분들께도 마음 속 깊은 곳의 감사를 드린다. 한국 창작 SF의 새로운 부흥기를 열어 나갈 이들 작가 분들이 없었다면, 이러한 책을 꾸며 볼 생각조차 하지 못했을 것이다.

3

『한국 창작 SF의 거의 모든 것』은 1부 네 개 장과 2부의 좌담으로 구성되었다. 1부 '크로스로드에서 SF를 생각한다'에 열여덟 편의 에세이를 담고, 2부 '좌담 : 한국 창작 SF의 미래를 위하여'에서는 이 분야 전문가들의 현상 진단과 미래 전망을 풀어 두었다.

1부 1장 '한국 창작 SF, 나는 이렇게 쓴다'는 제목에 보이듯 작가들의 이야기로 채워져 있다. 크로스로드를 통해 등단하여 본격적인 SF 작가로서 활발히 활동하고 있는 임태운, 백상준 두 분과 팬덤과 대중의 사랑을 동시에 받으며 한국 창작 SF의 길을 꾸준히 걸어오고 있는 김보영, 김창규 두 분, 그리고 SF와 일반 문단의 경계에 구애받지 않고 멋진 상상력의 세계를 선보이는 서진, 이상 다섯 분 작가의 솔직한 이야기들이 펼쳐진다. 한국에서 활동하는 거의 대부분의 문인들이 겪는 경제적인 어려움과 사회적인 무관심보다 훨씬 심한 악조건 속에서도 꿋꿋이 SF를 창작하는 작가들의 열정과 바람을 확인하는 데 더하여, 그들만의 창작의 노하우를 엿보는 기쁨까지 누릴 수 있다.

2장 'SF, 우리들 꿈과 사랑의 아카이브'는 SF 애호가들의 이야기이다. 우리나라 인디 운동의 개척자이자 다양한 문화 영역에서 활발한 활동을 펼치고 있는 파토 원종우, 유려한 SF 번역자이자 빼어난 작가의 이중 역할을 수행해 오고 있는 정보라, 중견 물리학자로서 활발한 연구 활동 외에 훌륭한 저서들로 과학 대중화의 수준을 높이고 있는 이강영, 청소년들에게 과학도의 꿈을 키워 주는 멘토이자 우리 시대의 지식인으로 활동하고 있는 물리학자 정재승, 현대 한국문학의 동향을 날카롭게 짚어 내는 문학평론에 더하여 인문학적 탐구를 확장하고 있는 평론가 복도훈, 이와 같이 저마다 다른 자리에서 쟁쟁한 명성을 떨치는 다섯 분이 SF에 대한 애정을 담뿍 담고서 이야기를 펼치고 있다.

3장 'SF로 들고 나는 네 가지 통로'는 SF와 직접 관련된 일에 종사하는 전문가들의 이야기로 채워졌다. SF 팬덤에서 뼈가 굵어진 작가로서 불교와 관련된 독특한 작품 세계를 펼쳐 보인 바 있는 박성환 작가의 SF에 대한 꿈과 바람, SF만을 연구 주제로 해서 아마도 최초의 박사학위를 받은 이지용 박사의 한국 SF 연구계에 대한 이야기, 사재를 들여 SF&판타지 도서관을 운영해 오고 있는 전홍식 관장의 SF에 대한 열광과 애정의 편력이 우리들의 눈길을 끈다. 이에 더하여, 지난 10년간 크로스로드 SF를 담당하며 느낀 필자의 소회와 바람도 여기에 넣어 보았다.

4장 '한국 SF의 어제와 오늘'은 SF의 역사를 훑어보면서 그 의미를 따져 보는 약간은 전문적인 글들로 구성되었다. 대중문화평론가 김봉석 선생이 자신의 경험을 바탕으로 한 위에서 세계 및 한국의 SF가 흘러 온 역사를 씨줄로 하고 SF 장르가 갖는 다양한 의미를 날줄로 하여 SF에 대한 우리의 이해를 돋우어 준다. 한국 대중문학의 전문 연구자이자 문학 평론가인 조성면 선생은 한국 SF의 특징을 짚어 주는 열 개의 키워드를 통해서 우리나라 SF의 역사와 현황을 돌아보게 한다. 서울 SF 아카이브 대표로서 한국 최고의 SF 전문가 중 한 명인 박상준 선생은 매체와 문학·문화 환경에 중점을 두면서 한국의 창작 SF가 열악한 조건을 헤치고 어떻게 전개되어 왔는지를 깔끔하게 알려 준다. 우리나라를 대표하는 또 한 명의 SF 전문가인 고장원 선생은 한국 과학소설의 역사를 배경으로 21세기의 한국 창작 SF들을 섬세하게 개관하면서 향후의 발전 방향을 제시해 주고 있다.

2부 '한국 창작 SF의 미래를 위하여'는 크로스로드 10주년 기념행사의 하나로 2015년 9월 서울 서대문자연사박물관에서 진행된 좌담을 정리한 것이다. 앞서 소개된 고장원, 김창규, 박상준, 원종우, 전홍식 네 분을 모시고 필자가 사회를 맡아, 한국 창작 SF의 현황과 문제 및 발전 방안에 대해 의견을 나누었다. 한국 창작 SF소설에 논의 대상을 한정하지 않고, 좁게는 각자가 현재 해 오는 일과 SF 팬덤에서 넓게는 대중문화 일반과 외국의 경우까지 아우르고 있다. 화기애애한 덕담과 날선 토론, 합의를 이끄는 토의가 뒤섞인 논의의 변주를 음미하는 재미를 누리면서, 한국 창작 SF가 갖는 의미와 그 발전 방안에 대한 생산적이고도 유익한 견해를 접해 볼 수 있다.

4

모두가 아는 대로 SF란 과학과 문학이 만나서 이루어진다. 과학 지식과 문학의 상상력이 화학적으로 결합된 것이자, 과학적인 상상력이 문학의 장에서 펼쳐진 것이기도 하고, 문학예술의 상상력이 과학을 끌어안은 결과이기도 하다.

사정이 이러하기에 SF는 우리 모두의 것이다. 소수 전문가들의 비밀스러운 무엇도, SF 팬덤 속 덕후들만의 비의적인 무엇도 아니다. 발전을 거듭하는 과학의 산물 속에서 일상을 영위하는 우리들 모두, 문학을 하나의 통로로 해서 자신을 드러내는 온갖 이야기들 속에서 시간을 보내는 우리들 모두 옆에, 물처럼 공기처럼 항상 SF가 있다. 소설은 물론이요 영화나 드라마, 만화, 게임 등 여러 가지 문화 형식으로 SF가 우리들 주위에 충만해 있는 것이다.

이 자명한 사실을 여러 가지 방면에서 새삼 일깨워 줌으로써, 독자 분들께 SF의 즐거움을 되살려 주는 데 이 책이 조금이나마 기여한다면 더 바랄 나위가 없겠다. 이 책이 담고 있는 SF에 대한 열여덟 가지 빛깔의 사랑이, 혹시는 SF를 잊고 지내온 독자 분들께 어린 시절의 추억을 첫사랑의 기억처럼 되살려 주기를, SF를 즐기되 한국 창작 SF는 눈여겨본 적 없던 독자분들께 새로운 연애의 기분을 지펴 줄 수 있기를, 제 사랑을 자랑하고픈 청춘의 심정으로 바라 본다.

알차고 다양한 메뉴로 잔칫상은 마련되었다. 제 행복에 취하여 일을 벌인 식당 안내인으로서, 멋진 음식들을 내어 준 열일곱 분 요리사들과, SF 향연의 판을 벌여 준 케포이북스의 공홍 대표님께 누가 되지 않기를 바랄 뿐이다. 이 서문을 읽는 독자 여러분들께서, 한 자리 털썩 차지하고 산해진미를 음미하시기 바람은 물론이다.

2016년 여름
저자들을 대신하여, 포스텍 무은재에서
박상준(아태이론물리센터 과학문화위원) 쓰다

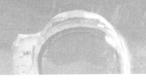

2부/ 좌담 − 한국 창작 SF의 미래를 위하여　217

사회 : 박상준(포스텍)
좌담 : 고장원, 김창규, 박상준(서울SF아카이브), 원종우, 전홍식

1장
한국 창작 SF,
나는 이렇게 쓴다

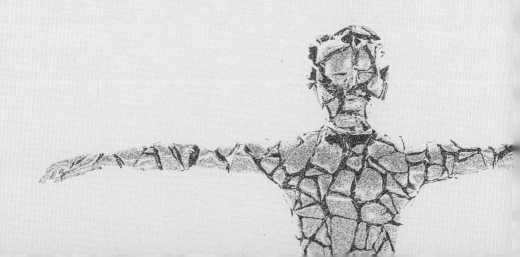

제게 SF를 허락해 주십시오

임태운

1

종갓집 시집살이.

이 단어는 크로스로드 10주년 에세이의 테마인 '한국에서 SF 작가로 살아남기'를 받아들었을 때 가장 처음 머릿속에 떠오른 단어다.

습작생 시절 가장 처음 썼던 SF 단편 「앱솔루트 바디」가 2005년작이었으니 SF소설(이라고 스스로 생각하는)을 쓴지도 얼추 만 10년이다. 공교롭게도 크로스로드의 행보와 비슷한 연차라고 할 수 있다.

크로스로드가 내 단편 투고작인 「앱솔루트 바디」를 실어준 이후 8년 동안 난 3편의 SF 중단편을 더 실었고, 다른 작품집에도 4편의 SF 단편소설을 더 썼다. 첫 장편소설인 『이터널마일』도 머나먼 미래를 배경으로 한 SF물이다. SF 아동 애니메이션 시나리오도 2편 집필했다.

이 정도면 10년차 주부생활을 한 베테랑 정도는 되어야겠으나 그렇지가 못하다.

난 여전히 시어머니가 무섭다.

2

한국에서 SF소설가로 산다는 걸 결혼생활에 비유하자면 남편이 SF소설이 되시겠다. 그렇다면 단연 시어머니 포지션은 'SF마니아' 독자다. 당연히 며느리보다 어머니가 아들에 대해 훨씬 잘 알고 있고 장악력도 강하다. 이처럼 SF 마니아들은 작가인 나보다 장르의 역사에 관해 훨씬 통달해 있으며 수백 개의 클리셰를 숙지하고 있고, 무엇보다 매의 눈을 갖고 있다.

'이건 SF가 아니네.'

위의 말을 들을 때마다 난 공들여 담근 김치를 한 입 베어 무시곤 역정을 내는 시어머니를 마주하는 며느리의 기분이 됐다. 김치라면 응당 갖춰야 할 고춧가루와 물엿의 조화, 신선한 배추를 쥐락펴락하는 손맛, 적재적소에 생굴을 배치하는 섬세함까지. 이런 것들을 고루 갖추지 않고 어찌 종갓집 며느리의 김장김치라 할 수 있겠느냐.

뭐, 이런 역정 말이다.

그럴 때마다 난 늘 생각했다. 왜 '소설'로서 보는 것보다 훨씬 앞서서 SF만 보시는 걸까.

어머님도 참. 그냥 맛있으면 된 거 아녜요?

3

　내가 알고 있는 훌륭한 국내 SF 작가들의 공통점은 이공계열 전공을 했거나 하다못해 고등학교 정규과정을 이과로 밟으신 분들이었다. 하지만 나는 인수분해의 십자포화를 당하고 백기를 든 전형적인 수학포기자에다 시와 소설 창작을 전공한 문과생이다.

　그러다보니 내가 쓴 SF소설의 과학적 기반은 참으로 약점이 많았다.

　불의의 사고로 인해 신체 일부가 제멋대로 옮겨 다니는 신종 질병을 얻게 된 사내가 불안과 공포에 떨다가, 자신을 도와준 박사의 도움으로 새로운 괴물이 된다는 「앱솔루트 바디」. 난 이 단편에서 주인공이 접촉한 것이 불법 초광속 우주선의 연료였고 그로 인해 몸속에 블랙홀과 화이트홀이 열렸다 닫혔다 한다는 설정을 집어넣었다. 지금 생각해보면 참으로 용감무쌍하다 아니할 수 없는 시도다.

　두 번째 단편인 「채널」은 살인지령을 내리는 최면 프로그램이 흘러나오는 불가사의한 TV 채널에 대한 얘기였고, 세 번째 단편인 「무기여 잘 가거라」는 정자를 순간이동 시키는 은하전쟁급 병기를 성기에 심게 된 남자의 얘기였다. 네 번째 단편인 「뮤즈의 속삭임」에서는 과거에 실존했던 인간 중 한 명의 뇌와 원격통신할 수 있는 돌을 등장시켰다. 트랙터가 밭을 갈듯 인류의 역사를 연거푸 갈아엎는 단편이었다. 다섯 번째 단편인 「가울반점」은 전라도 산골에 불시착한 외계인 요리사가 숨어놓은 음모를 파헤치는 내용이었다.

　SF소설이란 장르에 대한 애정만 갖고 썼던 다소 쑥스러운 단편들이라고 할 수 있겠다. SF답지 못하다, 과학적 정합성이 부족하다 등의 평에 부딪힐 때면 꾸중 들은 어머니처럼 우울해졌다. 시누이라고 할 수 있는 과학자분들의 조언도 무척 쓰라렸다.

그렇다고 남편이란 놈이 누가 봐도 부러울만한 엄친아인가 하면 그것도 아니었다. SF소설은 로맨스나 스릴러, 역사물들에 비해 충분히 사랑받지도 못하고 알아주지도 않는 변방의 장르 아닌가!

초면인 분에게 직업을 SF소설가라고 밝히면 대부분 '10년째 고시생인 160cm의 남자를 뒷바라지 하려는 여자'를 바라보는 표정들을 짓곤 한다. 조금 억울하지만 납득이 안 되는 것도 아니다.

그때마다 생각했다. 내가 대체 무슨 부귀영화를 누리자고 이런 남자랑 살려고 하나.

4

초등학교 3학년 때의 일이다. 태어나서 처음으로 읽고 싶은 책이 생겼다. 그건 맹성렬 교수님이 쓴 『UFO 신드롬』이었다. 엄마에게 사달라고 졸랐으나 단칼에 거절당했다. 위인전도 아니고 문제집도 아닌 책을 사줄 순 없다고. 냉큼 수박이나 먹고 밀린 탐구생활 숙제나 하라고.

나는 분했다. 그래서 수박을 우적우적 씹은 다음 탐구생활 숙제는 대충 하고 나서 돈을 모으기 시작했다.

그렇게 서점에서 집어 온 『UFO 신드롬』이 내게 선물해 준 시간은 정말 황홀했다. 인터넷도, 스마트폰도 없던 시절에 그 책의 권두컬러 특집으로 실린 30페이지의 UFO 사진들은 날 신천지로 데려가 줬다. 장장

474페이지에 달하는 어마어마한 내용의 활자들도 꾹꾹 씹어서 읽었다.

어디선가 소식을 주워들은 UFO 비행음을 듣겠다고 정체도 불분명한 전화번호를 눌러 수화기에서 들려오는 웅웅웅웅웅 소리를 한참 듣고 있기도 했다. 그건 50원짜리 유료과금이 되는 통화였으며 그 날 내가 들은 UFO 비행음은 나중에 김건모의 〈사랑이 떠나가네〉란 노래의 전주에 들려온 기계음과 똑같았다.

그 어린 날 UFO 사진들을 벽지에 붙이며 미지의 세계에 대한 꿈을 꾸던 소년. 20년 뒤의 내가 이렇게나 악착같이 SF소설을 쓰겠다고 책상 앞에서 골머리를 썩이는 이유가 그곳에 있었다.

언제나 우주를 동경했고, 밝혀지지 않은 것에 대해 공상했으며, 초고대문명과 지저세계의 꿈을 꿨다. 이후 터미네이터, 백 투 더 퓨처, 에반게리온, 헤일로로 이어지는 태그트리를 밟으며 난 늘 SF 콘텐츠의 품에 안겨 살아왔음을 깨달았다.

그제야 시어머니 앞에서 고개를 조금 들 수 있었던 것 같다.

어머님. 제가 비록 미천하고 보잘 것 없지만, 댁의 아드님을 참으로 많이 사랑합니다.

그러니 제발 이 결혼을 허락해 주십시오.

부디 SF소설을 계속 쓰도록 받아들여 주십시오.

5

어째서 한국 사람들은 SF소설을 잘 읽지 않을까.

여러 이유가 있겠지만 난 그것이 대한민국이 '지나치게 다이나믹'하기 때문이라고 생각한다. 현실에서 너무도 험난한 사건사고와 경악할 만한 순간들을 겪다보니 머나먼 세계로의 '확장'보다 내부 구조의 문제점에 '집중'하기만 한 작가들의 몫도 크다고 본다. 망원경이 녹스는 동안 현미경들만 들여다봤달까.

하지만 누구에게나 경이로움과 확장에 대한 갈증이 있다. 한국에서 태어난 SF소설가라면 그 갈증을 풀어줘야 할 의무가 있다고 생각한다. 내 남편이 비록 지금은 의기소침해 있지만 분명 세상을 깜짝 놀라게 할 만한 잠재력이 있다고 믿기 때문이다.

그래서 한국적인 SF소설에 대해 나를 비롯한 많은 작가들의 고민이 많다. 초기 단편에는 메사슈미트니 라울 핏치니 하는 이름을 지닌 금발의 서양인들을 주인공으로 가져다 썼는데 왠지 그래야 할 것 같았기 때문이다.

지금은 그렇게 쓰지 않고 현실적인 공간이나 캐릭터를 SF 소재에 융합시키려 부단히도 노력하고 있다. 어떤 독자분이 「가울반점」을 읽고 '임태운은 동네 SF를 잘 쓴다'는 평을 해주셨는데 무척이나 뭉클했다. 전라도 사투리와 외계인 요리사가 함께 등장하는 그 단편에서 내가 가장 닿고 싶었던 경지이기도 했으니까. 최대한 서양의 SF를 흉내 내지 않고 내가 잘 쓸 수 있는 SF소설에 대해 앞으로도 고민할 것이다.

6

다른 SF 작가분들이 '어떻게 SF를 쓰느냐'에 대해 충분히 설명해 주실 거라 믿기에 나는 '왜 SF를 쓰느냐'에 대해 집중하기로 했다. 그래서 좀 장황했지만 나름 진지한 사랑고백을 여기에 풀어놓게 됐다.

아주 오랫동안 나는 'SF소설을 쓸 수 있는 자격'에 대해서만 고민해 왔다. 그러나 결혼 생활의 본질은 행복이고, 행복의 조건은 바로 '사랑' 아닌가. 난 SF를 무척이나 사랑한다. 그래서 앞으로 겪을 역경과 고난도 이 사랑으로 이겨내 보려 한다.

그렇게 생각을 고쳐먹고 지난 SF 단편들을 복기해보니 새로운 점들이 눈에 들어왔다. 「앱솔루트 바디」를 썼을 땐 유전자 등급에 따라 새로운 계급이 생기게 될지 모른다는 공포감이 작품을 쓰게 했다. 「무기여 잘 가거라」는 섹스와 피임에 대해 치열한 고민으로 밤을 지새우던 시절에 쓴 작품이었고, 「뮤즈의 속삭임」은 예술적인 영감은 어디서 오는가에 대한 내 나름대로의 답이었다.

비록 부족한 면이 있는 작품들이었으나 글을 썼을 때만큼은 매순간 진심이었다.

SF 장르가 대중들에게 가져다주는 감정은 '경이로움(Sense of Wonder)' 이라고들 한다. 난 그 경이로움은 '확장'에서 온다고 믿는다. 어린 소년이 난생 처음 풀컬러 UFO 사진을 보고 사진 바깥에 존재할 은하계로 인식의 틀을 확장할 수 있었던 그 힘이라고 믿는다.

비록 그 시절 나를 흥분하게 했던 UFO 사진들이 대부분 조작이라고 판명 났지만, 이제 와서 그 책의 가치가 빛이 바랜다고 생각하지는 않는다. 나를 비롯한 20세기 소년들의 꿈과 희망을 '확장'시켜주었으니.

그리고 나도 앞으로 독자들의 꿈과 상상력을 '확장'시켜 줄 수 있도록 재밌는 SF소설을 쓰고 싶다. 물론 이제는 습작시절과 달리 시어머니의 기준에 부합할 수 있도록 평생 공부하는 마음으로 김치에 대해 파고들고 있기도 하다.

조금만 기다리세요, 어머님. 정말 맛있는 김치를 맛보여 감동시켜 드릴게요.

맨바닥에 헤딩하며 SF 쓰기

백상준

누군가 "넌 유교가 뭐라고 생각하니?" 하고 물으면, 딱히 대답할 말이 없다.

분명 유교가 전통인 나라에서 태어나 자랐고, 또 중학교, 고등학교 수업시간에도 배웠는데, 그래서 분명 삼강오륜, 장유유서가 뭔지 알고 나름 실천도 한다고 하면서 살고 있는데, 선뜻 '유교란 이것이다'라고 말하기엔 뭔가 부족해 보인다.

내가 아는 유교란 게 고작 작은 한 부분이지 전체는 아닌 것 같고, 뭔가 더 큰 궁극적인 게 있을 것 같고. 그래서 괜히 질문이 너무 포괄적이고, 추상적인 것처럼 느껴지면서 왜 그런 걸 나한테 묻나 싶어진다. 그런데 내가 이렇게 답을 못하는 이유를 좀 더 생각해보면, 내게 유교란,

이미 몸에 밴 일상이지 더 이상 머리로 생각해야 하는 학문, 사상, 철학이 아니기 때문이다.

그것처럼 'SF는 어떻게 쓰느냐?'는 물음도 내겐 참 난감하다. SF를 쓰는 것이 거의 일상이 된 탓인 것 같기도 하고. 그래서 너무 포괄적이고, 추상적인 질문 같고, 또 어디서 글쓰기를 배운 것도 아니라서 순서도를 그리듯 구성을 하고 시놉시스와 등장인물을 정리하면서 글을 쓰는 스타일도 아니고. 심지어 지금까지 내가 쓴 글은 내가 처음 글을 쓰게 만든, 그 이야기를 쓰기 위한 습작이라고 생각하면서 글을 쓰다 보니, 아직까지는 글을 어떻게 쓰는가에 대해 나름 정리할 생각조차 해본 적이 없었다.

그런데 또 이렇게 얘기를 시작하면, 글을 쓴다는 사람이 자기 생각도 정리 안 하느냐고 질타하는 분도 있을 것 같다. 그 부분에 대해서 잠시 변명을 하자면, 내가 굳이 머릿속 생각을 정리하지 않는 이유는, 나는 머릿속 뇌를 뜨거운 용광로라고 생각하기 때문이다. 그래서 굳이 의식적으로 정리를 하지 않아도 내가 보고, 듣고, 느낀 다양한 정보가 뇌라는 용광로에 녹아들어, 잘 융해돼 있다가 내가 필요로 할 때, 내가 글을 쓸 때 뽑아내면 순수한 무쇠 같은 결과물이 나온다고 믿는다. 그리고 잡스러운 불순물이 완전히 제거된 순수한 결과물을 얻어내려면 용광로에 오랫동안 녹여놔야 한다고. 그래서 의식적인 정리를 하지 않는 편이다.

그럼에도 이번에 아직은 잘 융해된 것 같지 않은 생각, 'SF를 어떻게 쓰는가'를 뽑아내려는 이유는 작년에 학교 후배가, 자기가 봉사활동을 하는 곳의 중학생 중에 소설가가 되고 싶어 하는 아이가 있는데, 자기는 공대생이라 어떻게 뭐라 해줘야할지 모르겠다며 물었던 기억 때문이다.

그때 나는, 아직 나도 맨바닥에 헤딩하며 글을 쓰고 있는데 조언할 위치인가 싶기도 하고, 그 아이의 수준이 어느 정도인지도 모르는데, 그 아이의 수준에 맞게 뭐라 해줄 수 없다고 생각했다. 그래서 그땐 그냥, 아직 어리니까 좋은 책 많이 읽으라고, 특히 고전을 읽으면서 왜 고전이 고전으로 남았는지 읽고 느껴보라고 했다. 그런데 뒤늦게 이런 생각이 들었다.

이제 은퇴하는 권투선수가 권투는 나와의 싸움이었다고 회고하면, 이제 막 권투를 시작한 사람은 마음에 와 닿지 않을 수 있다. 반면, 수차례 링에 올라가 그 경험을 해본 사람들은 그 말을 이해한다. 그것처럼 너무 잘 쓰는 사람이 SF는 이렇게 쓴다고 하는 것보다 나정도의 사람이 이렇게 쓴다고 하는 것이 이제 SF를 쓰기 시작하는 사람들에게는 현실적이지 않을까.

그래서 이번에 '나는 어떻게 SF를 쓰는가'에 대한 나름의 생각을, 아직은 제대로 정리된 것 같지 않지만, 그럼에도 용광로에서 뽑아, '맨바닥에 헤딩하며 쓴다'며 글을 쓰기로 했다.

⓪ 먼저 글감이 안 떠오를 때 : 조급할 필요가 전혀 없다. 어떤 이들은 글감이 안 떠오른다고 하면, 글을 쓴다는 놈이 그렇게 아이디어가 없느냐며 한심하게 보는 이도 있겠지만, 사실 그건 없는 게 아니라 잠시 마른 것이다. 글감, 아이디어란 우물과 같다. 우물물을 급하게 계속 퍼내다 보면 결국 마르듯, 아이디어도 급하게 계속 뽑아내다 보면 마른다. 그러나 우물이 다시 차오르듯 아이디어, 글감도 서서히 다시 떠오른다.

그런데 글감이 우물처럼 차오를 때까지의 무료한 시간을 어떻게 보낼까. 그동안 내 글만 쓰느라 못 읽은 책을 읽으면서 글감을 얻을 수도 있겠지만, 나는 별생각 없이 그냥 시내를 싸돌아다니는 편이다. 책상 앞에 앉아 있느라 부족했던 운동 겸, 뇌에 활력을 준다는 '세로토닌'이라는 물질이 이정도면 나오지 않을까 싶을 정도로만.

① 글감이 떠오르면 : 꼭 과학적인 글감이 아니어도 된다. 떠오른 글감 중엔 처음부터 SF적인 배경이 포함된 경우도 있지만, 배경보다 소재와 주제, 내가 하고 싶은 이야기만 떠오르는 경우가 많다. 권위주의에 대한 비판, 사회현실에 대한 비판, 세대와 사회갈등 등등. 심지어 얼마 전 뉴스에서 본 사건도 얼마든지 SF의 글감으로 쓸 수 있다. 어차피 과학이 발전한다고 해서 그런 사회문제까지 다 해결해주는 건 아니니까. 그래서일까, 최근 국내 SF는 풍자, 사회비판적인, 또 그래서 암울한 SF가 많은 것 같다.

아무튼 글감이 떠오르고, SF로 쓸 수 있겠다 싶으면, 배경으로 어디가 어울릴까를 생각한다. 지구, 외계행성? 시간여행을 해서 과거의 지구, 미래의 지구? 우주? 바다? 도시, 시골? 그리고 어떤 도구가 필요할까. 공간이동? 타임머신? 로봇? 외계인?

② 정보의 홍수 : 배경과 도구가 결정되면 그때부터 이게 과학적으로, 기술적으로 가능한가, 혹은 과학적으로 설명될 수 있는가를 생각한다. 정말 공간이동이 가능할까? 공간이동을 할 때, 발생할 수 있는 문제는 뭘까? 지금의 과학기술로는 왜 못 하는 걸까? 외계행성은 정말 이럴까? 태양엔 정말 생명체가 없을까? 이런 우주선을 만들 수 있을까?

그리고 왠지 누군가 이미 이런 걸 생각하고 정리했을 것 같은 생각이 든다. 그리고 '터널링 효과(tunneling effect)', '복제불가정리(no-cloning theorem)' 같은 전문용어가 있는데 그걸 모르고 있는 건 아닐까 하는 걱정도 든다. 그래서 자료를 찾다보면, 지금까지 내가 몰랐던 정보의 홍수에 빠져 허우적거리게 된다.

그런데 너무 많은 정보에 한참을 허우적거리다 보면, 다 무시하고 싶어진다. 과학자가 없었으면 싶기도 하다. 아예 아인슈타인, 슈뢰딩거, 하이젠베르크 같은 과학자들이 없었던 다른 우주를 배경으로 쓰고 싶은 생각도 든다. 그런데 그들을 없던 사람 취급하고 쓰려고 보면, 타임패러독스마냥 연이어서 무시해야 할 과학적 도출물이 줄줄이 나와서 난감해진다. 그래서 결국, 내 지식과 정보가 부족하다는 것을 인정하고, 정보의 홍수에서 나와 지식의 바다를 찾아간다.

③ 지식의 바다 : 자료를 찾기 시작하면 처음엔 책꽂이에 꽂혀있는 책이나 인터넷을 활용하지만, 가지고 있는 책과 인터넷만으로 자료를 찾다보면 부족하고, 부정확하고, 심지어 서로 상충하는 자료나 주장을 발견하게 되기도 한다. 그래서 결국, 집에서 나와 도서관이나 서점의 교양과학서적 코너를 찾게 되는데, 개인적으로는 도서관보다 서점을 먼저 간다. 새로 나온 최신판 교양과학 서적은 도서관보다 서점이 더 많기 때문이다.

물론 내가 예전에 어느 책에서 봤던 자료를 다시 확인하기 위한 목적이라면 도서관도 괜찮다. 가끔은 서점에선 절판된 책 중에 좋은 책들도 많으니까. 하지만 내가 읽은 책이 20세기의 책이라면 걱정이 앞선다. 지난 15년 동안 과학기술이 발전해 내가 아는, 내가 쓰려는 이론이 잘못된 이론으로 밝혀지진 않았을까.

④ 내 편이 없다 : 자료를 찾다보면, 결국 내가 구상한 설정은 안 된다

는 이야기들이 대부분이다. 긍정적인 답은 열에 하나, 열 권 중에 한 권
이다. 그런데 그 한 권의 제목은 보통 '불가능한'과 '엉뚱한', 'Crazy'라
는 말로 시작한다. 반면, 나를 좌절케 하는 책들은 제목에 '위대한'이라
는 말이 붙어있다. 게다가 그 엉뚱한 책들도 결코 내 편은 아니다. 가만
히 그 책을 읽다보면 그 가능성마저 우리가 흔히 생각하는, 고전SF에서
설정한 시간여행, 공간이동과는 조금 다른 개념이라는 것을 알게 된다.

결국, 내 글감이 그저 허무맹랑한 공상이었구나 싶은 생각에 좌절한
다. 그래서 결국엔, 어떤 글감들은 그냥 덮게 되곤 하는데, 그럼에도 쓰
고 싶은 글감이라면 아인슈타인에게 도움을 청한다.

⑤ 우리의 지푸라기는 결국, 아인슈타인 : 내가 참 좋아하는 명언 중
에 '지식보다 중요한 건 상상력이다'라는 말이 있다. 언뜻 들어보면, 공
상만 하고 지식이 부족한 사람이 자기변명처럼 한 말 같지만, 사실 이 말
은 아인슈타인이 한 말이다. 그럼, 아인슈타인은 내 상상, 글감을 지지
해주지 않을까!

그리고 이때까지 자료 찾기를 멈추면 안 되는데 왜냐면, 내 편이 있다
고 생각이 들 때쯤에야 비로소 지금은 안 되지만, 이렇게 저렇게 과학기
술이 발달하면 될지도 모른다는 희망적인 문구를 찾게 된다. 그래, 지금
은 모르고, 못 하는 거지, 영원히 엉뚱하고, 불가능한 건 아니다. 그 한
예가 블랙홀과 화이트홀이 아닐까 싶다.

물리학자들은 이론적으로 블랙홀의 존재를 예측했지만, 1960년대까
지 대부분의 천문학자들은 블랙홀의 존재에 대해 회의적이었다. 하지만
반세기가 지난 지금, 전파 망원경 등의 관측 장비가 발전하면서 블랙홀
의 존재에 대해 대부분의 천문학자들도 인정하고 있다. 그런데 블랙홀

과 상반되는 화이트홀은 어떤가? 물리학자들은 역시 이론적으로 블랙홀처럼 화이트홀도 존재할 수 있다는 걸 안다. 하지만 정작 우주의 블랙홀처럼 화이트홀이 존재한다는 데엔 그들도 회의적이다.

⑥ 시작이 항상 처음은 아니다 : 쓰기로 결정하면 우선, 내 글감이 중단편감인지, 장편감인지 고민한다. 그리고 1인칭으로 쓸 건지, 3인칭으로 쓸 건지 등등.

그런데 정작 첫 문장조차 쓰지 못한다. 개인적으로 첫 문장을 시작하는 건 글을 마무리하는 것보다 더 힘들다. 〈어댑테이션(Adaptation)〉이라는 니콜라스 케이지 주연의 영화를 보면, 아카데미 각본상을 받은 주인공도 첫 문장을 쓰지 못해 몇 달을 고생한다.

그래서 아예 글의 중간, 결말부터 쓰기도 한다. 제일 문제인 SF적인 설정을 어떻게 표현하고 설명할지 쓰고 보면 오히려, 처음에 어떻게 시작해야 할지 감이 잡히기도 한다. 여기서 중요한 건, 감이 잡히기도 한다는 거다. 어떤 글은 전개부터 결말까지 다 썼는데, 여전히 첫 문장이 떠오르지 않아 결국, 마지막에 시작하는 첫 문장을 쓰는 경우도 있다.

⑦ 소설은 읽는 이에겐 이야기지만, 쓰는 이에겐 설명문이다 : 내 머릿속의 글감, 이야기는 텍스트로 돼있지 않다. 최소한 나의 경우는 그렇다. 대부분 스틸 컷이나 만화책처럼 그림과 몇몇 대사로 저장돼 있다. 이제 그것들을 연결해 글로 풀어야 하는데, 이건 시각장애인들이 영화를 볼 때, 옆에서 영화의 장면을 이야기해주는 것과 비슷하다. 그런데 '백문이 불여일견'이라는 말처럼 아무리 잘 쓴다고 써도 한번 보는 것만 못한 것 같다. 그렇다고 내 머릿속을 보여줄 수도 없고. 그래서 가끔 머릿속에 떠올린 장면을 글로 써주는 기계가 있으면 좋겠다는 생각을 한

다. 아니면, 내 상상을 텔레파시로 남들에게 전달해주는 기계.

어쨌든, 내가 쓴 글(설명)이 부족한 것 같을 때마다 생각나는 말이 있다. 예전에 어떤, 양자물리를 설명하는 책에서 본 말인데, "무언가에 대해 쉽게 설명하지 못하는 것은 그 사람도 잘 모르는 것이다."

결국, 내가 아직도 내가 쓰려는 이야기를 제대로 이해하지 못하고 있는 것 같아 더 고민하게 된다. 그리고 다시 독자가 쉽게 읽고, 즉각적으로 이해할 수 있게끔 내가 무슨 이야기를 쓰는지 잘 이해하고 쓰려고 노력한다.

노력, 현재로선 노력만 할 뿐이다. 아직까진 어떻게 쉽게 읽히고 이해하게 할 수 있을지 모르겠다. 그저, 독자가 쉽게 읽고 이해하게 하기 위해선 작가가 더 힘들게 써야 한다는 것밖에.

⑧ 마무리를 할 줄 알면 다 배운 것이다 : 초고가 완성되면 마무리를 해야 하는데, 초고를 쓸 때는 재미있지만, 글을 마무리하는 건 정말 짜증난다. 이미 내가 다 아는, 내가 쓴 이야기를 다시 읽고, 다시 읽고, 또 다시 읽는 작업이다. 게다가 매번 읽을 때마다 고칠 곳이 보인다. 고쳐도, 고쳐도 끝이 없고, 심지어 고칠수록 문장이 산으로 간다.

그래서 도대체 다른 작가들은 어떻게 마무리를 지을까, 뭔가 간단한 방법이 있지 않을까 궁금하기도 하다. 하지만 아쉽게도 간단한 방법은 없는 것 같다. 예전에, 한 장편소설 공모전에 당선된 소설가는 수상소감에 응모작을 백 번 읽고서야 탈고해 응모했다고 했다.

자기가 쓴 글을 백 번이나! 그것도 장편을!

백 번은 너무 한 거 아닌가 싶었지만, 나도 한 번은 그렇게 해봐야겠다는 생각에, 써둔 장편을 반복해서 읽고 수정해 다듬어본 적이 있었는데, 솔직히 서른여섯 번까지 읽고는 포기했다. 하지만 그때, 예전에 그림을 가르쳐준 화가 선생님이 해준 말이 생각났다.

내가 처음 나만의 공상을 사람들에게 보여주고 싶다고 생각했을 때, 글을 쓸 자신이 없어서 만화로 그려봐야겠다는 생각에 기초부터 배우겠다고 화가 선생님한테서 데생을 배운 적이 있었다. 그때 내가 석고상 하나를 여섯 시간이나 걸려서 그리고, 나름 이 정도면 됐다 싶어 다 그렸다고 검사를 받으면, 선생님은 가벼운 터치 몇 번으로 그림을 확 달라지게 만들었다. 그걸 보면서 도대체 마무리를 어떻게 해야 하는 건지 모르겠다고 했더니, 선생님은 너무나 당연하다는 듯 말했다.

'마무리를 할 줄 알면 그림 다 배운 거지.'

그때 난 선생님이 그 마무리를 가르쳐주길 바랐지만, 배우진 못했다. 그저 자신만의 방식으로 스스로 터득해야 한다는 것밖엔.

글도 그림과 마찬가지인 것 같다. 그림을 그리려면 대상에 대한 관찰이라는 정보가 필요하듯이 SF도 시작하려면 정보가 필요하다. 그리고 끝내려면 똑같이 마무리가 필요하다.

여기까지가 내가 맨바닥에 헤딩하며 SF를 쓰는 과정이다. 그런데 쓰고 보니, 다른 소설, 특히 역사소설을 쓰는 방법과 별반 달라 보이지 않는다.

SF를 쓴다고 하면 뭔가 다른, 과학적 세계관이나 세계상에 대한 이야기, 사고실험이나 교수님, 박사님들 찾아가 조언을 듣는 그런 것을 기대하고 있을 것 같은데, 뭔가 그 기대에 부흥해야할 것 같은데, 아쉽게도 내 현실은 그렇지 못하다. 그래서인지 괜히 내가 SF를 쓰는 게 맞나 싶기도 하다. 그냥 내가 하고 싶은 이야기를 SF라는 캠퍼스(세계상)에 그리고 있다는 생각도 많이 한다. 이래서 내가 하드SF를 못 쓰나 싶기도 하고.

그래서 또 상상해보곤 한다. 궁극의 SF. 하드SF 중의 하드SF. 철저히 과학적인 세계관과 세계상으로 SF를 쓰는 상상. 과연 그게 가능할까. 누가 그런 SF를 쓸 수 있을까. 과학자? 하지만 과학자도 결국, 우리와 같은 현실을 살고, 그 현실의 영향을 받아 자신의 세계관이 형성될 텐데, 정말 100% 순수하게 과학적 세계관만을 가질 수 있을까. 과학자들보다는, 우리 시대를 사는 작가가 우리 시대를 가장 잘 이해하고 이야기할 수 있는 것처럼, 인공지능이 써야 궁극의 SF가 되지 않을까. 문득, '연애소설 읽는 로봇'보다 로봇들의 연애를 쓰는 '연애소설 쓰는 로봇'이 더 궁금해진다.

SF를 쓴다는 것

김보영

얼마 전에 『과학동아』에서 행사에 초대해주셔서 SF 강연을 처음 하게 되었다. 10년쯤 썼으면 이제쯤 할 말이 쌓였을 것 같아서였는데 정작 준비하고 보니 그리 할 말이 없었다. 그리 많이 안 쓴 작가여서인지도 모르겠다. 강연 중에 나는 '처음부터 잘 쓰는 사람은 없다. 글은 운동과 같다. 들인 시간만이 답을 준다'는 요지의 이야기를 했다. 다 하고 내려와서야 강연을 처음부터 잘 할 수는 없구나 하고 혼자 웃었다.

처음 쓴 글은 망할 수밖에 없고 초안은 날아갈 수밖에 없다. 글을 쓴다는 것은 매양 제 실패와 마주하는 작업이다. 어떻게 해야 잘 쓸 수 있는지 사실 나는 잘 모른다. 어떻게 해야 글이 망하지 않을지도 잘 모른다. 그저 계속 고민할 뿐이다.

그 고민 중 두 가지를 이야기하고자 한다. 어렵다는 것, 그리고 틀린다는 것에 대해서.

1. 어렵다는 것

'과학기술 창작문예'에 당선된 이후로 내 일상은 크게 변했다. 1년만 해 보고 안 되면 재취직하자고 생각했던 내 인생의 경로는 완전히 방향을 틀었고, 저게 철이 없지 하면서 혀를 차던 주변 인물도 일시에 칭찬과 격려로 태도를 바꾸었다. 집안에 들어앉아 있는 녀석을 보고 걱정이 태산이던 부모님도 가슴을 쓸어내리셨고, 기쁜 마음으로 내 소설을 집어 드셨다. 다 읽어보신 뒤에는 이렇게 질문하셨다. "그런데, 애야, 이게 다 무슨 소리니?"

그런 말은 칭찬과 격려 속에서 일정한 주기로, 반찬에 섞인 청양고추처럼 간간히 들려왔다. 그래도 뭐 크게 걱정하지는 않았다. 어쨌든 상도 타지 않았는가. 상 탔으면 잘 쓴 거겠지.

'크로스로드'는 내게 처음으로 소설 의뢰를 해 준 곳이다. 중단편집 『멀리 가는 이야기』를 다 쓰고 더 이상 하고 싶은 일이 없던 무렵이었는데, 의뢰가 들어오는 바람에 계속 그 방향의 삶이 이어지게 되었으니, 나름대로는 두 번째 계기였던 셈이다. 「땅 밑에」의 원고를 써서 보낸 뒤에, 나는 '그런데 이게 대체 무슨 소리입니까' 하는 요지의 메일을 받았다. 나중에 알고 보니 편집위원들이 토론하던 메일이 실수로 내게 날아온 것이었지만, 나는 꽤 초조해져버리고 말았다. 나는 그 소설을 한 달간 더 수정했는데, 교정고에는 여전히 빼곡하게 '이게 대체 무슨 소리입니까'가 적혀 있었다. 출간할 때 출판사에서 보내온 새 교정고에도 여기저기에 화이트로 지운 흔적이 있었다. 불빛에 비춰 보니 역시 '대체 이게 무슨 소리입니까'라는 질문이 쓰여 있었다.

스포일러를 좀 하자면 그 소설의 세계는 인공구조물인데, 이를 알아채는 사람이 많지 않다. 많은 독자들이 내가 반전이라고 써 놓은 부분을 주인공이 보는 환상이나 내면의 세계로 해석했다(내면의 세계라니!). 뭐 그래도 괜찮았다. "아니, 그걸 왜 못 알아봐요?"라고 해 주는 착한 독자들이 있었으니까.

단편 「우수한 유전자」의 반응은 좀 더 특이하다. 그 소설에는 반전이 있는데, 독자의 정확히 반수가 이를 눈치 채지 못한다. 이 통계는 한 대학 강사 분이 알려주신 것이다. 그분은 수업에서 종종 「우수한 유전자」를 교재로 쓰시는데, 학생의 반수가 결말을 반대로 해석하는 것이 재미있어서라고 하셨다. 절반은 반전을 들으면 놀라고, 절반은 어떻게 그 반전을 못 알아보는지 몰라 놀란다고 한다. 그분은 「땅 밑에」도 강의 자료로 써 보셨는데, 그 소설은 90%가 반전을 눈치 채지 못하는 바람에 재미없어 안 쓰신다고 하셨다.

아무리 SF에 익숙한 독자가 아니라고 해도, 반수가 넘는 일반인이 반전을 알아채지 못하는 소설이라면 어느 지점에서는 실패일 지도 모른다. 혹시 두 소설을 보고 실망하신 독자 분들(「땅 밑에」를 읽은 90%의 독자들과 「우수한 유전자」를 읽은 50%의 독자들)은 혹시 모르니 재고해 봐 주시기 바란다.

나는 처음에 그 '어려움'이 과학에서 온다고 생각했다. 사실 이상한 생각이기는 했다. 나는 그렇게 어려운 과학을 쓰지 않으니까. 하지만 기초적인 수학이나 기초적인 영어도 어렵다면 어려울 수 있지 않겠는가. 그래서 과학의 수준을 낮춘 작품들을 시도해 보았는데, '어렵다'는 반응은 그대로였다. 소설 「스크립터」를 본 한 편집자는 "이 소설에는 무슨 말인지 모를 용어가 너무나 많이 나온다"면서 설명이 좀 더 필요하다고 충고했다. 나는 도무지 그 말에 동의할 수가 없었다. 그분이 지적한 용어는 'NPC', '로그인', 'IP', '퀘스트' 같은 단어였으니까. 어떤 사람들에게는 처음 듣는 말일 수 있다는 생각은 들었지만, 그걸 굳이 설명해야 하는지는 의문이 들었다.

편집자는 일반 독자보다도 더 내 소설을 어려워했다. 그들은 내 소설을 '생전 처음 보는' 종류라고 말하곤 했다. 솔직히 신경이 쓰일 수밖에 없었다. 편집자를 통과할 수 없다면 설사 좋아해주는 독자가 있다고 해도 출간을 할 수가 없지 않은가.

그런 것에 신경을 쓰다 쓰다 슬슬 숨통이 막히던 차에 크로스로드에서 두 번째로 의뢰가 들어왔다. 나는 그날 수첩을 펴서 '무조건 하드SF'라고 크게 써 두었다. "크로스로드라면 적어도 어렵다고 싫어하지는 않겠지!" 그때 나는 「0과 1사이」를 쓰면서, 과학을 있는 대로 때려 넣고 시간여행 이론에 양자역학까지 집어넣었다. 그런데 놀라운 일이 일어났다. 다들 그 소설을 너무 잘 이해하는 것이다! 아무도 무슨 소리냐고 묻지 않는다! 아니, 저기요, 세상에 양자역학을 이해하는 사람은 아무도 없다면서!

사실 최근에 그 답은 엉뚱하게도 정희진 씨의 책『페미니즘의 도전』을 읽다가 찾은 편이다. 정희진 씨는 페미니즘을 이야기할 때마다 어렵다는 말을 들어왔고, 그래서 혹시 자신이 너무 어려운 용어를 쓰는 건가 생각하며 조심해왔다고 한다. 하지만 이제야, '어려운 것'이 아니라 '익숙하지 않은' 것이라는 사실을 깨달았다고 한다. 페미니즘은 일상적이고 기본적인 상식과 편견을 뒤집어야만 가능한 학문이다. 아는 만큼 보인다고 하지만, 좀 더 과격하게 말하면 뇌는 아는 것만을 본다.

초등학생 무렵에 엄마와 함께 TV에서 〈터미네이터〉를 본 적이 있다. 비슷한 시기에 본 〈스타워즈〉, 〈에일리언〉과 마찬가지로 내 인식 전체에 충격을 주었던 작품이다. 내가 흥분과 감탄에 젖어 엔딩의 여운을 만끽하고 있는데 옆에서 엄마의 목소리가 들려왔다. "저게 대체 다 무슨 소리니?"

나는 어리둥절해서 답했다. "저 사람이 시간여행을 해서 과거로 가서 아들을 낳았잖아……." "시간여행이라는 게 대체 무슨 소리니?" 나는 영화를 처음부터 끝까지 설명했지만 엄마는 시간여행이 무슨 뜻인지, 시간을 거슬러 인과율이 역전된다는 게 무슨 소리인지 이해하지 못하셨다. 그 영화는 엄마에게 처음부터 끝까지 괴이한 영화였을 뿐이다. 당시 내 지식이 엄마보다 나을 리 없었다는 것을 생각하면, 그 영화의 어려움은 지식의 문제가 아니었던 것이다.

최근에는 더 재미있는 일도 있었다. 엄마와 함께 영화 〈반지의 제왕〉을 보던 중이었다. 한참 재미있게 보시던 엄마는 후반에 사루만이 마법을 쓰는 것을 보고 놀라서 내게 질문하시는 거다. "이 영화 뭐야? 현실이 아닌 거니?" 나는 놀라서 되물었다. "어디를 어떻게 봐서 이게 지금까지 현실로 보였는데?"

비슷한 사연을 한 SF 팬에게서 들은 적이 있다. 그 사람은 일반인 친구와 함께 〈스타워즈〉를 보았는데, 영화를 다 본 뒤 일반인 친구가 물었다고 한다. "그런데, 저기가 혹시 지구가 아닌 거야?"

"어디가 어떻게 하면 저게 지구일 수 있는데?"

SF의 특징을 '경이감'이라고 한다.

경이감은 우리가 겪지 못한 것, 지금까지 생각해보지는 못했지만 내 지성으로 충분히 이해할 수 있는 것을, 하지만 지금까지는 무심함과 편견으로 생각해보지 못했던 무엇인가를 한순간에 깨닫게 해 주는 감각이다.

하지만 그렇다면 경이감을 느낄 수 있는 주체는 한정될 수밖에 없다. 무엇을 경이롭게 느끼려면 그것에 너무 익숙해도 안 되고 너무 낯설어도 안 된다. 적당히 익숙해서 톡 건드리는 정도로 생각이 열릴 준비가 된, 하지만 우연히도 아직은 안 열린 사람들만 체험할 수 있는 감각이다. 그런 사람의 숫자는 적을 수밖에 없다. '익숙함'이란 사람이 살아온 방식에 따라 천차만별로 다를 수밖에 없으니까. 동일한 작품이 어떤 사람에게는 '신선하고 재미있는' 것이고 어떤 사람에게는 '너무 진부해서 평범한' 것일 수밖에 없는 것이다.

솔직히 내 작품에 대한 '어렵다'는 평 이면에는 평범하고 흔한 이야기를 한다는 평도 존재한다. 사실 내 감각은 후자에 가깝다. 당연히, 나는 내게 익숙한 이야기를 한다. 내가 좋아하고 많이 보아왔고, 그래서 내가 재생산할 수 있는 이야기를 한다. 그것이 어쩌다보니 어떤 사람들에게는 본 적도 들은 적도 없는 이야기일 뿐이다.

생각해보면 한국은 이런 문화적 단절이 수직은 물론 수평 간에도 큰 편이다. 고작 한 세대 안에 농경문화에서 IT문화로 이전해 왔다. 한 가정

안에서도 부모와 자식이 같이 즐긴 것이 없고, 같은 세대 안에서조차 같이 즐긴 것이 없다. NPC라는 용어를 일상처럼 말하는 집단이 있는 반면에 그런 말을 생전 들어본 적도 없는 집단이 동일한 공간에 있는 것이다.

여기까지 생각하고 나서야 나는 소설을 이중구조로 써야겠다는 결론을 내린 편이다.

사람이 익숙하지 않은 부분은 아예 인지조차 하지 않고 넘어간다면, 그 부분을 전부 보지 못해도 이해할 수 있도록 이중의 스토리라인을 만들면 될 것이다. 구성을 한 줄이 아니라 두 줄로 짜는 것이다. 아주 최근의 작품은 이 생각을 적용해서 쓰고 있다.

그 생각은 영화 〈인터스텔라〉를 보고 더 분명해진 편이다. 그 영화는 내가 보기에 놀라울 정도로 어려웠다. 과학자들 사이에서도 논쟁거리인 온갖 최신 과학이론이 쏟아져 나온다. 그런데 그 어려운 영화가 관객을 동원하는 것이다! 더 놀라운 것은 우리 엄마도 그 영화를 보고 오셨다! 그리고 정말 재미있었다고 하시는 것이다. 〈터미네이터〉도 〈에일리언〉도 〈반지의 제왕〉도 이해 못하신 분이! 나는 조심스럽게 질문했다. "어떤 이야기였는데?"

"아버지가 딸 보고 싶어 하는 이야기 아냐?"

그러니까, 이 영화는 엄마에겐 그런 이야기였다. 내게는 인류를 구하고 블랙홀의 내부를 탐사하는 이야기였는데. 솔직히 내 입장에서 딸이니 아버지니 하는 건 거대한 우주에 압도되어 보이지도 않았다. 하지만 이해할 것도 같았고 그 영화가 관객을 동원할 수 있는 이유도 알 것 같았다.

영화에 두 개의 스토리라인이 동시에 흘러가는 것이다. 그래서 둘 중 하나만 받아들여도 영화를 이해할 수가 있다. 그것이 감독의 의도였든 아니든.

이렇게 생각해보면 왜 「땅 밑에」는 어렵고 「0과 1사이」는 쉬운지 감이 잡힌다(둘 다 '크로스로드'에 실린 작품이고 웹상에 공개가 되어 있다).

「땅 밑에」의 구조는 한 줄이다. 소설 내부의 세계관과 과학 원리를 이해할 수 없다면 결말도 이해할 수가 없다. 반면 「0과 1사이」는 구조가 둘이다. 마침 그 소설을 쓸 당시 나는 플롯을 두 종류로 만들어 놓고 어느 쪽을 택할 지 고민하다가, 아예 둘을 하나로 합쳐 이야기를 만들었다. 덕분에 구조가 이중으로 흘러간다. 그래서 이 소설은 자세히 보면 시작도 둘이고 결말도 둘이다. 과학적인 부분을 아예 읽지 않아도 남은 이야기가 있는 것이다.

나는 사실 이제 와서야 많은 SF 작가들이 오래전부터 그렇게 해 왔다는 것을 깨달은 편이다. 대중과 소통하는 작가들은 본능적으로 이 원리를 알고 있는 것 같다. 내가 좀 늦을 뿐이지.

2. 틀린다는 것

한국에서 SF를 지원하는 곳은 문학계가 아니라 과학계다. 10여 년 전 '과학기술 창작문예'를 주최한 곳도 동아사이언스였고, 10년간 SF지면을 유지하고 있는 국내 유일한 매체인 '크로스로드'도 아태이론물리센터에서 주관하는 과학웹진이다. 비정기적으로라도 SF를 실어준 곳은 『과학동아』, 『뉴턴』 같은 과학 잡지였고, 2015년에 현존하는 SF관련 공모전을 주최하는 곳은 한낙원 SF문학상을 제외하면 과학창의재단, 대전정보문화산업진흥원이고, 2회째를 맡고 있는 SF어워드의 주최 역시 과천과학관이다.

그러다보니 SF 작가에게는 '어렵다'고 불평하는 독자들과 별개의 고민이 있다. '틀렸다'고 불평하는 과학자들이다.

소설책이나 보고 사는 우리들은 도저히 쫓아갈 수 없는 고도의 지능과 최신 과학이론으로 무장한 초엘리트 박사님들 말이다. 내 생각에는 이게 다 빅쓰리3(아이작 아시모프, 아서 클라크, 로버트 하인라인) 잘못인 것 같다. 그 사람들은 인류사에 몇 명 나올까 말까 한, 세기의 과학자 혹은 천재들이었다. 어쩌다보니 그런 분들이 SF의 시대를 여는 바람에 21세기에 태어난 불쌍한 과학 소설가들은 이런 말이나 들어야 한다. "아서 클라크는 미래도 예언하고 그랬는데 말이죠. 요새 소설은 그런 맛이 없어……."

자, 진정하자. 우리 소설에 '어렵다'고 불평하는 독자들에게 잘못이 없듯이 우리 소설에 '틀렸다'고 불평하는 과학자들에게도 잘못이 없다. 슬프지만 그것도 또 하나의 우리의 과제다. 작가가 독자의 독법을 뭐라고 할 수는 없는 노릇이다. 둘이 대척점에 있다는 것이 곤란하기는 하지만, 그래도 어쨌든 작가의 과제다.

말하자면, 이쪽 독자는 아까 이야기했던 스토리의 이중구조 중에서 다른 쪽의 구조만 보는 독자다. 〈인터스텔라〉를 예로 들면, 이들은 아버지가 딸을 만났든 아들을 만났든 외계인을 만났든 아무 관심이 없다. 그들은 화면에 나타난 블랙홀의 구조가 과연 정확한지, 우주선의 항법이나 '중력 이론' 같은 것이 현실적으로 가능한지에 대해 열띤 토론을 하고, 논문이나 칼럼, 책도 내놓는다. 이것을 두고 잘못된 독법이라고 하는 건 곤란한 노릇이다. 그 독법을 가정하지 않는다면 SF는 존재하지도 않는다.

하지만 어쩔 것인가, 작가의 지식에는 한계가 있다. 우리가 〈인터스텔라〉 감독처럼 다 MIT에 들어갈 공부할 수도 없는 노릇 아닌가. 그래 봤자 틀렸다는 소리가 안 나오겠나. 〈인터스텔라〉 시사회 때에도 과학자들의 볼멘소리가 쏟아졌다고 한다. "저런 말도 안 되는 소리가 어디 있나."

이 또한 내 고민 중 하나고, 그간 해온 몇 가지 생각을 소개하고자 한다.

편법 하나 : 대놓고 틀리기

최근에 동료작가분과 나눈 이야기다.

"SF의 과학은 틀려도 된다."(작가가 불성실해도 된다는 뜻이 아니다. 틀리지 않을 방법이 없고, 결국 작품에서 정말 중요한 것은 그것이 아니기 때문이다.)

"하지만 틀릴 때엔 틀리는 줄 알고 틀려야 한다."

내가 틀리는 줄 뻔히 알고 틀린 것에 대해서는 아무도 지적하지 않는다. 하지만 내가 틀리는 줄 모르거나, 틀린 것을 맞다고 믿고 쓴 것은 지적을 받는다. 다시 말해, 내가 초광속이 불가능하다는 것을 뻔히 알면서 초광속 여행 이야기를 하면 아무도 뭐라 하지 않지만, 정말 가능한 줄 알고 쓰면 문제가 생긴다. 이 기준은 놀랍도록 들어맞는다.

이게 편법일지는 잘 모르겠다. 틀리는 줄 알려면 결국 많이 알아야 하니까. 하지만 대충 생각해 보면 대충 적용해 볼 수가 있다.

작가에게 흔히 하는 비난으로 "한 번만 구글링 해보면 알 수 있는데"
가 있다. 하지만 구글링을 하려면 내가 뭘 모르는지부터 알아야 한다.
모든 것을 구글링 하려면 사실상 구골(10100)단위의 시간이 걸린다.

편법 둘 : 집중

회사를 다닐 무렵 한 일러스트레이터가 내게 공을 그리는 두 가지 방
법에 대해 가르쳐 준 적이 있다.

①   ②

그가 말하기를, ②가 훨씬 간단하면서도, 효과는 같거나 더 좋고, 훨
씬 더 예쁘고 감각적이라고 했다. 글쓰기에도 비슷한 원칙이 있다.

영화의 핵심은 단 4~5분간의 사건들이다. 시나리오란 그 순간을 위해서
존재한다.

— 로버트 타우니, 『시나리오 가이드』, 한겨레신문사

그리고 그 외의 것은 과감하게 삭제한다.

소설의 이야기도 단 몇 줄의 순간을 위해 존재한다. 글쓰기의 기본원칙은, 소설 내의 모든 요소가 그 한 순간을 위해 흘러가게 하되, 그 순간과 관련이 없는 이야기는 과감하게 삭제하는 것이다. 내 생각에는 SF에 들어가는 과학에도 비슷한 원칙이 있다. 바꿔 말하면 이렇게 될 것이다.

SF의 과학은 4~5분의 사건(혹은 단 몇 줄의 논리)을 위해 존재한다.

SF에 과학을 넣는 가장 좋은 방법은 이야기의 핵심이 되는 단 한 순간에는 최선을 다해 집중하되, 그 순간에 필요한 것만을 남기고 다른 것은 과감히 삭제하는 것이다. 그 순간의 논리가 충실하면 독자는 이야기 전체를 받아들인다. 거꾸로 말해서, 그 순간이 충실하지 않으면 아무리 다른 부분을 과학적으로 맞게 썼다 해도 독자가 받아들이지 않는다.

편법 셋 : 얼버무리기

모르는 것은 이야기하지 않는 게 좋다.

잘 몰라도 이야기 안 하는 게 좋다. 정확히 몰라도 이야기 안 하는 게 좋다. 제 지식의 바닥을 박박 파서 아는 것을 줄줄 늘어놓으면 독자들이 좋아할 거라고 믿는 것은 순진한 착각이다. 소개팅 자리에서 흔히 하는 착각이고 언제나 실패하지 않는가. 그런 뒤에 '요새 애들은 무식해서 지적인 이야기에는 관심도 없고……' 하고 불평하는 것까지도 비슷하다.

사람은 지적인 이야기에 관심이 없는 것이 아니라 자신과 소통하지 않는 사람에게 관심이 없다.

작가가 공부하는 것은 아는 것을 늘어놓기 위해서가 아니다. 내 이야기가 틀리지 않은지 확인하기 위해서다. 그런 확인만으로 공부의 역할은 대개 끝난다. 지식은 이야기 너머로 사라진다. 문자로 드러날 일이 없다.

애초에 주인공을 세계적인 과학자 같은 인물로 설정하지만 않아도 많이 나아진다. 지적으로 한계가 있는 인물을 설정해야 여지가 있다. 수학과 화학과 공학이 쏟아져 나오는 소설 『마션』에서조차도 주인공은 말단 비행사고, 화학자나 공학자가 아닌 식물학자였다.

가끔, 작가에게 과학 지식을 전해주기만 하면 훌륭한 SF가 나올 것이라고 믿는 과학자분들을 만난다. 그분들은 작가를 만나면 그간 꾹꾹 눌러두었던 불만과 분노를 토해내듯이 열정적으로 과학지식을 쏟아내곤 한다. 하지만 모든 것을 구글링 하는 데에 구골 단위의 시간이 걸리는 것과 마찬가지로 현세의 과학지식을 습득하는 데에도 사실상 무한한 시간이 필요하다. 그것은 한두 시간의 강의나 워크숍으로 채울 만한 것이 아니다. 잠깐의 대화나 강의가 줄 수 있는 것은 과학에 대한 흥미와 관심을 높이는 것, 그리고 그 시간의 지적인 즐거움 정도다. 결국 공부도 글쓰기와 마찬가지로, 필요한 것은 일상의 습관이다. 이해해 주시고, 너무 조급해하지는 말아주시기 바란다.

그래도 과학자들은 SF 작가에게 감사한 분들이다. 가장 열정적인 SF 팬이기도 하다. '어렵다'고 말하는 독자들이 스토리구성을 도와준다면

'틀렸다'고 말하는 과학자 분들은 지적인 도움을 준다. 그분들이 '과학적으로 틀렸다'고 말할 때에는, 'SF에서 과학은 그렇게 중요하지 않고요, 스토리라는 것은……' 하는 말을 늘어놓기보다는 그냥 조용히 듣자는 생각을 요새 한다. '내가 의도하지 않은 곳에서는' 틀리지 않는 것이 당연히 더 좋다.

결국 과학은 이야기를 더 풍요롭게 해 주고, 작가를 더 자유롭게 해 준다. 과학이 작가를 자유롭게 하는 까닭은 그것이 우리가 사는 이 중간계의 세계관이기 때문이다. 현실의 D&D룰 같은 것이다. 과거, 현재, 미래, 1차원에서 15차원까지, 우주의 이쪽 끝에서 저쪽 끝까지, 우리의 인식이 닿는 모든 우주가 과학이라는 룰 위에서 움직이고 있기 때문이다. 그 룰을 얼마나 수용하고 어떻게 활용할지는 또한 작가의 몫이다.

SF는 '세계'에서 출발한다

김창규

글을 어떻게 쓰느냐는 질문을 받았을 때, 내가 대답하는 방법은 크게 두 가지이다. ① 남들하고 똑같아요. ② 남들하고 전혀 달라요. 똑같다고 대답할 경우 공감받을 만한 작중 인물에 대해, 그 인물이 처한 사건과 상황이 얼마나 설득력이 있는지에 대해, 그리고 그 안에 고루 녹아 있는 주제가 얼마나 많은 이들의 고개를 끄덕이게 만들 수 있는지에 대해 얘기하게 된다. 두 번째 대답을 하기로 마음을 먹으면 다른 이들과 차별성을 두기 위해 내가 어떤 노력을 하는지, 그런 착상은 어디서 얻는지, 또한 이야기의 진행과 결말을 어떻게 우회시켜 차이를 두는지 얘기하게 된다. 일반적으로는 그렇다.

그런데 이번에 받은 질문은 조금 다르다. SF를 어떻게 쓰느냐. 이러면 대답을 간단히 나누고 가르기가 힘들다. 나는 ① 다른 소설과 똑같아요. ② 다른 소설과 전혀 달라요. 이렇게 두 가지 대답을 놓고 고민을 하다가 결국 택일을 포기하기로 했다.

그 대신 눈을 연신 깜빡거리면서, 맹공의 여운이 그치지 않은 더위에도 불구하고 제대로 새파랗게 변신한 하늘을 봤다. 그러자 1년 전 가을에 있었던 일이 떠올랐다. 그때도 하늘은 지금과 비슷했다. 대신 내가 서 있던 장소가 달랐다. 당시에 내가 있던 곳은 집 근처에서 인파가 가장 많은 노원역 사거리 부근이었다. 병원에 볼 일이 있어 근처를 오가던 참이었는데, 내 머릿속은 '가상현실의 사소한 결함(glitch)' 문제로 가득 차 있었다.

조금 더 자세히 얘기해보자. SF소설이 아니라 우리가 살고 있는 지금 이 세상에서, 우리가 살고 있는 우주 자체가 가상현실이라고 주장하는 사람들이 있다. 심지어 같은 얘기를 과학 가설로 내세우는 사람도 있다. 이를 '시뮬레이션 우주론'이라고 한다. 하지만 그 사람들의 주장을 가만히 들여다보면 가능성과 개연성을 제시하는 게 전부다. 그도 그럴 것이, '이 우주를 시뮬레이션 할 만한 능력이 있는 하드웨어와 소프트웨어'를 전제로 하기 때문이다. 지금 우리의 지적 능력과 그 지적 능력으로 관찰하고 파악 가능한 세계를 완전히 시뮬레이션 할 수 있다면, 그 시뮬레이션 속에 사는 우리 의식의 한계도 이미 규정되어 버린다.

그럼 우리가 정말로 시뮬레이션 우주 속에 사는지 확인할 방법은 없는 걸까? 시뮬레이션 우주론을 주장하는 사람들은 몇 가지 방법을 제시하는데, 그 중에 가장 직관적인 것이 바로 '사소한 결함'이다. 컴퓨터나 스마트폰을 오래 사용한 사람들은 갑자기 발생하는 이상현상을 한 번쯤 경험해 봤을 것이다. 기계가 멈출 만큼 치명적인 문제는 아니지만 갑자기 화면의 점 하나가 색을 잘못 구현한다든지, 글씨가 잠깐 일그러졌다가 되돌아온다든지 …… 이런 것들이 바로 사소한 결함이다. 시뮬레이션 우주론을 주장하는 사람들은 이 세계를 꾸준히 관찰하다보면 언젠가 그런 결함을 발견할 거라고 말한다(또는 대중들이 '초자연현상'이라고 부르는 여러 가지 사건 중 어느 하나가 그런 결함일 거라고 주장한다).

작년 가을 노원역 근처를 오가던 내 머릿속을 잔뜩 휘젓는 게 바로 이 문제였다. 나는 가상현실을 배경으로 한 SF를 구상하고 있었다. 이야기의 발단은 '사소한 결함'으로 하자고 정해 놓은 참이었다. 하지만 다른 이야기에서 많이 등장하는 뻔한 결함은 이용하고 싶지 않았다. 그래서 나는 폴터가이스트를 비롯한 각종 귀신을 배제했고, 여러 사람이 공동으로 경험하는 시각 이상도 제쳐놓았다. 하지만 그다음으로 나아가질 못하고 있었다.

그때 이십 대 중반의 여성들이 코를 쥐고 불평하는 소리가 들렸다. 은행나무가 길거리에 뿌려대는 고약한 냄새 때문이었다. 나는 고개를 들어서 노원역 사거리를 한 바퀴 둘러보았다. 주변은 온통 은행잎투성이였다. 학원 건물 앞도, 흉하게 서 있는 대형 교회 앞도. 배수구 위도, 환경미화원이 들고 있는 커다란 통 속도.

그리고 문득 어린 아이 같은 궁금증이 떠올랐다. 저 많은 은행잎들은 다 어디로 가는 거지?

물론 이런 생각은 누구나 할 것이다. 그리고 그 생각은 곧 머릿속에서 사라질 것이다. 미화원들은 은행잎을 쓸어 모을 것이고, 어딘가에 모아둔 은행잎은 부패할 것이다. 하지만 은행잎을 보며 영감을 받는 사람들도 있다. 아이들은 동시를 쓸 수 있을 테고, 기자는 제대로 운용되지 않는 쓰레기 처리 문제를 떠올릴 수 있을 테고, 누군가는 노래를 만들거나, 옛 연인과 만들었던 추억을 돌이킬 수도 있을 것이다.

그리고 나는 이런 생각을 했다.

만약에 은행잎이 예전보다 줄어든다면? 은행나무의 개체 수는 그대로인데도 그렇다면? 그 이유가 병충해도 아니고, 기후 변화도 아니라면? 다른 이유로는 어떤 것들이 있을까?

거기서 '사소한 결함'에 관한 고민이 일종의 해답을 얻었다. 누구나 눈으로 볼 수 있고 늘 곁에서 벌어지는 일이지만 그 의미를 깨닫지 못하는 곳에 결함이 있으면 효과적일 것이다. '은행잎이 실제로 사라지고 있으며, 그게 바로 시뮬레이션 우주의 결함이었다면?' 일단 실마리를 얻고 나자 그 다음부터는 이야기가 술술 풀리기 시작했다.

'언제 어디서든 아이디어를 생각'하는 게 SF만들기의 비결이란 얘기를 하려고 이 일화를 끌어낸 건 아니다. 물론 SF의 여러 특징 중 하나가 기발함이나 의외성이긴 하지만, 은행잎과 가상현실을 결합하는 데에는 단순한 아이디어 이상의 요소가 있다.

그 요소는 다름이 아닌 '세계'이다.

모든 SF가 다 그런 건 아니고, 다 그래서도 안 되겠지만, 많은 SF가 '세계 만들기'를 당연한 일로 여기고 실행에 옮긴다. SF소설이나 영화나 애니메이션을 하나 떠올려보자. 아무 거나 좋다. 그리고 주인공이 사는 세계나 국가나 도시를 한 눈에 그려보자. 지금 우리가 살고 있는 세계 / 국가 / 도시와 분명히 다를 것이다. 건물의 생김새나 교통기관부터 시작해 개인이 살아가는 모습이 다를 테고 그것들이 모여서 지금 여기와 확연히 구분되는 하나의 '세계'를 이루고 있을 것이다.

하지만 그 세계는 단순히 연극무대 뒤편에 커다랗게 그려놓은, 2차원적인 배경 그림만이 아니다. 기술이 발전했기 때문이든, 자연재해가 생겼기 때문이든 간에 지금 우리가 사는 곳과 '다른' 세계는 모든 것에 영향을 미치고, 모든 부분에 있어서 다를 수밖에 없다. SF에 있어서 그처럼 '다른' 세계는 보통 새로운 과학이론이나 기술 발전에서 기인한 경우가 많다. 또는 우리가 지금까지 관측하지 못했거나 알지 못했던 미지의 행성, 미지의 사람들이 모인 세계인 경우도 있다. 그 어느 쪽이든 간에 '다른' 세계를 상정하려면 외양의 차이만으로는 부족하다.

곤충처럼 이마에 더듬이가 남아 있는 인류의 얘기를 소설로 만든다고 해보자. 그 인류가 생물인 이상 진화를 통해 현재 상태에 도달했을 것이다. 그러면 더듬이의 존재가 생존에 더 유리했을 것이다. 따라서 더듬이가 장점인 환경을 설정해야 한다. 그 다음, 더듬이가 의사소통 기관이기도 하다고 설정해보자. 그러면 이 인류의 대화, 감정, 거짓과 진실 등은 우리와 다를 수밖에 없다. 그런 사람들의 사랑, 경쟁, 토론, 승부 역시 우리와 다를 것이다. 이 모든 것들이 어우러지면 새로운 세계가 탄생하고 그 속에서 살아가는 사람들이 탄생한다. 읽는 이가 이런 설정과 그 안에서 풀려가는 이야기에 공감하고 설득당하도록 만들려면, 작가는 정교하고 세심하게, 그리고 자신이 만든 세계에 들어맞지 않는 부분이 없도록 글을 만들어가야만 한다.

다시 은행잎에서 시작되는 이야기로 돌아가 보자. 독자는 어느 정도 이야기가 진행된 뒤에야 알게 되지만, 그 이야기의 주인공은 자신이 가상현실 세계에 산다는 걸 이미 알고 있었다. 그리고 여러 가지 이유로 피와 살이 있는 육체가 남아 있지 않으며, 그 디지털 복제본만 가상현실 속에 산다는 것도 알고 있었다. 이 가상현실에서는 정해진 용량 때문에 모든 것이 재활용된다. 심지어 사람에 관한 데이터까지도. 그런데 주인공은 여행을 하면서 사라진 은행잎들이 재활용되지 않는다는 걸 알게 된다. '세계'의 규칙이 깨지고 있는 것이다. 세계의 허점이란 곧 세계의 본질과 연관된다. 은행잎은 허점을 들여다보게 하는 단초였고, 은행잎이 줄어든다는 건 누군가가 재활용 체계를 악용하거나 좀먹고 있다는 얘기가 된다. 결국 주인공은 은행잎을 통해 단순히 그 세계가 가상현실이라는 것만 독자에게 보여주는 게 아니라, 삐걱거리고 있는 가상현실의 속내까지 드러내기에 이른다.

그렇게 해서 앞서 얘기한 대로, 은행잎은 독자에게 '다른' 세계를 들여다보게 하는 다리가 됐다.

작품 속 세계를 만드는 일은 SF에 있어서 중요한 요소다. 어쩌면 가장 중요한 요소일지도 모른다. 하지만 '겁먹지 말자'. 세계는 세부에 이르기까지 설득력이 있어야 한다고 말했지만 어차피 작가는 독자에게 세계를 전부 보여줄 수 없다. 그리고 그럴 의무도 없다. 또한 작품 속 세계가 다르다고 해서 정치, 경제, 사회, 문화, 복식, 그 안에 사는 사람들의 신체구조, 기후 등 모든 것이 다를 필요도 없다(그런 SF도 많긴 하지만). 작가의 목적은 하고픈 이야기와 보여주고픈 세계를 가장 효과적으로 전달하는 것이다. '시간 여행 기술은 개발됐지만 다른 것은 지금과 별 차이 없는 세계'도 다른 세계다. '지구의 중력이 지금보다 10퍼센트쯤 약한 세계'도 엄연히 다른 세계다. 그 세계의 어느 부분을 얼마만큼 보여줄 것인지, 그리고 나머지는 얼마나 천연덕스럽게 무시할 것인지, 여기까지 결정을 하면 SF의 70퍼센트는 완성되었다고 봐도 좋다. 왜냐하면 세계의 지형도를 어떻게 편집할지 정했다는 것이 곧 인물의 성격과 그 인물이 앞으로 겪고 행할 일들 역시 대략 결정해줄 수 있기 때문이다.

이제 한 가지 질문이 자연스럽게 따라올 것이다. 그 세계는 과학적으로 엄격해야 하는가? 하나의 사건이나 정황만으로도 '다른' 세계가 만들어질 수 있다고 했으니, 이 질문은 SF가 과학적으로 엄격하게 들어맞아야 하느냐는 질문과 동일하다. 이 질문에 대해서는, 우선 작가가 과학적인 세계관을 갖고 작품을 들여다봐야 한다고 답하겠다. 과학이란 확증된 지식의 총합보다 더 크다. 과학은 세상을 바라보는 시각이며 태도이다. 초자연적인 존재나 설명 불가능한 현상은 없다는 태도. 세상의 물질적 이치는 합리적이어야 한다는 태도. 이게 바로 과학적인 세계관의 기본이다. SF 작가라면 자신이 만들어 낸 세계 또한 그런 눈으로 바라보고 재단해야 한다. 세계 조형이 중요한 SF라면, 이런 작가의 눈이야말로 작품의 핵심이자 중심기둥이 된다.

이쯤에서 이 글이 특정 SF 작가의 SF 만드는 법이라는 걸 상기해주었으면 좋겠다. 지면의 제약 등 여러 가지 이유 때문에 지금까지 그 중에서도 중요한 요소, 즉 '세계 조형'을 소개해보았다. 한편 '세계를 만들면 70퍼센트는 완성'이라는 얘기에 고개를 갸우뚱하거나 격렬하게 반대할 사람도 있을 것이다. 하지만 소설을 쓰는 방법이 단 하나뿐이라고 생각하는 사람은 없을 것이다. 이렇게 생각해보자. 지금 우리가 사는 현실에서, 우리들 각자는 세상과 별개로 존재하고 있을까? 그렇지 않다. 우리는 시스템의 일부이고, 부단히 시스템과 영향력을 주고받는다. 그 시스템을 통틀어 우리는 세계라고 부른다. 소설도 그렇다. 인물은 작중 세계와 뗄 수 없다. SF가 익숙하지 않은 세계를 펼친다면 그 안에서 살아 숨 쉬는 인물도 그 세계의 특성을, 정도의 차이는 있겠지만 상당수 물려받을 것이다. 작품의 설득력이라는 면에서 봐도 이는 지극히 당연한 얘기인데, 하물며 '새로운 / 낯선' 세계를 독자의 면전에 들이미는 SF에 있어서야 더 말할 필요가 없다.

그래서 세계 조형이 중요한 SF를 쓸 때면 과학지식을 많이 아는 것만으로는 충분하지 않은 경우가 많다. 현실 세계의 여러 모습을 알려주는 분야, 그러니까 역사, 정치, 경제, 예술에 전반적으로 관심을 갖는 습관도 필요하다. 그 다음에 SF 작가의 눈으로, 지구라는 이름의 행성이 작품 속 세계라 가정하고 들여다보자. 가상의 돋보기를 하나 손에 들고서, 배율을 달리해가며 이곳 저곳을 보자. 그 돋보기에는 '과학적 세계관'이란 필터를 붙이고서 말이다. 그러면 SF 속 '다른' 세계와 인물을 만드는 데에 '정말로' 많은 도움을 얻을 수 있을 것이다.

두 가지 답, 그러니까 'SF는 다른 소설과 마찬가지 / 다른 소설과 전혀 다르다'를 모두 아우를 수 있는 답은 세계 조형이다. 그게 내가 SF를 쓰는 방식이기도 하다. 70퍼센트와 30퍼센트의 이음매가 눈에 띄지 않고 철저하게 유기적으로 녹아든 SF, 그게 바로 내가 이상으로 여기고 시도하는 SF의 완성형이다.

미래에서 온 소녀

서진

　20대 후반이 되어서야 소설을 쓰기 시작했다. 대학원에서 인공지능을 전공했는데 당시에는 소설을 쓰는데 전혀 도움이 되지 않을 거라고 생각했다. 공학은 보통 사람들이 생각하는 것처럼 창의적이지 않다. 공상과학 소설 속에서나 나오는 신통방통한 일들은 연구실에서 (최소한 내가 경험한 바로는) 잘 일어나지 않는 것이다. 수십 년간, 아니 수백 년간 연구된 이론이 있고 내가 할 수 있는 것이란 그 이론을 약간 변형하거나 새로운 것을 접목 시켜서 실험을 하는 것뿐이다. 결과가 약간이라도 향상되면 좋겠지만 그렇지 않을 때도 많다. 하지만 많은 연구자들은 실적을 위해서라도 불필요한 실험에 매진하고 논문을 쓴다. 아마도 나는 그런 환경을 답답하게 여긴 것 같다.

인공지능의 가장 기본적인 이론은 문제 해결, Problem Solving인데 깊은 구멍에 빠져서 탐색 영역을 확장시키지 못하고 문제를 해결하지 못하고 있었던 것이다. 여기서 문제라는 것은 '무얼 하면서 살 것인가?' 혹은 '나는 도대체 무얼 원하는 것인가?'라는 것이다. 보통 이런 문제는 청소년 때 해결하는 것이지만 나에겐 사춘기가 20대 후반이 되어서야 찾아왔다. 구멍에서 빠져나오려면 탐색 영역을 넓혀야 한다. 그 방법도 여러 가지가 있다. 모든 걸 포기 하고 랜덤으로 아무 일이나 하는 것도 좋은 방법이다. 그 정도로 용기 있지는 않았다. 나는 남들에게는 말하지 않았던, 하지만 무척 하고 싶었던 일을 해보기로 했다. 혼자 5, 6년 정도 소설을 써봤다. 그리고 삼십대 중반, 박사과정을 그만 두고 소설가로 전향했다. 이후로 한 번도 뒤를 돌아본 적이 없다.

나는 2007년 장편소설 『웰컴 투 더 언더그라운드』로 한겨레 문학상을 받고 등단했다. 이후로 소설과 에세이 등 현재까지 여섯 권의 책을 냈지만 딱히 순수문학 작가라고 생각하지 않는다. 그렇다고 SF 작가라고 할 수도 없다. 그러나 지금까지 펴낸 책과 발표한 소설들을 보면 다분히 장르문학, 특히 SF의 설정에 기댄 것들이 많다. 어떻게 그런 소설을 쓰게 되었을까? 발표한 소설 중 SF 설정에 기반을 둔 소설을 살펴보면서 답이 나올지도 모른다. 그런 소박한 희망으로 이 글을 쓰게 되었다.

1. 『우리 반에서 양호실까지의 거리』

(미발표 장편, 웹진 크로스로드, 2008)

학교에서 좀비가 나타났다는 이야기는 그리 새롭지 않다. 웹툰과 소설, 미드나 영화에 좀비는 단골 소재가 되었고 이제는 식상할 지경이다. 하지만 그걸 SF에 적용시킨 소설은 흔하지 않다. 이 소설을 웹진 크로스로드에 발표할 당시 나는 막 등단해서 첫 장편소설을 냈다. 쓰고 싶은 게 너무 많았는데 그 중의 하나가 좀비가 등장하는 소설이었다. 하지만 이 소설이 앞으로 나의 발목을 세게 잡을 거라고는 생각하지 못했다. 수년 간 나는 이 소설의 장편화에 몰입했기 때문이다.

주인공은 평범한 고등학생 남자인데 학교에서 눈을 뜨자마자 좀비들의 공격을 받는다. 보통 좀비소설이나 영화에서 좀비가 출현하는 이유는 이유를 알 수 없는 바이러스 때문이다. 하지만 이 소설에서는 좀비가 나타나는 것 자체가 미래의 게임이다. 즉, 소설의 현재는 2009년 이지만 약 30년 후의 미래에서 가상현실 게임으로 게임 플레이어의 고등학교 시절로 돌아가 좀비 게임을 즐긴다는 것이다. 문제는 게임에 바이러스가 침입해서 주인공은 지금 상황이 게임인지 알 수가 없다. 좀비가 나타는 것을 리얼한 현실로 여기고 있고, 이 상황을 빠져나가기 위해서 고군분투해야 한다.

단편에서도, 장편에서도 미래로 돌아가서 사건을 해결하는 일은 없다. 주인공은 미래의 나에 대해서 아무것도 알지 못한다. 결혼은 했는지, 어떤 직업을 가지게 되었는지, 왜 이 게임을 하게 되었는지 등등. 좀비가 출현하는 악몽 같은 현실에서 깨어나기 위해 노력하지만 주인공은 깨어날 미래에 대한 확신이 없는 것이다. 청소년들도 그렇지 않을까? 마치 미래는 정해져 있는 것 같고, 열심히 공부하면 그 미래에 도달할 수 있는 것 같은데 그 미래가 내가 바라는 미래인지 아닌지 확신이 없는 것이다. 결국 주인공은 갖은 역경을 이겨내고 게임에서 빠져나온다. 하지만 주인공이 깨어나는 곳은 미래가 아니라 게임에서 한 번도 맞이해본 적이 없는 다음 날이다. 좀비는 더 이상 나타나지 않지만 그 전과는 확연히 다른 새로운 오늘이 주인공을 기다리고 있다. 평범하지만, 전혀 평범하지 않은 날이.

2.『뉴욕, 비밀스러운 책의 도시』(푸른숲, 2010)

표면적으로 이 책은 에세이다. 뉴욕의 서점을 소개하는 내용인데, 갑자기 미래에서 책을 구하러 오는 여자가 등장함으로써 픽션과 논픽션의 경계를 허문다. 주인공은 소설가 서진이고 「도서관을 태우다」라는 소설을 쓰고 있지만 장벽에 부딪힌다. 뉴욕의 서점 어느 서점에서 자신이 쓸 소설을 발견하고 나머지 원고를 찾기 위해 서점을 돌아다닌다. 그러던 어느 날 미래에서 온 여자를 만난다. 그 여자는 '도서관을 태우다'를 쓸 수 없도록 원고를 가로 채기 위해서 왔다. 왜냐하면 그 책은 미래에서 가장 위험한 책으로 지정되었기 때문이다.

미래에는 책을 읽는 것 자체가 아나키스트라는 것은 당연히, 레이 브래드버리의『화씨 911』에서 모티브를 얻었다. 그 소설에서는 책을 읽는 것 자체가 위험한 것으로 간주된다. 스스로 생각할 수 있는 것은 인간의 덕목이지만 미래사회에서 그 능력은 권력자들에겐 위험한 것이다. 사람들이 스스로 생각을 한다는 것은 그들에게 위협적이다. 현재에도 그건 통용된다. 책을 읽는 것이 법으로 금지된 건 아니지만 점점 사람들은 책과 멀어지고 자극적인 엔터테인먼트에 반응하고 있다. 게다가 디지털 정보는 통제가능하고 순식간에 변형 가능하지만 책은 어렵다.

미래에서 현재를 바꾸기 위해서 누군가 타임머신을 타고 온다는 것은 영화〈터미네이터〉,〈백 투 더 퓨처〉, 소설『시간을 달리는 소녀』등 이후로 대중문화에 꾸준히 사용되고 있는 소재다. 내가 흥미롭게 생각하는 것은 과학적인 근거가 아니다. 조금만 생각해봐도 시간여행은 거의 불가능하고, 가능하다고 해도 미래에서 현재로 와서 뭔가를 바꿔봤자 미래가 바뀌는 건 아니다. 하지만 사람들은 정해진 운명(혹은 정해져 있는 미래)을 어떻게든 바꿔보고 싶어 한다. 젊은이에게 필요한 건 희망적인 미래보다는 불확실성이 제거된 미래다. 확신하지 못했던 어떤 미래에서 소녀가 나타나 미래의 참모습을 말해준다면 그것이 아무리 디스토피아적인 미래라고 하더라도 뭔가 해볼 의지가 불타오르는 것이다.

실재로 서점은 줄고 있고, 종이책이 영원할 것이라는 것도 장담할 수 없다. 주인공은 세상에서 가장 중요한 책들을 모아 비밀 서재를 만들지만 결국 미래에서 온 여자는 비밀 서재의 책을 모두 불태우고 사라진다.

3.『하트브레이크 호텔』(예담, 2011)

『하트브레이크 호텔』은 전 세계의 하트브레이크 호텔이라는 공간을 중심으로 일어나는 다양한 이야기를 묶어놓았다. 그 중 가장 SF적인 성격을 갖고 있는 소설은 「미래 귀환 명령」이다. 오로지 채팅 대화로만 이루어져 있는데 주인공인 내가 알고 보니 미래에서 과거로 보내진 소울인데 에러가 생겨 인지를 못한다. 그걸 일깨워주기 위해 미래의 요원이 나와 대화를 시도하는 것이다. 시간 여행이 물리적인 육체로 불가능하기 때문에 소울(정신)을 현재의 누군가의 바디(육체)에 전송시킨다. 웜홀이 시간 여행을 할 수 있는 최적의 장소로 여겨졌지만 어디까지나 이론적인 이야기고, 소설 속에서는 통합 정보 이론이라는 것이 정립되어 형태를 가진 모든 것이 추상적인 개념으로 전환 가능하게 된다. 이는 다른 곳으로 이주할 수 있는 행성이 없다는 걸 알았을 때 마지막 남은 해결책이 시간 여행이었던 것이다. 자신의 기억을 조합한 과거를 체험할 수 있는 게임에 착안하여 타임머신은 만들어진다. 자신의 기억이 아니라 과거의 어떤 사람의 뇌 속으로 소울이 들어간다면 시간 여행이 가능한 것이다.

273년이나 지난 미래는 굉장히 오염되어 인류가 더 이상 살 수가 없고, 철저한 계급으로 나뉘어서 살고 있고, 위대한 통치자가 독재를 하고 있다. 소울들은 계급에 따라 다른 가상적인 공간에서 살고 있다. 최하위 단계에 사는 주인공은 시간여행을 지원했다. 주인공은 자신이 왜 시간 여행을 지원했고, 왜 미래를 기억하지 못하는지 모르지만 채팅을 하면서 점점 알게 된다. 자신은 데이터를 독점하는 미래사회의 반기를 든 아나키스트였고 바이러스를 침투시켜 다른 소울들이 생활하고 있는 몇 개의 월드를 오염시킨 것이다. 주인공을 찾아내기 위해 미래에서 요원들이 투입되었고 주인공을 미래에서 보호하던 요원이 주인공에게 피신하라는 경고를 주기 위해 통신을 시도했던 것이다. 주인공은 처음에 그 사실을 믿지 않지만 점점 이야기에 빠져들게 되고 마지막 장면에서는 낯선 사람들이 자신의 이름을 부르며 문을 두드린다.

정신이 육체보다 시간 여행이 쉽다는 가정은 과학적으로 근거가 매우 희박하다. 하지만 최면을 통한 전생의 기억을 되살리는 실험 같은 데에서 사람들은 과거에 자신이 어떤 사람이었는지 줄줄 내뱉는 경우가 있다. 그것이 망상이라고 해도 혹시 그들의 몸에 과거의 정신이 전송되지 않았을까 하는 생각이 들기도 한다. 무속 신앙에서 귀신이 들렸다는 것과 비슷한 이런 현상을 과학적으로 (최소한 논리적으로) 풀어보려고 하려는 시도였다.

세 작품을 간단하게 살펴보았다. 초등학교 때 무단으로 출판된 걸작 SF소설을 꽤나 읽었지만 성인이 되어서는 시들해졌다. 다시 관심을 가지게 된 것은 필립 K. 딕, 토마스 핀천, J. G. 발라드, 커트 보네거트 등의 소설을 읽게 되면서다. 그들의 소설은 과학적 내용에 기반을 두기보다는 설정이 미래나, 다른 행성 등일 뿐 소설이 집필될 당시의 정치적. 사회적, 혹은 개인적 문제를 담고 있다. 굳이 미래를 배경으로 한다거나 과학적인 배경으로 이야기를 진행시키는 이유는 일반적인 배경보다 극명하게 주제를 부각시킬 수 있기 때문이다. 그럼 나는 무엇을 이야기 하고 싶었던 것일까?

시간여행, 가상현실게임, 미래사회를 이야기 한다고 해도 나의 소설은 항상 현재에 머물러 있다. 비과학적이며 비논리적이고, 설명이 잘 안되는, 불명확한 설정을 바탕으로 한다. 나는 되도록 과학 용어나 설명이 부차적으로 필요한 어려운 말을 소설 속에서 쓰고 싶지 않다. 하지만 설명 가능한(비록 그게 어떻게 이루어지는지 주인공이나 독자가 이해하지 못한다고 해도) 사건이었으면 좋겠다. 어쩌면 그건, 공학자 출신의 소설가의 편협적인 시각 혹은 한계일지도 모른다. 이론을 약간 변형해 새로운 논문을 쓰고 싶은 게 아니라, 세상에 엄청난 일이 일어나고 있는데 그걸 과학적으로 설명해 보려고 애쓰는 것이다. 어차피 진정한 창의력은 비과학적인 발상에서 나오지 않던가?

어떻게 그런 일이 일어날 수 있는 지는 사건을 통해, 혹은 시간 여행자의 설명을 통해 알 수 있다. 시간여행자를 미래에서 온 소녀라고 가정하고 주인공은 소년은 나라고 가정해보자. 자꾸 이상한 이야기를 해대는 소녀는 어쩌면 정신병자일지도 모른다. 하지만 나는 현재에서 이상한 일을 겪고 있다. 나는 미성숙하고 하는 일마다 잘 풀리지 않는다. 소녀는 내가 중요한 임무를 맡고 있다고 말해준다. 내게 일어나는 일이 생긴 이유를 소녀가 척척 잘 설명해준다. 내가 해야 할 일이 지구를 구하는 것 같은 거창한 임무가 아니라도 좋다. 나에겐 확정된 미래가 있기 때문에 지금 해야 할 일이 있는 것이다. 그것만으로도 나의 삶은 달라진다. 내가 해야 할 일은 좀비 게임의 바이러스를 퇴치하는 일일 수도, 뉴욕의 서점을 뒤지며 앞으로 내가 쓰게 될 소설을 찾아내야 할 수도, 미래에서 파견된 요원들의 공격을 피하는 것일 수도 있다. 의미 없던 나의 삶에 미래에서 온 소녀가 의미를 찾아 주었다.

미래는 그닥 밝지 않다. 나는 그 미래에 대항하여 싸워야 한다. 어쩌면 내가 새로운 미래를 만들어야 할지도 모른다. 다양한 Problem Solving 의 방식으로 몸과 머리를 써야 한다. 결국, 그것이 위의 소설을 움직이는 구동력이 되지 않았을까? 굴러가는 힘이 있다면 소설을 쓰는 건 결국 시간문제인 것이다.

소설과 영화가 얼마나 미래를 정확히 예측했는지 당신은 알지 못할 겁니다. 어차피 미래는 상상의 소산이니까요. 어디까지나 상상이 먼저입니다. 물리적인 구축은 그 다음입니다. 과학적인 추론만 가지고는 혁신적인 일이 일어나지 않습니다.

—「미래 귀환 명령」 중에서

2장
SF, 우리들 꿈과 사랑의 아카이브

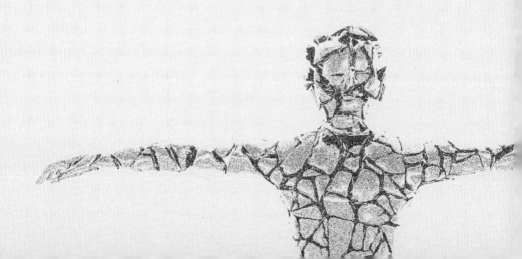

나의 본의 아닌 SF 덤비기

원종우

스스로를 SF 작가라고 부른다면 좀 쑥스러운 일일 것 같다. 국제적으로는 물론 국내에도 오랫동안 전문적으로 SF 작품들을 써온 여러 작가들이 있고 그 수준도 만만찮다. 그에 비하면 나는 5년 전 『딴지일보』에 「외계문명과 인류의 비밀」이란 제목으로 연재된 후 『태양계 연대기』로 발간된 장편 SF팩션 하나와, 대중과학적 접근을 지향한 과학책 『파토의 호모 사이언티피쿠스』 속에서 과학적 개념들을 전하기 위해 쓴 단편 대여섯 편 정도가 전부다.

그래서 SF 작가라는 입장에서 깊이 있는 고민을 나누기에는 아무래도 좀 부족함을 느낀다. 다만 태양계 연대기를 연재하는 6개월여의 과정 속에서 느끼고 시도한 것들, 그리고 오랜 SF 및 과학 팬이자 현재 과학 커뮤니케이션을 직업으로 삼고 있는 입장에서의 문제의식을 통해 SF의 저변을 넓히기 위해서 지금 이 땅에는 어떤 SF 작품들이 필요할지 제안해 볼 수는 있을 것 같다.

나를 SF 작가 비슷한 입장에 올려놓은 주역인 『태양계 연대기』는 원래 SF를 쓰겠다는 의도로 준비된 작품이 아니다. 오히려 당시 시대적 분위기가 요구한 일종의 정서적 돌파구 역할에 가까웠다. 2009년 한 해 내내 우리나라 사회는 불시에 벌어진 노무현 대통령 서거의 비극으로 무척 어두웠고, 내가 속해 있던 『딴지일보』 기사들의 논조도 긴 시간 우울함으로 점철되어 있었다.

하지만 그렇게 해를 넘기면서, 이제는 1년 가까이 계속된 어두운 그림자에서 벗어나 새로운 에너지를 끌어내야 한다는 문제의식이 편집부 내에서 제기됐다. 한동안 계속된 그 논의는 아무런 명분이나 깊은 의미도 없는, 그저 재미있기만 한 글이 절실히 필요하다는 결론으로 이어지게 된다. 지친 심신을 위로하고 사람들의 혼을 뺄 수 있는 엉뚱하거나 신기한 스토리가 필요했던 거다. 그리고 내가 바로 그런 글을 쓰는 역할을 맡게 됐다.

그래서 집필의 포인트는 좋은 SF 작품의 창작이 아니라 어떻게든 최대한 재미있는 이야기를 만들어 내놓는 것이었다. 사실 SF적 소재는 그저 내가 좋아했기 때문에 차용됐을 뿐이고 머릿속에는 SF를 쓴다는 자각조차 없었다. 그렇게 나온 연재물은 과학적 팩트와 과학에 느슨하게 근거한 추론, 그리고 UFO, 초고대 문명, 비밀 결사, 음모론 등 사람들이 좋아하는 온갖 요소들을 교묘하게 뒤섞은 것이 되었다. 그런데 이게 기대보다 더 큰 인기를 얻어 3, 4회 정도의 연재물로 기획됐던 것이 18회로 늘어나며 총 200만 페이지뷰를 달성하게 됐다. 재미있는 이야기로 독자들을 홀려 보자는 소기의 목적은 달성한 셈이다.

그런데 생각해보면 이 이야기를 많은 이들이 좋아하고 그 결과 역설적이게도 SF 관련자들의 관심까지 끌게 된 비결은 어쩌면 내게 SF를 쓴다는 생각 자체가 없었기 때문이 아니었을까 싶다. 나도 오랜 SF 팬이기 때문에 SF 작품들에 대한 나름대로의 기준이 있다. 그 기준이 작동하는 상황에서라면 비밀결사나 음모론 같은 것들을 이야기에 엮어 넣는데 부담을 느꼈을 것이다. 하지만 그저 완성도 높은 재미있는 이야기를 쓰려 했던 덕에 자유롭게 모든 요소들을 엮을 수 있었다. 또 누구나 따라올 수 있는 몰입감 높은 스토리를 만들려 했기 때문에 SF 팬이 아닌 독자들에게도 어필할 수 있었지 싶다. 그래서 생각해 본다. 어쩌면 우리나라 현실에서는 나보다 뛰어난 SF 작가들에 의해 이런 접근이 더 적극적으로 이뤄져야 하지 않을까.

이런 생각이 드는 이유는 장르문학이 우리나라에서 가진 입지와 특수성의 한계 때문이다. 잘 알려져 있는 것처럼 SF를 위시한 장르문학은 특유의 성향이나 색깔이 확연하기 때문에 작가들도 비교적 전문화되어 있고 독자들의 애정도나 충성도도 높은 편이다. 해외든 우리나라든 이런 특성 자체는 크게 다르지 않지만 우리나라는 전체 '판' 자체가 작다는 점에서 실제로 벌어지는 상황은 천지차이다.

예컨대 영어권이라면 미국과 영국, 호주, 캐나다는 물론 인도와 필리핀 같은 나라들도 포함될 수 있고 그 인구는 적게 잡아도 수억 명에 달한다. 일본도 '섬나라'라는 우리의 편견과 달리 1억 3천만 명이나 되는 인구를 자랑하는 큰 나라다. 이런 영미나 일본 등과 비교하면 우리는 인구에 따른 시장규모 자체도 작거니와, 문화적 관심도나 생활수준과 환경도 그들과는 분명 차이가 있다. 이런 상황 하에서는 장르 특성이 강한 대부분의 문화예술 분야가 좁디좁은 저변의 빈곤함에서 벗어나기 어렵다. 이 악순환을 끊기 위해서는 보다 전향적인 접근이 필요하다.

내가 이런 부분에 대해 나름대로의 명확한 입장을 가진 이유는 20년 전 비슷한 상황 속에 놓여있던 다른 문화예술 분야에서의 경험 때문이다. 바로 인디뮤직 운동이다. 중·고등학교 때부터 소위 음악 덕후였던 터라 80년대 중반 들국화, 시나위, 부활, 백두산 등이 주도한 록의 르네상스를 가슴 벅찬 흥분과 기대감으로 지켜봤다. 하지만 실망스럽게도 그 불길은 몇 년 지나지도 않은 90년대 초에 이미 사그라들었고, 그 모습은 안타까움을 넘어 통한하기까지 할 정도였는데, 그 배경에 다른 무엇도 아닌 경제적인 빈곤의 문제가 가로놓여 있었기 때문이었다. 뭔가 구조적으로 변해야 했다.

그래서 생각한 것은 당시 얼터너티브 붐을 이끌던 미국 시애틀 인디뮤직 씬을 참고해서 국내에도 비슷한 시스템을 도입하는 것이었다. 그런 내용의 글을 매체에 쓰고 여기저기서 말을 하고 다녔다. 그리고는 얼마 안 지나서 인디뮤직의 개념이 언론과 문화계의 주목을 받으며 일반인들의 입에까지 오르내리기 시작했다. 홍대 앞을 근거지로 하는 조직도 생겨나는 등 그때는 마치 밴드가 주축이 된 록 음악이 새로운 중흥기를 맞을 것 같은 분위기였다. 어찌 보면 지금의 과학 붐과 약간 비슷한 느낌이 없지 않은 상황이다.

그러나 이후 20년이 지난 지금까지도 인디뮤직, 밴드 음악의 입지는 별로 달라진 게 없다. 록의 중흥도 일어나지 않았으며 대중음악계는 당시보다도 더 획일화된 상황이다. 그때 인디뮤직이 봉착한 문제가 바로 기반이 빈약한 문화가 소수 마니아층이 중심이 되어 운동 차원에서 펼쳐질 때의 한계였다. 언론과 식자층, 문화운동가들의 관심과 참여에도 불구하고 실제로 밴드 음악을 소비하는 층을 대중으로까지 넓히지 못했으며 그런 문제의식도 부족했다. 그래서 산업으로서의 자생력이 생겨나지 않았고, 초기의 흥분과 신선함이 사그라지자 추동력이 급속히 약해지고 말았던 거다.

록의 경우와 마찬가지로 우리나라에는 영미권 같은 풍부한 SF 전통이 형성되어 있지 않다. 영미권의 경우 긴 세월 속에서 처음에는 촌스럽고 단순한 스토리로부터 시작해서 아이작 아시모프, 아서 클락, 로버트 하인라인의 소위 빅3의 시대를 거쳐 지금의 복잡 다양한 수준에 이르렀고, 거기에는 큰 시장이라는 이점과 함께 오랜 시간이 주어졌었다. 물론 우리도 시대에 따라 선각자라고 할 만한 이들이 나타나 주목할 만한 작품을 발표해 왔지만 사실상 예외적인 사건에 가까웠고, 대중에게까지 존재감을 주는 씬을 형성할 정도로 풍성했던 때는 없었다고 해도 과언이 아니다.

그런데 우리에게는 없던 그런 해외의 흐름과 역사를 단기간에 압축해서 겪고 받아들인 것이 바로 우리나라의 골수팬들이다. 원래 여건이나 환경이 어려운 예술문화 분야일수록 이를 자발적으로 찾고 또 지켜나가는 팬들의 자부심도 그만큼 높다. 그런 에너지와 전문성은 물론 큰 가치가 있지만, 이런 상황이 때로 대중과의 사이에서 벽으로 작용하곤 한다. 지식이 많다 보니 날카로운 식견을 갖지만, 한편 대중이 어떤 상태에 있는지, 그들을 끌어들이기 위해서는 어떤 접근을 해야 하는지의 감각을 상실하기 쉬운 것이다. 그러다보면 결국 소수의 향유와 평가만이 존재하는 이너서클의 닫힌 구조가 형성된다. 웬만해서는 그 관계 속에 들어가기 어렵고 외부에서의 움직임에도 둔감해져 버린다. 우리나라에서 소위 마이너라고 불리는 많은 문화예술 분야가 이런 상태에 놓여 있다.

하지만 적어도 그 상태에 머무르는 것이 만족스럽지 않고 한계를 느낀다면, 그래서 확산과 대중화의 필요성에 공감한다면 그보다 훨씬 유연한 태도를 갖지 않으면 안 된다. 마니아들은 작품에 대한 기준이 높기 때문에 자신의 세련된 취향을 충족시키지 않으면 매몰차게 선을 긋는 경향이 있다. 물론 완성도 자체가 떨어지는 경우라면 문제지만, 그게 아니라 성향과 난이도의 문제라면 짚고 넘어갈 필요가 있다.

음악 팬의 입장으로 돌아가 보자. 내가 음악 덕후이던 90년대 초반의 화두 중 하나는 재즈였다. 예컨대 케니 지(Kenny G)는 재즈인가? 아니다. 그럼 팻 매쓰니(Pat Metheny)는 재즈인가? 그렇다. 그럼 이제, 〈필 소 굿(Feel So Good)〉이라는 곡으로 유명한 척 맨지오니(Chuck Mangione)는 어떤가?

마니아적 전문성의 잣대로 이야기하자면 그의 음악을 재즈라고 하기는 어렵다. 하지만 단지 색소폰으로 연주하는 팝 음악인 케니 지에 비한다면 재즈로 가는 길목에 있는 건 분명하다. 그래서 만약 내가 대중에게 재즈를 전달하고자 하는 입장이라면 척 맨지오니는 권하기에 아주 적절한 아티스트다. 귀에 쏙 들어오기 때문에 많은 사람들이 그 음악을 듣고 좋아할 것이며 그 중 일부는 조금씩 더 본격적인 재즈로 옮겨가면서 저변을 넓힐 수 있기 때문이다.

하지만 나의 식견과 '양심'에 비추어 좋은 재즈를 전달한다면서 처음부터 복잡한 코드 체인지와 음악이론의 한계를 넘어서는 즉흥연주를 들이민다면 청중은 그저 도망갈 뿐이다. 마찬가지로 현재 영미권의 팬들이 좋아하는 최신의 스타일의 세련된 작품을 우리나라 대중에게 던져주면 부담스럽고 어렵게 느끼는 경우도 적지 않을 것이다.

요컨대, 대중은 좋은 음악을 좋아하고 재미있는 이야기를 재미있어한다. 재즈다 아니다, SF다 아니다는 우리에게는 아주 중요하지만 그들에게는 중요한 이슈도 아니다. 그렇기 때문에 장르의 저변은 재미와 편함으로 포장해 전달되지 않으면 절대 넓어지지 않는 것이다. 작품 자체가 아무리 훌륭하다 한들 소화하기 어렵다면 SF에의 관심을 끌어내는 데는 일체 도움이 되지 않는다.

우연이긴 했지만 『태양계 연대기』가 일반 독자들에게 통했던 것은 결과적으로 철저한 대중적 접근 때문이었다. 이때 대중적이란 말은 우리나라에서 흔히 오인되듯 유치함과 동의어는 아니다. 직선적이고 따라오기 쉬운 스토리 라인에 충격적인 내용을 담았다는 점에서는 5~60년대의 SF와 비슷한 점들이 있지만 장르 특성에 근거한 완성도를 추구하지 않았고 작품 자체의 구조와 대중적 흡인력에만 신경을 썼다. SF에서는 잘 사용하지 않을 접근법들을 차용했고 이것들을 다큐멘터리의 형식으로 그럴듯하게 보이게 풀었다. 나 자신도 다음 편 이야기가 어디로 갈지 알 수 없을 정도로 드라마틱한 스토리 전개를 시도하기도 했다.

그렇게 스토리텔링을 해 나가다 보니 독자를 상대로 여러 가지 실험도 할 수 있었다. 의도적으로 활용한 것은 미국 시즌 드라마에서 잘 사용하는 '클리프 행어'라는 기법이다. 매 편의 마지막 부분에서 다음 편을 궁금하게 만들어서 독자들이 애간장을 타게 만드는 방법인데, 연재물의 경우 확실한 효과를 발휘한다는 사실을 확인하게 됐다. 물론 그 애간장의 크기만큼 이를 충족시켜줄만한 이야기가 매번 이어져야 하기 때문에 부담도 있다. 이 욕구를 채우기 위해서는 강한 자극이 필요한 경우도 있고 무리수를 둬야 할 경우도 있었다. 하지만 이미 스토리에 몰입한 관객들은 웬만한 과함에는 개의치 않고 이야기를 따라온다는 흥미로운 사실도 그 경험을 통해 알 수 있었다.

요컨대, 나의 SF 작가로서의 '데뷔'는 의도나 과정 모두 본의 아닌 것이었지만 결과적으로는 SF적인 콘텐츠에서 우리나라 대중들이 무엇을 원하는지의 실험대로 작용하지 않았나 싶다. 작품성은 물론 중요하지만, 확산을 위해서는 작품의 방향성에 대한 고민도 그만큼이나 무겁게 이루어져야 한다. 특히 이런저런 계기로 과학이 대중 속에서 관심을 끌고 회자되는 이 시점이 바로 그런 SF 작품들이 다양한 미디어를 통해 나와야 할 적기일 것이다. 지금의 분위기가 사그라지고 나면 오랫동안 다시 기회는 오지 않을지도 모른다. 내가 한때 청춘을 바쳤던 록 뮤직처럼.

본격SF소설

정보라

0

크로스로드 10주년 기념행사 초대장을 받았을 때 나의 가슴은 뛰었다. 내가 비록 아무도 들어본 적도 읽어본 적도 없는 무명작가이지만, 최근에는 그다지 작품 낸 것도 없지만, 드디어 누군가 나의 노력을 (별로 안 했지만) 알아보고 나를 SF 작가로 인정해서 이런 행사에 초대해줬구나 생각하니 기쁘기 한이 없었다. 그래서 나는 생전 안 바르던 립스틱도 꺼내 바르고 뾋딱구두도 찾아 신고 할 수 있는 한 정성스럽게 꽃단장을 하고 행사장으로 향했다.

행사장에 도착해 보니 낮익은 얼굴들이 여기저기 보였다. 주로 내가 열성팬의 불타는 마음으로 쫓아다녀서 알게 된 분들이며 그분들은 나를 모르는 유명 SF 작가님들이었다. 작가님들뿐 아니라 SF판타지 도서관 관장님과 SF 출판사 관계자 분들, SF 전문 평론가 선생님들, 그리고 당연히 크로스로드 편집위원님들과 각 대학 이공계 학과의 교수님들도 와 계셨다.

문득 이 행사장에 외계인들이 쳐들어와서 폭격이라도 하는 날에는 한국 SF계는 작가, 비평가, 편집자와 출판계까지 홀랑 다 멸망하겠다는 그야말로 SF 같은 생각이 들었다. 듣보잡 SF 작가인 나는 그런 이야기로 소설을 쓰면 재미있겠다고 혼자 잠깐 웃은 뒤에 나는 그분들을 알지만 그분들은 나를 모르는 SF 작가님들께 인사하기 시작했다.

그런데 그 일이 실제로 일어났다.

1

특강은 예상 외로 재미있었다. 웹진 크로스로드가 지나온 길과 한국 SF의 역사, 그리고 마징가 제트가 과학자의 진로 결정에 미친 영향 등에 대한 흥미로운 강의들을 듣고 나서 잠시 쉬는 시간이 있었다. 내가 좋아하는 SF 작가님들이 모여 있는 곳으로 가서 괜히 기웃거리고 있는데 갑자기 건물 전체가 드드드 소리를 내며 떨리기 시작했다.

"무슨 일이죠?"

"글쎄요……"

서로 물어보았지만 어찌된 상황인지 아무도 알지 못했다. 행사장 바로 옆에 있는 모 대학교에서 2년 전부터 캠퍼스를 전부 파헤치는 대공사를 하고 있다던데 혹시 드디어 부지가 꺼져서 무악산과 함께 거대 싱크

홀 속으로 가라앉아 오늘 저녁 뉴스 특종이 되는 걸로 생을 마감하는 것인가 두려워하고 있던 차에 드드드 소리가 점점 커지면서 하늘이 어두워지더니 우렁우렁한 소리가 들려왔다.

너희는 포위됐다. 지구인들은 항복하라. 항복하라.

단순히 큰 소리가 아니라 주위의 공기와 함께 온몸의 분자 하나하나를 울리는 듯한 거대한 소리였다. 어쩐지 다시 강연장 안으로 들어가서 의자 밑에라도 숨는 편이 좋을 것 같다는 불길한 예감이 들었지만 사람들이 모두 다 우르르 건물 밖으로 달려 나가기 시작했으므로 나도 어쩔 수 없이 같이 휩쓸려서 나갔다.

행사장 바깥의 허공 위에 우주선이 떠 있었다. 거대한 소리와 진동은 우주선에서 나오고 있었다.

우리는 독재자 투스쿠브(Тускуб)를 따르는 추종자들이다. 한 세기 전 지구에서 찾아온 두 명의 반역자들이 우리의 지도자 투스쿠브를 축출하고 그 딸 아엘리타(Аэлита)를 여왕으로 추대했다. 우리는 지도자와 함께 쫓겨난 뒤로 그 두 명의 반역자들을 찾기 위해 우주를 헤맸다. 이제 우리는 드디어 그 두 반역자들의 고향인 지구를 찾아냈다. 로시(Лось)와 구세프(Гусев)를 순순히 내놓는다면 유혈사태는 일어나지 않을 것이다.

로시? 구세프? 행사장에서 뛰어나온 SF 작가들과 평론가들과 출판관계자들과 이공계 교수님들은 서로 얼굴을 마주보았다.

「아엘리타」는 소련의 과학 환상 소설가 알렉세이 톨스토이(Алексей Толстой, 1883~1945)가 1921년에 쓴 과학소설 제목이다. 엔지니어인 로시와 제대 군인인 구세프가 소설의 주인공인데, 로시가 스스로 고안해서 제작한 우주선을 둘이서 타고 우주로 나갔다가 화성에 도착해서 악당 투스쿠브의 독재 아래 신음하는 화성인들을 목격하고 소련식으로 혁명을 일으켜 인민을 해방시키고 그 과정에서 로시는 화성의 공주 아엘리타와 사랑에 빠진다. 그러나 혁명이 성공하고 나서는 둘 다 우주선을 타고 도로 지구로 돌아오고, 로시는 지구로 돌아온 뒤에도 아엘리타를 잊지 못하고 일평생 밤하늘을 바라보며 그리워한다.

내가 무척 좋아하는 작품이기는 하지만 「아엘리타」는 그저 소설일 뿐이다. 그리고 설령 그 소설이 현실로 일어난 어떤 평행우주가 존재한다고 가정하더라도 로시와 구세프가 1921년에 이미 다 큰 어른이었다면 지금까지 살아 있을 가능성은 없는 것이다.

"저기, 로시와 구세프는 러시아 사람들인데요. 여기는 한국이에요."

내가 용기를 내어 대답했다. 그리고 로시와 구세프가 소설 속에서 뻬쩨르부르그 사람들이었던 것을 생각해내고 덧붙였다.

"러시아의 뻬쩨르부르그는 북서쪽으로 6,807킬로미터 정도 더 가셔야 돼요."

한국이라고?

우주선의 우렁우렁한 소리가 되물었다.

하지만 너희는 같은 지구인이 아닌가? 뻬쩨르부르그 따위는 어디인지 모른다. 로시와 구세프를 당장 여기로 데려와라!

우주선이 생떼를 쓰자 행사를 주관하시던 사회자 선생님이 드디어 화를 내셨다.

"우리 바빠요. 크로스로드 10주년 행사 하던 중이었다고요. 길을 못 찾으시면 여기서 이러지 마시고 120 다산콜센터에 문의하세요."

우주선에서는 잠시 대답이 없었다. 그리고 다음 순간, 눈이 멀어 버릴 듯한 밝은 빛이 뿜어 나왔다. 땅과 하늘이 흔들렸다. 모두들 반사적으로 몸을 숙이며 손으로 얼굴을 가렸다.

다시 정신을 차렸을 때, 행사장이 있던 건물은 흔적도 없이 사라져 버렸다. 건물이 있던 자리에는 거대한 붉은 구멍이 뻥 뚫려 있을 뿐이었다.

너희 행사는 끝났다.

우주선의 목소리가 불길하게 조용한 어조로 말했다.

그리고 다음 순간, 우주선에서 투명한 광선과 함께 푸른 피부의 외계인들이 내려왔다.

2

우주의 지배자 투스쿠브 님께 경배하라!

가장 앞에 선 외계인이 소리쳤다. 그리고 외계인들의 무리 가운데에 서 있던, 유난히 짙은 푸른색 피부의 외계인이 앞으로 나왔다.

"저기, 질문 있습니다."

누군가 사람들 사이를 비집고 외계인 앞으로 달려 나왔다.

"방금 그 광선은 어떤 원리로 작동한 겁니까?"

질문한 사람은 마징가 제트의 악당 때문에 과학자가 되기로 결심했다고 특강을 하셨던 이과 교수님이었다.

"우주선의 연료는 뭘 쓰십니까? 한번 들어가서 봐도 될까요?"

눈을 반짝이며 흥분한 표정으로 뭔가 계속 질문하시려고 하는 참에 다른 교수님이 튀어나와서 물었다.

"투스쿠브 행성이라고 하셨나요? 위치가 어떻게 됩니까? 그 행성에는 물이 있나요?"

또 다른 교수님이 옆에서 비집고 나와서 물었다.

"산소 호흡을 하십니까? DNA 샘플 좀 얻어갈 수 있겠습니까? 하나도 아프지 않아요."

그리고 또 다른 교수님이 뒤에서 마치 수업 시간에 질문하는 학생처럼 손을 들었다.

"우주선 표면에 사용하신 저 금속은 재질이 뭡니까? 샘플 좀 가져가도 됩니까?"

이공계 교수님들은 이제 자칭 우주의 독재자라는 푸른 피부의 외계인을 둘러싸고 여차하면 우주선도 점거할 기세로 눈빛을 번쩍이며 얼굴에는 홍조를 띠고 갖가지 질문을 퍼부어대고 있었다. 그리고 그 뒤에는 SF 작가들이 모여서 확연하게 재미있어 하는 표정으로 교수님들의 대화를 받아 적거나, 동영상을 찍거나 사진을 찍고 있었다.

푸른 피부의 외계인은 당황한 표정이 역력했다. 그러나 당황한 표정은 곧 짜증으로, 짜증은 분노로 바뀌었다. 얼굴 표면의 푸른빛이 점점 짙어지더니 마침내 외계인이 고함을 질렀다.

로시와 구세프를 찾아내라고 하지 않았나! 나 투스쿠브의 명령이다!

다시 한 번 땅과 하늘과 주변의 공기가 우르릉 흔들렸다.

"로시하고 구세프는 없는데요."

주변이 진동을 멈춘 뒤에 내가 어지럼증을 참으며 중얼거렸다.

"어차피 SF소설 속의 인물들이고, 살아 있었다고 해도 지구인의 수명은 그렇게 길지 않아요."

뭐라고? 없어?

푸른 외계인이 나를 쳐다보았다. 눈이 이글이글한 붉은 색이었다. 나는 처음으로 두려움을 느꼈다.

그럼 내가 너희도 전부 없애 주겠다.

푸른 외계인이 나지막이 으르렁거렸다.

그리고 다음 순간, 푸른 외계인과 그의 부하들은 우주선 안으로 빨려 들어가듯 사라져 버렸다.

3

모두들 한순간 당황했지만, 푸른 외계인들은 사라졌을 뿐이었다. 우주선만 그대로 허공에 떠 있었다. 아무 일도 일어나지 않았다.

"기왕 이렇게 됐으니, 조금 이르지만 식사라도 하러 가실까요?"

사회자 선생님이 행사 참가자들의 분위기를 살피며 조심스럽게 물었다. '식사'라는 말에 대부분의 사람들이 화색을 띠었다. 다만 붉은 구멍이 되어 사라져버린 모 자연사박물관의 관장님과 직원 분들만 시무룩하게 풀이 죽어 있었다.

사회자 선생님이 다시 뭔가 말하려는 순간, 우주선이 우르릉, 하고 진동했다. 그리고 다음 순간 아무도 예상하지 못했던 공격이 시작되었다.

발랄하고 통통 튀는 신예 SF 작가들……

"윽!"

열두 번째 장편을 곧 출간할 예정인 모 작가가 가장 먼저 가슴을 움켜쥐며 쓰러졌다.

지루한 일상을 뒤집는 발칙한 상상력……

"아악!"

작년에 SF어워드 본상을 수상한 다른 작가가 머리를 움켜쥐며 주저앉았다.

기발하고 참신한 본격 SF의 탄생……

"헉!"

과학소설과 호러 소설 등 다양한 장르를 넘나드는 또 다른 작가가 목을 움켜쥐며 괴로워했다.

"안 돼!"

SF 전문 출판사를 표방하는 모 출판사의 편집장이 비명을 질렀다. 가슴을 부여잡고 쓰러진 SF 작가에게 달려가 심폐소생술을 실시하며 다급하게 소리쳤다.

"마감이 일주일밖에 안 남았는데!"

SF판타지 도서관 관장님도 머리를 움켜쥐고 주저앉은 작가를 부축하며 우주선을 향해 절규했다.

"그만 해! 작년도 수상작가 모음집에 수록할 원고 아직 못 받았단 말이야!"

열두 번째 장편을 곧 출간할 예정인 작가가 편집장의 손을 잡고 힘겹게 속삭였다.

"편집장님…… 제 묘비명엔 SF 작가는 맞지만 결단코 발랄하지도 통통 튀지도 않았다고 새겨주세요……"

"그런 말씀 하지 마세요……"

편집장이 눈물을 흘리며 말했다.

"저만 두고 가시면 교정지는 어떡하라고요……"

이런 와중에도 난데없는 우주선의 푸른 외계인들은 인정사정없이 공격을 계속했다.

저는 SF 따위는 읽지 않는데 대체 한국 SF를 읽어야 할 이유가……

"윽!"

한국 SF의 역사에 대해 특강을 하셨던 평론가 선생님이 창백한 얼굴로 비틀거렸다.

나는 공포에 질렸다. 한국 SF계라고 해봤자 작가, 독자, 비평가까지 전부 합해도 오십 명이나 넘을까 말까 하는 건 예전부터 알고 있었지만 그래도 근 백 년의 역사를 어떻게든 버텨온 한국 SF라는 분야 자체가 눈앞에서 이렇게 한 사람씩 쓰러지는 참담한 광경을 직접 목격하게 될 줄은 꿈에도 생각하지 못했다.

그때 어떤 신사분이 앞으로 나섰다.

"잠깐!"

신사는 손가락으로 눈을 잠시 만졌다. 컬러 렌즈를 빼서 던지고 머리에 썼던 검은 가발도 벗어 던졌다. 백발에 푸른 눈이 된 신사가 소리쳤다.

"학살을 멈춰! 내가 로시다!"

4

우주선이 공격을 멈추었다. 백발에 푸른 눈의 신사가 한 걸음 더 우주선에 다가섰다. 그리고 이야기하기 시작했다.

"내가 뻬쩨르부르그 출신의 엔지니어 로시다. 구세프와 함께 직접 제작한 우주선을 타고 화성에 가서 투스쿠브의 폭정으로부터 인민들을 구하고 아엘리타 공주와 사랑에 빠졌다. 그래도 나는 소비에트의 정신과 혁명의 정신을 믿었기에 고향으로 돌아왔다. 그러나 이후 스탈린의 대숙청 시기에 구세프가 죄 없이 잡혀가 처참하게 죽었다. 그래서 나는 절망하여 소비에트에 대한 믿음을 잃고, 한국전쟁 때 군에 자원하여 남한으로 내려와서 몰래 여기에 남았다. 그렇지만 고향을 떠났어도 과학에 대한 열정과 아엘리타에 대한 사랑만은 끝내 버릴 수 없어 포항공대에 재직하며 아시아 태평양 이론물리센터에서 유전자 치료를 받아 동양인에 가까운 외모를 가지고 인간의 평균 수명을 훨씬 넘어선 지금까지 살아남을 수 있었다. 이제 와서 나 때문에 한국 SF계가 멸망하는 것을 두고 볼 수만은 없다. 투스쿠브여, 나를 데려가라. 내 이전에도 한 번 너를 축출했으니 다시 너와 싸워도 지지 않을 자신이 있다!"

신사의 사자후는 엄청났다. 다만 아시아 태평양 이론물리센터는 말 그대로 이론물리학을 연구하는 곳이지 유전자 조작 같은 걸 하는 데가 아닌데 그 점은 아무도 이상하게 생각하지 않는 것 같았다. 우주선에서 작가들을 공격하면서 언급한 "본격 SF" 소설이었다면 이런 엉성한 설정으로는 절대 국내 유일의 과학전문 웹진 크로스로드에 원고 채택될 수 없을 거라고 생각했지만 나는 상황이 상황이니만큼 아무 말도 하지 못했다.

로시. 드디어 다시 만났구나.

우주선에서 음흉하게 즐거워하는 푸른 외계인의 목소리가 흘러나왔다.

지난번에는 어이없이 당했지만 이번만은……

뭔가 마징가 제트의 악당이 할 법한 대사가 흘러나오던 도중에 뚝 끊어졌다. 어리둥절할 새도 없이 하늘이 갑자기 새하얀 빛으로 뒤덮였다.

아버지!

날카로운 여자의 목소리가 울려 퍼졌다.

제발 그만 하시라고 했잖아요!

그리고 다음 순간, 위협적으로 하늘을 가리고 있던 푸른 외계인의 우주선은 사라져 버렸다.

5

우주선이 사라지고 나자 땅바닥에 쓰러져 괴로워하던 SF 작가들과 평론가들도 하나씩 정신을 차리기 시작했다. 출판사 관계자들과 SF판타지 도서관 관장님이 누구보다 먼저 안도의 한숨을 내쉬었다.

모두 괜찮으신가요?

새로이 하늘을 덮은 새하얀 빛의 우주선이 물었다.

죄송해요. 저희 아버지가 뒤끝이 있는 성격이라……

"아엘리타!"
로시 교수가 하늘의 새하얀 빛을 향해 외쳤다.
"당신이오? 어디 있소? 내 사랑, 대체 어디 있소?"

여기 있어요.

하늘의 새하얀 빛이 대답했다. 로시 교수가 다시 외쳤다.
"내 사랑, 나도 함께 데려가 주시오. 너무 오래 기다렸소."

진심인가요, 로시?

하늘의 새하얀 빛이 울먹였다.

아직도 나를 사랑하나요?

"물론이오, 내 사랑."
그러자 하늘이 다시 한 번 눈부신 빛으로 뒤덮였다.
다시 눈을 떴을 때, 백발에 푸른 눈의 신사 ― 백 년 가까운 세월 동안
화성의 공주에 대한 사랑을 버리지 못했던 뻬쩨르부르그 출신의 엔지니

어 로시는 사라지고 없었다.

"잘 가요."

누군가 중얼거렸다.

6

그리하여 한국 SF는 멸망하지 않고 이번에도 근근이 살아남았다.

어쨌든 저녁밥까지 끝끝내 얻어먹고 집에 돌아오면서 나는 다음 학기에 SF 수업을 다시 하게 되면 학생들에게 이 이야기를 꼭 해줘야겠다고 생각했다.

이야기가 지나치게 흥미 위주로 흘러버린 것이 단점이고, 한국의 일반 독자들이 별로 관심을 갖지 않는 동유럽 SF와 관련이 있는 이야기이지만, 그래도 한국 SF가 살아남아 앞으로 어떻게든 더 발전할 가능성을 갖게 되었다는 것은 분명 축하할 일이기 때문이다. SF는 어쨌든 가능성의 문학이니까.

정말로 세상의 비밀을 찾고 싶어

이강영

 한 십 년쯤 전에 루이스 세풀베다의 『연애소설을 읽는 노인』을 읽다
가 갑자기 슬퍼졌던 일이 있다. 소설의 내용 때문은 전혀 아니다. 소설
이 무언가를 연상시켜서도 아니다. 오히려 그 반대다. 소설 속에서 생생
하게 묘사되는 아마존 강에, 아마도 앞으로도 평생, 모험은커녕 가보지
도 못할 거라는 생각이 들자 무언가가 말도 못하게 아쉽고 허전했던 것
이다. 나는 앞으로 아마존의 정글 뿐 아니라, 바다 속도, 우주에도, 다른
별에도 아마 가보지 못할 것이다. 외계인을 만날 일도 없을 것이고, 우
주선이나 심해 잠수정을 타 보지도 못할 것이다. 그렇다고 정말로 슬퍼
지다니. 그런 감정이 어이없게 느껴지면서 한편으로는 예기치 못했던
느낌에 스스로 놀랐다. 아, 나는 정말 그동안 상상해왔던 모험을 진짜로

하게 될 거라고 생각했던 모양이구나.

SF에 대해서 내가 할 수 있는 이야기란 이런 것뿐이다. 내가 어떻게 SF를 읽어왔고, 왜 그런 이야기를 좋아하는가 하는 것. 그러니까 어디까지나 순수한 독자의 관점. 정말로 나는 내가 지금 보고 듣는 것은 세상의 아주 일부분일 뿐일 거라고, 이 세상에는 아직 내가 모르는 놀라운 것이 많이 있을 거라고 믿었다. 솔직히 말하자면 아직도 그렇다. 그 미지의 세계는 깊은 산 속이나 먼 바다일 수도 있고, 다른 나라일 수도 있고, 다른 행성이거나, 또 다른, 알지도 못하고 상상조차 해본 일이 없는 세계일 수도 있다. 아무튼 그런 세계를 경험하고 싶다는 마음을 언제나 가지고 있었고, 여전히 그렇다. SF는 바로 그런 일들을 실현하는 이야기들이었다. 그러니 어릴 때부터 내가 SF스러운 것만 보면 사족을 못 쓰던 것도 참 당연한 일이다. 그래서 지금은 모르겠지만, 꽤 오랫동안 나는 정말로 SF 마니아였다고 할 수 있다. SF 마니아가 뭐냐고 묻는다면, 이렇게 대답하면 어떨까. 잠재적으로, 세상에 등장하는 SF는 다 언젠가는 읽을 것으로 여기는 사람.

내가 어려서부터 과학자가 되고 싶었고, 결국 실제로 된 것도 그런 생각을 실현하기 위해서였다. 미지의 새로운 세계를 정말로 찾으려 한다면, 그것에 가장 가까운 일은 현재 우리가 알기로는 과학을 통하는 방법일 수밖에 없다고 생각했기 때문이다. 그래서 나는 처음에는 주변의 과학자들이 대부분 비슷한 경험을 가졌다고 생각했고, 당연히 다들 SF를 좋아할 줄 알았다. 그런데 의외로 현실에서는 과학자들 중에 SF 마니아가 그다지 많지 않았다. 적어도 내 주변의 과학자 중에서 마니아는커녕 SF 팬이라고 할 만한 사람도 찾기 쉽지 않다. 예전에, 1979년 노벨물리학상 수상자이자 입자물리학의 표준모형을 만든 장본인인 스티븐 와인버그가 동료들과 한참 우주의 비밀에 대해 토론하다가 시계를 보더니 갑자기 늦었다면서 부리나케 집에 갔는데, 알고 보니 〈스타트렉〉을 보기 위해서였다는 에피소드를 들은 일이 있다(진위는 물론 알 수 없다). 외국에서는 다른 것일까? 과학자가 (적어도 어린 시절에는) SF 팬인 것이 흔한 일일까?

SF 페스티벌에서 발표할 강연을 준비하기 위해서 나를 정말로 사로잡았던 SF를 골라 보았다. 처음 접했을 때부터 좋아했고 몇 번을 반복해서 읽고 보았던, 지금 펼쳐 보아도 즐길 수 있으며 어떤 의미에서든 내게 많은 영향을 끼친 작품들이다. 대략 내가 접한 순서대로 해서, 쥘 베른의 『해저 20만 리』, 〈마징가 Z〉, 브래드베리의 『화성 연대기』, 반 보그트의 『우주선 비이글호』 등이다. 잘 알려져 있다시피 『우주선 비이글호』의 두 번째 에피소드인 「주홍색의 불협화음」은 영화 〈에일리언〉의 모티브라고 한다(적어도 공식적으로는 그렇다). 그래서인지는 몰라도 내가 가장 좋아하는 SF영화는 〈스타워즈〉도 〈블레이드 런너〉도, 〈스페이스 오디세이〉도, 〈터미네이터〉도 아닌 〈에일리언〉 시리즈다.

SF 팬이라면 누구나 다 알고 좋아할 고전들이니 새삼 설명할 필요는 없으리라. 그런데 이렇게 꼽아놓고 보니 작품들 사이에 꽤나 뚜렷한 공통점과 일관된 흐름이 여럿 있다는 것을 알 수 있었다. 그 한 가지는 이 작품들에는 모두 작품 전체의 배경이 되는 내용의 설정이 탄탄하게 깔려있고, 그 배경에는, 작품에는 거의 드러나지 않지만, 어떤 비밀이 숨어 있다. 『해저 20만 리』에서 네모 선장의 과거, 〈마징가 Z〉에서 초합금 Z와 기계수, 〈에일리언〉에서 회사의 숨은 계획 등이 그렇고 『화성 연대기』에서는 화성이라는 존재 자체, 그리고 화성인의 삶 자체가 그렇다. 세상은 어떤 비밀을 숨기고 있고 우리는 그것을 어렴풋이 느낄 뿐이다. 이렇게 써놓고 보니, 한마디로 음모론이다(사실 어떻게 보면 이론물리학자가 하는 일은 음모론을 만드는 일과 비슷하다).

한편 뚜렷이 느낄 수 있는 또 한 가지는 내가 괴수물과 메카닉을 참 좋아하는구나 하는 것이었다. 〈마징가 Z〉에서 내 관심의 초점은 히어로의 액션이 아니라, 매회 새로 나오는 기계수가 이번에는 또 어떻게 이상하게 생겼을까, 어떻게 마징가를 괴롭히고, 마징가는 또 어떻게 대응할까 하는 것이었다. 그래서 어떤 의미에서 내가 〈마징가 Z〉에서 가장 선망하는 것은 바로 기계수를 만들어내는 헬 박사였다고 할 수 있다. 『우주선 비이글호』나 〈에일리언〉이야 말할 것도 없고, 『해저 20만 리』에서도 어떤 괴물이 나타날까 하는 것이 내겐 중요한 관심사였다.

그러니까 다시 처음으로 돌아가서, 결국 내가 SF에서 찾았던 것은 신비한 미지의 세계였던 것이다. 그 세계에서 나는 '신기한 괴수'를 통해 미지의 세계를 해명해 주는 '세상의 비밀'을 만나고 싶어 했고, 그런 이야기를 들려주는 SF를 선호해 왔다. 그리고 지금 현실의 나에게 물리학이 정확히 그런 일을 하는 세계다. '새로운 현상'을 통해 '우주의 원리'를 찾는 일.

마지막으로, 역시 독자의 관점이지만, SF를 창작하는 사람들에게 하고 싶은 말을 한 가지만 해보자. SF에서 가장 중요한 요소는, 역설적으로 들릴지 모르지만 리얼리티라고 생각한다. 애초에 Science라는 말이 들어가는 이유가 최소한의 리얼리티를 주기 위한 것이다. 리얼리티를 포기한다면 굳이 Science가 필요 없다. 한 발 물러서서 S가 Speculative

라고 해도 그렇다. 황당한 설정이라도 이치에 닿는다면, 가설일지라도 나름의 논리에 따라 전개된다면, 그 이야기는 리얼리티를 가질 수 있다.

그런데 리얼리티는 아이템을 만들 때나, 세계의 배경을 설정할 때, 괴수의 탄생 이유를 설명하는 데에만 요구되는 것이 아니다. 리얼리티라는 관점에서, 특히 우리나라에서 SF를 쓰는 작가들에게 하고 싶은 이야기가 있다. 한 예로, 브루스 윌리스와 리브 타일러가 주연을 맡은 1998년 작 〈아마겟돈〉이라는 영화가 있다. 지구를 향해 텍사스 크기의 소행성이 날아오고 있다는 것을 발견하고, 지구를 지키기 위해 핵무기를 실은 우주선을 보내 소행성에서 폭발을 일으켜 방향을 바꾼다는 이야기다. 영화니 만큼, 트러블이 생기고 주인공인 브루스 윌리스는 우주선에 남아서 소행성과 운명을 같이 한다는 식으로 스토리가 전개된다. 자 문제는 내용의 세부 사항이 아니다. 이런 이야기를 가지고 근미래를 배경으로 하는 작품을 쓸 때, 한국인을 주인공으로 해서 쓸 수 있을까? 그 경우 리얼리티를 확보할 수 있을까?

최근 휴고상을 수상해서 각광을 받은 중국 작가 류츠신의 『삼체』라는 작품을 보면서도 같은 생각이 들었다. 이 작품에서는 중국인을 중심으로 해서 우주를 무대로 하는 거대한 이야기가 전개된다. 한국을 배경으로, 혹은 한국인을 중심으로 해서 『삼체』만큼의 스케일을 가지고 전개되는 이야기에서 리얼리티를 느낄 수 있을까?

이건 불공평한 이야기일 수도 있겠다. 우리나라가 현대사회에서 주변부 나라라는 것이 작가의 탓은 아니니까. 그리고 모든 SF가 주변부 의식 위에서 쓰일 필요도 없으니까. 하지만 리얼리티를 추구하는 작가라면 어쩔 수 없이 마주치게 되는 핸디캡인 것은 확실하다.

반드시 그에 대한 반대급부는 아니지만, 우리나라에서만 나올 수 있는 작품도 분명 있다. 좋은 예가 복거일의 『비명을 찾아서』이며, 이 작품이 걸작으로 칭송받는 이유다. 예전에 이 책을 처음 읽었을 때, 나도 내용이야 어쨌건, 이런 식으로 SF를 쓸 수 있구나 하는 생각에 감탄한 적이 있다. 우리나라처럼 독립적인 역사가 풍부하고 복잡한 구조를 가진 사회라면 SF적인 접근 가능성이 무궁무진하게 잠겨 있을 것이다.

물론 이는 한 가지 예일 뿐이며, SF가 그러한 지역적 제한을 안고 쓰일 필요는 당연히 전혀 없다. 아무튼 나는 SF를 SF답게 하는 것은 넓은 의미에서의 리얼리티라고 믿으며, 어떤 식으로든 리얼리티를 확보하는가가 좋은 SF의 핵심적인 요소라고 생각한다.

예술적 상상력과 과학적 상상력의
행복한 만남

정재승

1999년 한국 영화계의 최대 화제작이었던 〈쉬리〉가 개봉했을 때의 애기다. 남한 테러를 위해 남파된 북한 특수부대와 이를 막기 위한 남한의 특수 수사부 OP요원들의 대결과 이중 스파이의 정체를 풀어가는 미스터리 형식의 액션 영화인데, 특히 미국에서 빌린 갖가지 최신 무기들이 등장하고 여러 가지 첨단 장비들이 동원된 최초의 한국영화가 아닐까 싶다.

〈쉬리〉에서 이방희(박은숙 역)가 침투하여 남한의 주요 인사들을 살해한 현장을 추적하는 과정에서 유중원(한석규 역)과 다른 OP요원 일행이 건물에 잠입하는 장면이 등장한다. 유중원과 그 일행은 야시경을 쓰고 어두운 건물을 수색한다. 그리고는 이미 이방희에 의해 살해된 사람들의 시체를 발견한다. 이 장면에서 강제규 감독은 치명적인 실수를 범하게 된다. OP요원들이 전등을 비추며 돌아다니는 것이다. 만약 영화에서처럼 야시경을 쓴 상태에서 전등을 비추면 눈이 치명적인 부상을 입게되는데도 말이다.

잘 알다시피, 야시경은 광 증폭기(Photo Multiplier)라 불리는 소자의 2차원 배열로 이루어져 있다. 광 증폭기는 '광전효과'를 이용해서 빛 신호를 전기신호로 바꿔서 증폭시킨 후에 다시 빛 신호로 바꾸는 역할을 한다. 아인슈타인은 이 '광전효과'를 발견한 공로로 1921년 노벨 물리학상을 수상하였다.

빛이 금속판을 때리면 광전 효과에 의해 금속판 속의 전자가 방출된다. 만약 밤하늘의 별빛처럼 아주 약한 빛이 금속판을 때린다면 에너지가 낮은 전자가 방출될 것이다. 이러한 전자에 전기장을 걸어주면 전자는 가속되면서 에너지를 얻게 된다. 이렇게 가속된 전자가 다시 형광판을 때리면, 이 전기신호는 강한 광 신호로 바뀌어 우리 눈의 시세포를 자극할 수 있게 되는 것이다. 이러한 광 증폭기를 2차원으로 배열하면 마치 TV처럼 2차원 공간을 보여줄 수 있게 된다. 이런 야시경만 있다면 밤하늘의 별빛으로도 우리는 세상을 환히 볼 수 있다.

그런데 재미있는 것은 OP요원들이 야시경을 쓰고 돌아다니면서 동시에 나이트 레이저를 쏘면서 돌아다닌다는 사실이다. 이런 일이 벌어지면 눈이 손상될 수밖에 없다. 물론 최근에는 광량을 자동으로 조절해주는 야시경이 개발돼서 갑자기 밝은 곳으로 나오더라도 눈에 부상을 입은 일은 없지만, 그래도 이 둘을 같이 사용하는 경우는 없다.

몇 해 전 강제규 감독님과 〈쉬리〉 제작팀을 만난 기회에 이 상황을 물어본 적이 있었다. 옥에 티인 줄 알았는지, 몰라서 그랬는지 궁금해서 말이다. 그랬더니, 강제규 감독께서는 촬영 당시에도 '야시경을 쓰고 전등을 비추는 장면'이 잘못된 설정인 줄 알았다고 한다. 다들 군대를 다녀왔으니 당연히 알았다는 것이다. 다만, 야시경만 쓰는 폼이 안 나고, 나이트 레이저만 하니 광산촌의 광부 같아서, 둘 다 사용하게 됐다고 했다. 근사한 장면 구성을 위해 과학적 엄밀성을 희생한 것이다. '아, 이것이 대한민국 SF의 현실이구나' 하는 것을 느꼈다.

SF를 소설보다는 영화로 즐기는

예술사회학자 아놀드 하우저는 그의 저서 『문학과 예술의 사회사』에서 현대를 '영화의 시대'라고 하였다. 그는 영화가 가지는 매력과 대중적인 친화력을 간파하고, 영화라는 예술의 발전을 일찌감치 예언한 것이다. 그가 영화의 시대를 선언한 지 50년이 지난 지금, 영화는 가장 대중적인 예술이고, 가장 흥미로운 오락이면서, 뗄 수 없는 우리의 일상이 되어 버렸다.

지금 이 시대는 또한 '과학의 시대'다. 하루가 다르게 발전하는 과학과 기술은 이제 우리의 삶 곳곳에 빠짐없이 파고들어 있다. 과학기술의 도움 없이는 어느 것도 마음대로 할 수 없는 시대임을 우리는 잘 알고 있다.

영화와 과학의 만남은 영화의 탄생에서부터 기원한다. 인간은 0.05초 이상의 간격을 두고 사건들이 일어나야만 무슨 일이 있었는지를 구별할 수 있다. 이것을 이용하여 메리와 에디슨이 영사기를 발명하면서 0.05초보다 좀 더 빨리 찍은 정지사진들의 묶음인 영화는 탄생되었다.

그러니까 영화는 과학에 의해 탄생된 예술인 것이다. 아무리 일상을 통해 삶의 본질을 드러내는 리얼리즘 영화라 할지라도 그것은 과학과 조금도 떨어져 있지 않다.

우리나라 사람들이 과학 소설은 별로 즐기지 않지만, 방학 때 개봉하는 블록버스터 급 안에는 SF영화들이 꽤 있다. 특수효과 때문이 아니라, 정교한 과학적 설정을 즐기는 관객들이 상당하다. 최근에만 해도, "영화 〈Her〉 봤나요? 그게 가능한가요? 엑스 마키나 같은 현실은 언제쯤 가능할까요?" 같은 질문들을 곧잘 받는다. SF영화 속엔 심오한 과학이론과 최첨단 기계 장치들이 등장하고, 첨단과학의 미래가 현실처럼 펼쳐진다. 사람들은 SF영화를 통해 과학과 친숙해지고, 과학기술이 가져다줄 미래 사회의 환상과 불안을 미리 경험한다. 과학은 영화적 상상력이 스크린이라는 무대에 현실처럼 투영될 수 있도록 스크린 곳곳을 채우고 포장한다. 일상에서 벗어나서 미지의 세계에 대한 모험을 꿈꾸는 관객들에게 SF영화는 더없이 흥미로운 세계일 것이다. 그래서 영화 역사상 최대의 흥행작에는 〈쥬라기 공원〉, 〈E. T.〉, 〈스타워즈〉 3부작, 〈터미네이터 2〉, 〈백 투 더 퓨처〉 등 SF영화가 대부분을 차지하고 있다. 영화를 더욱 그럴싸하게 만드는 특수효과는 영화가 과학과 만나는 또 하나의 예다. 영화의 특수효과를 위해 '컴퓨터 그래픽스'라는 학문이 탄생되었을 정도니 말이다.

SF는 상상력이 생명력이다

과학이 그런 것처럼, SF영화의 생명은 상상력이다. '과학'의 탑은 지식의 벽돌로 쌓여져 있지만, 그 맨 꼭대기에는 항상 '상상력'의 구름이 걸려 있다. 그 구름이 뿌려주는 빗줄기로 탑은 더욱 단단해지고 세밀히 다듬어지게 된다. 'SF영화'의 탑은 치밀한 구성과 사실적인 특수효과가 특징이지만, 그곳에도 여전히 상상력은 안개처럼 스며있다.

세계 최초의 SF영화는 100년 전에 만들어진 조르쥬 멜리에스의 〈달세계 여행〉(1902)이다. 이 영화는 인간을 대포로 쏘아 올려 달세계로 보내지만, 달의 눈을 맞추게 되어 달이 찡그리는 장면으로 끝을 맺는다. 비록 문학적인 은유로 표현되어 있긴 하지만, 달로 우주선을 띄우기 훨씬 전에 만들어진 영화라는데 놀라지 않을 수 없다. 따지고 보면 현재 달로 우주선을 보내는 원리도 그것과 크게 다르지 않다. 달과 지구가 끊임없이 자전과 공전을 되풀이하고 있는 상황에서, 38만km나 떨어진 달에 우주선을 보낸다는 상상이 그 당시에는 얼마나 엉뚱한 것이었을까? 그러나 '컴퓨터'의 등장은 우주선의 정확한 비행 궤도를 계산해 주었고, '저온 기술'은 연료문제를 단번에 해결해 주었다. 엉뚱한 상상력이 그대로 현실이 된 것이다. 〈달세계 여행〉이 우리가 달에 도착하는 날을 앞당겼다고 말한다면 심한 과장일까?

우리는 SF영화를 보면서 먼 미래 우리의 모습을 상상해 본다. 그곳에 우리가 만들어놓은 사회가 있고 그 안에 우리가 있다. 그 속에서 우리는 어떤 존재로 남아있을 것이며, 과연 행복해 하고 있을까? 만약 그 모습이 불행하다면, 그곳으로 나아가는 역사의 항로를 바꿔야만 할 것이다.

SF의 상상력은 우리의 목적지 '미래'를 비추는 망원경이 돼주어야 한다.

상상력을 넘어 광기와 환상에 시달렸던 화가 반 고흐는 어느 날 동생 테오에게 이런 편지를 보냈다고 한다.

왜 프랑스 지도 위의 한 점에 가듯, 하늘의 반짝이는 점들에 갈 수 없을까 하고 나는 나 자신에게 물었다. 타라스콩과 루앙에 가려면 기차를 타듯, 우리는 별에 도착하기 위해 죽음을 탄다. 이런 사색에 있어서 한 가지 명확한 사실은 우리가 살아있을 때는 별에 갈 수 없고, 죽어서는 기차를 탈 수 없다는 사실이다.

그러나 그가 20세기에 태어났다면, 기차를 타고 별들을 여행하는 〈은하철도 999〉를 보면서 이 낭만적인 우주 시대의 동화가 펼치는 아름다운 상상력에 감동했을 것이다.

나의 꿈은 우리나라에 상상력만으로 영화를 만드는 감독들이 대거 등장했으면 하는 것이다. 자신의 경험에만 의존하지 않고, 오로지 상상력만으로 영화 이야기를 만드는 감독과 시나리오 작가가 생각보다 적다. 소설가들도 마찬가지다. 자신의 일상에서 소재를 찾고, 과거의 경험에서 이야기를 끌어온다면 우주와 자연과 생명과 의식의 경이로움을 만끽할 수 있는 SF는 만들어내기가 쉽지 않다.

예술적 상상력이 과학을 발전시키다

우디 알렌이 1973년에 만든 영화 〈잠자는 사람(Sleeper)〉에는 대통령의 코를 떼어내서 또 하나의 대통령을 복제한다는 상상이 담겨 있다. 우디 알렌이 농담처럼 삽입한 이 장면으로 사람들은 폭소를 터뜨렸다. 그러나 그 후 분자 생물학과 유전 공학은 눈부신 발전을 거듭했고, 1990년에는 '인간 게놈 프로젝트'에 착수하기에 이르렀다. 이것을 반영이라도 하듯, 영화 〈쥬라기 공원(The Jurassic Park)〉은 매우 구체적이고 그럴싸한 '공룡 복제과정'을 실감나게 보여줌으로써 많은 사람들을 놀라게 했다.

이렇듯 과학의 발전은 다른 예술에 비해 특히 영화의 발전과 긴밀한 연관을 가진다. 그것은 영화 자체가 첨단의 과학기술이 만들어낸 산물이기 때문이며, 그 중에서도 SF영화와 과학기술의 발전은 더 없이 각별하다 할 수 있다.

이들의 관계는 크게 두 가지로 나누어 볼 수 있다. 하나는 SF영화가 특수효과라는 과학기술의 도움을 필요로 하기 때문이고, 다른 하나는 SF영화가 과학기술을 소재로 이야기를 전개하는 장르이기에 그렇다. SF영화는 과학기술에 힘입어 '특수효과'를 통해 우리들의 상상력을 구체화시키며, 이야기 구조 안에서 과학적인 이론이나 현대적인 기술이 인간과 맺고 있는 관계를 다룬다.

앞서 언급한 SF영화의 효시라고 할 수 있는 조르쥬 멜리에스의 〈달세계 여행〉(1902)에는 특수효과가 최초로 사용되었다. 이 영화를 만든 멜리에스는 원래 마술사였다고 한다. 아마도 이때까지는 영화의 특수효과가 과학기술보다는 마술적인 눈속임에 의존할 수밖에 없었나 보다. 그러나 그 후 특수효과는 과학기술과 뗄 수 없는 관계가 되었고, 1977년에 나온 〈스타워즈(Star Wars)〉는 특수효과의 새로운 장을 열었다. 〈스타워즈〉를 만든 조지 루카스는 이 영화를 계기로 특수효과 전문회사인 ILM(Industrial Light & Magic)이라는 회사를 세워서 SF영화의 지속적인 발전에 공헌하였다. 그가 만든 회사의 이름에 Magic이라는 단어가 들어 있다는 것은 자못 흥미롭다. 이것은 아마도 그 옛날 멜리에스 시대에 마술이 했던 특수효과가 과학기술로 여지없이 대체되었음을 의미하는 것은 아닐까?

SF 중에서 특히 과학적인 지식이나 이론을 깊이 있게 다루고 있는 작품들을 '하드SF(Hard SF)'라고 하는데, 미래나 먼 우주를 배경으로 과학적인 논리를 전개해 나가는 하드SF의 밑바탕에는 '외삽법'이라는 논리가 깔려 있다. 그것은 SF가 미래나 지구 밖의 현상을 다룰 때 현재 지상의 경험을 바탕으로 한다는 것이다. 뉴턴은 그의 만유인력의 법칙으로, 달이 지구 주위를 운동하는 것과 사과가 땅에 떨어지는 것이 같은 원리라는 것을 발견함으로써, 자연에는 보편적인 원리가 내재되어 있다는 사실을 밝혀냈다. 이것을 근거로 SF 작가들은 현재의 만유인력이 100년 후에도 존재할 것을 믿으며, 100광년 떨어진 다른 은하에도 그럴 것이라고 가정할 수 있게 되었다.

이러한 가정에서 출발한 SF영화는 예외 없이 과학적인 사실이나 이론이 담겨있다고 해도 과언은 아니다. 과학적인 이론이 이야기 전개에 필수적인 하드SF에서부터 영화의 배경인 우주 정거장의 구조를 원통형으로 가정한다거나, 영화에 등장하는 외계인의 형태 같은 소품 하나에도 과학적인 사고가 담겨있다.

만약 인간이 우주 정거장을 띄우게 된다면 그 안에서 인간들이 안정된 생활을 하기 위해선 인공적으로 중력을 만들어야만 할 것이다. 그렇다면 중력을 어떤 원리로 만들 수 있을까? SF 작가들은 커다란 원통형의 우주 정거장을 제안하였다. 그리고 그것을 회전시켜 그때 생기는 원심력으로 인간들을 원통의 안쪽 둥근 면에서 안정되게 생활할 수 있도록 한다는 것이다. 이것이 실현 가능한지는 아직 알 수 없지만 꽤 그럴싸한 논리인 것만은 사실이다.

또 영화 〈E. T.〉에서 E. T.의 모습은 비록 외계인을 목격했다는 목격자들의 진술을 참고하기는 했지만, 다윈의 진화론으로 고도의 문명을 가진 생명체를 가상하여 만들어졌다고 한다. 그래서 몸에 비해 머리나 손가락이 발달하여 비대해지고, 첨단 교통장비로 인해 다리가 기형적으로 짧아졌으며, 필요 없는 털이나 머리카락이 퇴화된 E. T.가 탄생한 것이다.

과학적인 이론이 좀 더 깊이 관여된 영화도 있다. 〈2001 스페이스 오딧세이(2001 Space Odyssey)〉나 〈메탈 재킷(Full Metal Jacket)〉으로 너무나도 유명한 스탠리 큐브릭의 SF걸작 〈시계태엽 위의 오렌지(A Clockwork Orange)〉에는 '파블로프의 조건반사'가 인간에게 적용된 충격적인 장면이 등장한다. 정부는 강간과 폭행을 일삼는 비행소년 알렉스를 개조하기 위해 억지로 강간과 폭행이 가득한 영화 장면을 보여주며 무력해지도록 약을 투여하고 구토하게 하는데, 이로 인해 그는 더 이상 폭력을 생사할 수 없는 나약한 인간으로 전락한다. 비인간적인 과학의 적용으로 개인의 자유의지가 말살되어 가는 미래사회를 가상한 이 영화는 과학적인 이론이 영화의 서사구조에 중심적으로 자리매김한 영화의 한 예다.

이렇게 SF를 만드는 데는 많은 과학적인 지식이 필요하기 때문에, 실제로 과학을 전공한 과학자가 SF를 만드는 경우가 생기게 되었다. 〈로보캅(Robocop)〉과 〈토탈리콜〉를 감독하여 많은 SF영화 팬들의 사랑을 받고 있는 폴 베호벤 감독은 실제로 물리학박사이자 수학박사이다. 우리에겐 〈원초적 본능(Basic Instinct)〉과 〈쇼걸(Show Girl)〉을 만든 감독으로 더 알려져 있는데, 〈쇼걸〉의 실패 이후 다시 새로운 SF영화에 착수했다고 하니 기대가 된다. 그 외에도 1960년대 '빅뱅이론'과 함께, 우주의 진화를 설명하는 '정상우주론'을 주장한 영국의 천문학자 프레드릭 호일이나 '과학사' 책의 저술로 유명한 영국의 물리학자 J. D. 버날 등도 다수의 SF소설을 남긴 과학자들이다.

그러나 때로는 과학을 전공하지 않은 SF 작가의 상상력이 과학자들의 연구를 앞지른 경우도 있다. 스탠리 큐브릭과 함께 SF영화의 최고 걸작 〈2001 스페이스 오딧세이〉를 만든 아서 클라크는 SF로 인공위성의 개발과정을 예고한 것으로 유명하다. 그는 1942년 영국 공군에 입대하여 레이더 관제서로 근무하면서 첫 SF 작품을 썼고, 1945년 「외계-지구상의 통신 중계」라는 글을 실었다. 이 같은 위성통신에 대해 전문가들조차 회의적인 반응을 보였지만, 20년 뒤 '얼리 버드'라는 정지위성이 실제로 우주에 발사되었다. 이런 성과에 힘입어 그는 1969년 사상 최초의 유인 달착륙선 아폴로 11호 계획의 공식기록 집필자로 지명되기도 하였다.

SF에서 철학적 고민과 경이로움을

과학의 발전과 SF의 발전은 아무도 뗄 수 없는 관계다. 새로운 과학이론이 훌륭한 이야기를 탄생시키기도 하고, 때로는 문학적 상상력이 과학의 발전을 선도하기도 한다. 그런데 과연 SF의 발전이 과학의 발전만으로 가능할까? SF가 가지는 풍부한 상상력과 문명에 대한 철학적인 비판, 존재의 근원에 대한 날카로운 질문들이 사실 그 이야기들을 SF로 만든다. SF에는 사실적인 묘사만큼이나 과학과 공존해야 하는 인간들의 고민이 담겨 있어야 하기 때문이다.

우리나라 SF 작가들의 작품이 영화로도 만들어지고 연극으로도 무대에 올려지길 꿈꾼다. 그들의 상상력이 작은 소품에 그치지 않고 우주를 품을 만큼 거대한 상상력으로 무럭무럭 자라주길 기대한다. 경이로운 문학적 상상력에 탄탄한 과학적 상상력이 더해져, 우리에게 문학과 예술이 주는 최고의 경험을 전해주길 고대한다.

21세기에 살고 있는 우리들은 이야기 속에서 21세기를 꿈꾼다. 과학 기술이 급속도로 발전함에 따라 하루가 다르게 삶의 형태가 바뀌어 가는 이 시대에, 미래를 함부로 예측한다는 것은 현명한 일이 못될지도 모른다. 그러나 호기심과 상상력으로 가득 찬 우리들에게 21세기는 그 자체가 유혹이다. 현대 SF는 정교한 테크놀로지로 이야기를 구성하고, 과학적인 사실들에 기초해서 사실적으로 21세기의 삶을 보여준다. 우리는 그 속에서 미래에 대한 희망을 갖기도 하고, 미리 근심하기도 하며, 현재 우리의 모습을 되돌아보게 된다. SF는 '오늘'을 이야기하기 위해 '내일'의 무대를 빌린 현대판 신화이기 때문이다.

(이글 중 일부는 『물리학자는 영화에서 과학을 본다』(2003)에서 발췌하였습니다.)

리셋의 충동과 희망(없음)의 서사

김윤주의 「재앙부조」에서 박문영의 「사마귀의 나라」까지

복도훈

천만 명 이상의 기독교 신자를 보유한 한국이지만 한국인에게 창세기에서 요한계시록으로 이어지는 시간의 끝, 끝의 시간에 대한 상상, 이른바 종말론적인 상상력은 지치지 않고 증축되는 교회와 신앙의 과한 열기에 비해서는 아직까지 현저하게 저조해 보인다. 물론 몇몇 비정통파 교단에서 때로는 심각하고 때로는 해프닝에 가까운 종말론적인 소동을 벌인 바는 있었지만, 본격문학에서 하위문화에 이르는 다양한 문화전선에서 종말론적 상상력이 제대로 가동된 적은 드물었다고 할 수 있겠다. 그러나 최근에 들어 사정은 서서히 바뀌기 시작하는 것처럼 보인다. 정확히 10년 전, 2007년을 기점으로 한국문학, 특히 젊은 작가들의 상상력에서 세계의 절멸과 재앙에 대한 이야기는 하나둘씩 피어나기 시작했

다. "언제나 찾아올 것 같기만 하고 정작 오지는 않던 세상의 끝"(윤이형, 「큰 늑대 파랑」, 『큰 늑대 파랑』, 창비, 2010)을 재현하는 이야기가 시작되었던 것이다. 나는 먼저 두 작가의 단편소설을 예로 들고자한다.

방금 인용한 윤이형의 「큰 늑대 파랑」과 듀나의 「너네 아빠 어딨니?」(『용의 이』, 북스피어, 2007)는 모두 2007년도에 발표된 단편소설로, 포스트 좀비 아포칼립스 장르에 속하는 작품들이다. 윤이형의 소설은 젊음의 비극적인 종말을 좀비가 출현하는 세상에 대한 멸망과 구원의 슬픈 알레고리로, 듀나의 소설은 그와는 반대로 어른세상의 종말을 어린 소녀의 냉정하고도 쿨한 리셋(reset)의 서사로 유쾌하게 재현했다. 두 소설은 모두 루쉰의 단편 「광인일기」(1918)에 등장하는 광인의 마지막 다짐, 곧 '아직 사람을 잡아먹지 않은 아이가 있다. 그 아이를 구해야한다'는 모티프를 중심으로 움직이고 있다. 윤이형과 듀나의 소설은 향후 한국소설의 전위에서 출현하는 아포칼립스 장르의 두 가지 주요한 특징을 선취하고 있다. 첫째, 아포칼립스 장르는 비단 멸망의 이야기만은 아니라는 것이다. 윤이형의 소설에서 네 젊은이 가운데 세 명은 십년이 지나 모두 갑자기 출현한 좀비의 희생양이 되고 만다. 그러나 남은 한 젊은 여성은, 좀비와의 사투 끝에, 자신이 마음에 두었던 한 남자를 구하러 세상의 끝으로 떠난다. 절멸 속에서 희망의 씨앗을 찾고, 파멸 속에서 구원을 염원하는 것이다. 실제로 아포칼립스(apocalypse)는 유대의 묵시문학에서도 그랬듯이 두 가지 희망을 동시에 염원하는 서사다. 한마디로 그것은 절멸에의 희망을 경유하여 새로운 세상과 삶을 염원하는 이야기다. 듀나의 소설에서도 어른들의 세상이 좀비 천하로 리셋된 이후의 가난하고도 폭력에 노출되었던 소녀들의 삶은, 포스트 좀비 아포칼립스 장르에서 단골로 등장하는 공간인 쇼핑센터에서 어떠한 소비원리에도 구애받지 않고 마음껏 상품들을 향유하는 즐거움으로 나타난다. 소설의 마지막 장면에서 좀비들이 거리를 떠돌아다니는 핏빛 황혼녘을 물끄러미 내려다보는 두 소녀의 시선에는 암울함보다는 냉소적인 유쾌함이 담겨 있다. 둘째, 아포칼립스 장르는 서사의 내용이 형식의 일부로 형상화되는 특징을 지니고 있다. 말하자면 절멸과 파괴 속에서도 은밀하게 피어오르는 희망의 내용이 서사의 형식 그 자체에 각인된다는 것인데, 이것은 포스트 아포칼립스 장르에서 흔히 미성년 아이들이 서사의 주인공이 되는 것과도 무관하지 않다. 코멕 매카시의 소설 『로드』(2006)에서 봉준호 감독의 〈설국열차〉(2013)에 이르는 포스트 아포칼립스 소설과 영화에서도 아이는 서사의 최후에도 살아남는 존재다. 물론 그 존재가 당장 희망을 뜻하는 경우도 있고, 보다 애매한 경우도 있지만.

윤이형과 듀나의 소설이 발표될 즈음만 하더라도 한국소설의 아포칼립스적 상상력은 그저 일시적이고도 특이한 문학적 돌출이거나 하위문화의 한 상상력에 대한 문학적인 변종 정도로 취급되었다. 영화에서 장준환 감독의 〈지구를 지켜라!〉(2003)와 소설에서 박민규의 『핑퐁』(2006)과 같은 '병맛 코드'의 우울하면서도 활달한 리셋의 서사가 없었던 것은 아니었지만, 이 두 탁월한 작품은 아직까지는 장르혼효적인 성격이 강했다. 두 작품의 장르혼효적인 성격에서 장르 그 자체가 분화되어 나온 것은 그 다음이었다. 윤이형과 듀나의 포스트 좀비 아포칼립스 소설이 발표된 이후로 상황은 본격적으로 판이하게 달라졌던 것이다. 이른바 본격문학과 장르문학의 최전선에 선 젊은 작가들의 상상력에 파국과 절멸의 이야기가 강렬하게 점화되기 시작했던 것이다. 그 즈음은 또한 젊은 작가들의 상상력에서 본격문학과 장르문학 사이의 공고하던 위계와 구분이 서서히 해체되기 시작한 때이기도 했다. 배명훈과 김보영과 같은 SF 작가들의 소설이 박민규와 윤이형의 SF와 나란히 함께 읽히기 시작했다. 한국문학의 포스트 아포칼립스적 경향에 한정하더라도 박민규와 윤이형을 필두로 김애란, 황정은, 조해진, 김사과, 박솔뫼, 손홍규, 정용준 같은 주요한 젊은 작가들이 종말론적 상상력의 흐름에 이미 대거 동참한 바 있다. 그리고 장르문학 진영에서도 듀나를 필두로 배명훈과 ZA(Zombie Apocalypse) 문학 공모전 당선 작가들, 포스트 아포칼립스적 상상력의 한 극지에 다다른 멸망이야기를 주조해낸 「사마귀의 나라」(EPIC+LOG, 2014)의 작가 박문영에 이르기까지 많은 장르작가들이 포스트 아포칼립스 장르의 지평을 확대해나가고 있다.

그런데 돌이켜보면 한국소설에서 아포칼립스적 상상력의 발현은 최근 10년에 한정된 이야기만은 물론 아니다. 나는 남은 이야기에서 한국소설의 아포칼립스적 상상력의 시작을 알리는 선구적인 한 작품과 그 상상력의 한 극점을 강렬하게 선보인 최근 소설로, 앞서 언급한 박문영의 「사마귀의 나라」를 읽을 예정이다. 공교롭게도 두 소설은 핵전쟁과 오염 이후의 세상, 보다 장르적인 용어로 말하면 '핵겨울(nuclear winter)' 이후의 이야기를 그리고 있다. 먼저, 1960년 4·19혁명이 일어난 지 7개월 후, 핵전쟁으로 도시의 문명에서 인륜적 도덕에 이르기까지, 인간이 이룩했거나 지켜왔던 모든 것들이 단 한 번에 사라지는 이야기가 한국소설사에서 처음 씌어졌던 적이 있었다. 성서학자였던 김윤주(1927~1995)의 『자유문학』 신인당선작 「재앙부조(災殃浮彫)」(『자유문학』, 1960.11)가 바로 그 소설이다.

버섯구름의 재앙은 압도적이고 순간적이었다. 사진(沙塵)인지, 재인지, 연기인지 분간할 수 없는 황적색의 안개 속에서 이 문명도시는 해체하였다. 빌딩들은 채석장의 돌무더기가 되었다. 아스팔트는 화산의 용암처럼 녹아 흐르다가 아무렇게나 굳어버렸다. 역전광장에는 엿가락 모양 흰 레루들이 뒹굴었다. 전차는 뻐스를, 뻐스는 전차를 박살하였다. 가로수가 어쩌다 타다 남아, 새까만 말뚝이 된 것이 오히려 기이하였다. 공원의 못에서는 잉어의 내장이 썩어갔다. 물론 분수탑은 빠개졌다. 개선문은 주춧돌만 남았고, 박물관의 높고 넓던 돌계단은 무너지고, 오랜 역사의 유물들이 재가 되어 바람에 날리고 있었다.

　　　　　　　　　　　　　─김윤주, 「재앙부조」, 단락 나눔 없이 인용함

아포칼립스 소설의 전형적인 초두다. 소설의 시작부터 종말의 장면을 재현하고 있는 것이다. 물론 이 소설은 문장의 수준에서 소설적 구성에 이르기까지 여러모로 많이 조악하고 서툴다는 느낌을 준다. 방금 읽은 인용문에서도 드러나듯이 핵의 파괴적 숭고에 필적할 만한 묘사는 추상화된 채로 나타날 뿐이고, 전지적인 서술자와 작중인물 간의 거리도 확보되어 있지 않으며, 일어나는 사건들의 수순 또한 썩 자연스럽지는 않다. 그럼에도 이 소설은 포스트 아포칼립스 장르의 특징으로 이야기했던 서사의 코드를 고스란히 내포하고 있다는 점에서 흥미를 끌 만하다. 인용한 부분에서 절멸의 상황이 차례로 제시되었으니, 마지막 문장 다음으로 이어지는 문장은 당연히 이것이겠다. "종말이었다."

「재앙부조」는 이런 이야기다. 시인 창수와 그의 친구인 화가 그리고 화가의 아내는 공회당을 들렀다가 나오는 도중에 핵전쟁이 일어났음을 알게 된다. 그들은 다른 생존자로 화가의 아저씨인 절름발이와 물리교수와 함께 식료품시장의 지하실에 칩거한다. 버섯구름을 본 화가는 시력을 잃고, 물리교수는 과학은 개구리 눈알 하나 만들지 못한다고 중얼거리다가 몸이 경화된 채로 죽으며, 절름발이는 버섯구름의 환영을 보면서 미쳐 죽는다. 화가의 아내는 다른 남자들과 마구잡이로 성관계를 맺는다. 한마디로 모든 것들이, 총체적으로, 파산하고 마는 것이다. "문명적 현실, 물리적 현실, 도덕성, 과거, 모든 것." 포스트 아포칼립스 장르를 읽을 때 흔히 던질 수 있는 독자의 질문은 이것이다. 왜? 왜, 이러한 일이, 파국이 발생했는가? 소설의 주인공인 시인 창수를 대신해 전지적인 서술자는 묻는다. "왜 그렇게 되었나. 살아남은 이유를 알 수 없었다."

포스트 아포칼립스 소설은 철학자 하이데거의 표현을 빌리면 근거(grund)의 근거 없음(ab-grund)을 근본적으로 되묻는 서사 장르다. 사상에서 근거율이란 어떠한 것도 근거 = 이유 없이는 존재하지 않는다는 원리다. 그런데 하이데거의 표현을 다시 빌리면 '어떠한 것도 근거 = 이유 없이는 존재하지 않는다'는 말 그 자체에는 근거가 없다. 인간문명과 도덕의 지반, 이유, 근거가 무너졌다. 한마디로 '왜'라고, 살아남은 '이유'를 물을 수 있는 지반이 무너져 내린 것이다. 그렇다면 포스트 아포칼립스 장르는, 「재앙부조」에서도 그런 것처럼, 근거의 근거 없음을 물어가면서 필사적으로 근거 = 이유를 찾아나서는 서사라고 하겠다. 소설에서 눈먼 화가가 철근 부스러기로 지하실의 콘크리트 벽에 부조를 집요하게 새기는 행위가 바로 근거의 근거 없음에서 근거 = 이유를 물어나가는 서사적 과정으로 주요하게 제시되고 있는 것이다. 그 행위는 "죽음의 막바지에서 헤어나 볼려는 화가의 모질고 줄기찬 본능"의 발로다.

배가 불룩한 나신의 여자, 눈먼 벌거숭이 사내, 앉은뱅이 사내, 외팔이 여자, 애꾸눈의 남자, 성기가 큰 남자아이와 머리가 큰 여자아이 등을 그리는 행위의 종점에 "어둠속에 묻혀버린 사랑"을 재현하고자 하는 화가의 욕망이 자리하고 있다는 것은 의미심장하다. 소설은 화가가 그림을 마무리 한 뒤 "원자병"으로 죽어가면서 창수에게 아내와 아내가 임신한 아이의 삶을 책임져달라는 부탁으로 마무리된다. 화가의 요청에 응답하는(response) 것은 책임(responsibility)을 떠맡는 일이 될 것이다. 이러한 떠맡음은 창수가 빵 부스러기를 물고 묵묵히 기어가는 개미떼를 바라보면서 여전히 폐허의 세상에서도 살아야 하는 이유를 통감하는 것과도 맞물린다. 「재앙부조」는 화가가 벽면에 새겨 넣는 부조를 통해 넌지시 희망(사랑)을 이야기한다.

「재앙부조」가 발표되고 나서 반세기가 조금 넘게 지난 후에 또 하나의 핵겨울의 이야기가 펼쳐지는데, 박문영의 중편소설 「사마귀의 나라」는 한층 처절할 뿐만 아니라, 어떠한 희망도 암시하지 않는다.

모든 섬은 귀신이 달라붙기 좋은 곳이었다. 축축하고 다리가 없는 나쁜 기운은 물길을 타고 가장 먼저 섬으로 기어가 거주민들의 꿈자리로 스며들었다. 새카만 밤, 한 여자의 눈썹이 허물을 벗는 꽃뱀처럼 꿈틀거렸다. 손바닥으로 그녀의 이마를 짚어 주는 사람은 없었다. 상체를 일으켜 물 몇 모금을 넘기게 하는 이도 없었다. 섬에 사는 사람들은 통증을 각자 버텨 낼 줄 알았다. 흐릿한 새벽 해가 폐선 조각의 따개비 떼를 비추었다. 쓸개 모양을 한 섬의 윤곽이 점차 분명해졌다. 섬을 지나 바다 건너에 있는 건물, 벽, 도시에도 공평한 분량의 햇빛이 들었다. 밀물에 잠겼다 나타나는 자갈이 의심하는 사람의 눈처럼 반짝였다. 물을 지나면서부터 하얀 풀무더기가 가득했다. 나라가 망한다는 개망초로, 내버려둔 땅마다 씨앗이 집요하게 파고드는 습성이 있었다.

— 박문영, 「사마귀의 나라」

이 소설의 도입부는 「재앙부조」의 그것보다는 얼핏 덜 심각해 보인다. 비록 핵에 오염되었지만 여전히 사람들이 살아있으며, 끈질기게 땅을 파고들어 살아나려는 개망초에 대한 묘사는 희망의 여지를 독자들에게 남겨놓는 듯하다. 그러나 소설은 위 인용문에 어렴풋이 제시된 희망을 서서히, 하나씩 삭제하는 방식으로 전개된다. 문장은 군더더기 없이 짧고, 명료하며, 냉정하다. 마치 방금 쓴 문장을 삭제하기 위해 다음 문장을 쓰는 방식이다. 포스트 아포칼립스 장르에 전형적으로 내재해 있는 파괴를 통한 정화, 파국을 경유한 구원에 대한 은밀한 염원 따위조차도 리셋 해버리겠다는 비인간적인 냉정함과 잔인성이 박문영의 문체에 도사리고 있다.

최근의 포스트 아포칼립스 장르의 경향의 한 흐름을 반영하듯이 「사마귀의 나라」는 국가가 차츰 사라지고 기업이 국가를 대신해 지배하는 2083년의 미래에서, 핵폐기물과 함께 서서히 죽어가는 섬사람들의 마지막 모습을 그리고 있다. 핵폐기물을 관리하는 '동방 유니버설'이라는 대기업이 섬사람의 생계와 복지 모두를 대신하는 미래. 소설의 주인공은 사마귀와 반점과 같은 아이들로, 이들의 이름은, 섬사람들의 다른 이름과 마찬가지로, 본명이 아니라 핵폐기물 방사능으로 인한 질병이 신체에 깊숙이 각인된 이름이다. 아이들이 주인공이지만, 이 아이들은 한국의 다른 포스트 아포칼립스 장르에서 종종 엿보이는 것처럼, 마지막에 살아남는 아이들이 결코 아니다.

사마귀와 반점, 섬의 두 아이들은 핵폐기물을 담은 초록색 드럼통에 그림을 그리면서 서로에게 질문하고 대답한다. "선택은 자신이 해야 하는 거야. 그런데 여기는 우리에게 무엇을 선택하게 하지? 너와 내가 앉은 이 땅이 무엇을 묻지? 이 섬은 더이상 아무 것도 질문하지 않아." 한마디로 이 "미쳐 가는" 땅은 아이들에게조차 아무런 질문도, 이유도, 근거도 제시하지 않는다. 그냥 파국이다. 이러한 근거의 근거 없음을 소설에서 가장 극적으로 드러내는 사건은 사마귀의 어머니인 궁이 갓난아이, '무무(無無)'를 낳은 일이다. 그런데 태어난 무무에게는 다른 유아와 구별되는 결정적인 특징이 하나 있다. 바로 성기(性器)가 없는 것이다. 무무에게 성기가 없다는 것은, 한마디로 이 미쳐가는 섬에 어떠한 희망의 싹조차도 없다는 뜻이다. 게다가 핵폐기물로 인한 각종 질병에 시달리는 섬사람들과 아이들조차도 태어난 무무와 무무의 가족을 괴롭히고 멀리한다. "순도 높은 이기심" 이외에 다른 어떤 것도 찾아볼 수 없는 현실이다.

「사마귀의 나라」에서도 「재앙부조」의 화가가 콘크리트 벽면에 부조를 새겨 넣는 것과 비슷한 장면이 두 차례 등장한다. 사마귀와 반점은 드럼통에 노란색과 파란색을 써가면서 파란 기린, 노란 공룡, 초식 동물 및 바다와 고래 등을 번갈아 그린다. 그림을 그리는 동안에는 "섬의 어제도 내일도 보이지 않았"을 정도로 그들은 "자신들이 지은 새로운 세계"를 희망하는 것처럼 보인다. 그러나 섬의 상황은 갈수록 악화일로로 치닫는다. 이제 동방 유니버설의 지원도 끊기게 되며, 섬도 폐기될 지경에 이른 것이다. 사마귀와 반점이 두 번째로 드럼통에 그린 그림일기에는 뼈밖에 남아있지 않은 동물들, "큰 머리통 아래 철사 같은 다리를 매"
단 사슴이 그려지고 나머지는 욕설들로 채워지고 만다. 그리고 파국이
다. 용도가 폐기되자 섬은 물과 시멘트로 완전히 매장되고 만다.

　　무무를 안고 있던 궁이 굳어 갔다. 한 팔을 벌린 반점이 딱딱해졌다. 사마
　귀와 반점이 그린 드럼통의 그림일기는 죄다 지워졌다. 진회색 곤죽만이 땅
　을 메워 갔다. 사마귀는 그 밤, 코피를 쏟다 외롭게 죽었다는 키 작은 소년을
　생각했다. 그는 해안의 한계선을 향해 달음박질쳤다. 그리고 무작정 먼 불빛
　쪽으로 헤엄쳤다. 사마귀의 식도로 더러운 바닷물이 몇 모금 들어왔다. 멀리
　보이는 건물에서 무언가 뜨거운 것이 날아왔다. 사마귀의 왼손에서 새끼손
　가락 하나가 떨어져 나갔다. 그는 눈물 때문에 앞을 잘 볼 수 없었다.

　　　　　　　　　　　　　　　　　　　　　　― 박문영, 「사마귀의 나라」

　　소설의 대단원이다. 완전한 절멸이다. 어떠한 희망도, 희망의 씨앗도
보이지 않는다. 사마귀는 섬을 빠져나갈 수 있을까. 이런 질문을 던지는
것조차 무의미할 정도로 「사마귀의 나라」에서 파국은 완전무결하다.
「재앙부조」가 발표된 지 거의 반세기가 지난 후에 등장한 한국의 포스트
아포칼립스 소설이 재현하는 파국의 강도는 더할 나위 없이 강해졌다.
파국을 통한 희망의 은밀한 제시, 살아남는 아이들과 같은 포스트 아포
칼립스의 서사적 코드도 이 소설에서는 증발되고 말았다. 「사마귀의 나
라」는 한국소설의 아포칼립스적 상상력에서 패러다임의 전환을 예고하
는 중요한 작품이다. 태어난 아이의 이름이 무무인 세상은 도대체 어떠
한 세상일까. 얼마나 더 끔찍한 이야기가 계속 씌어져야만 하는 걸까.

3장
SF로 들고 나는 네 가지 통로

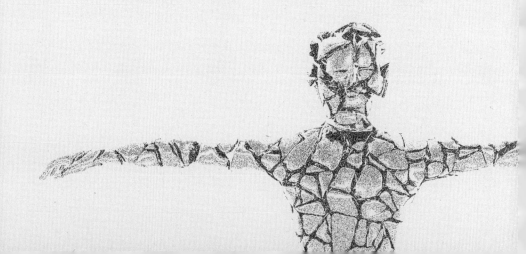

교차로 위에서 교차하는 것들

박성환

1

10여 년 전부터 개인적으로 가지고 있는 몽상적인 기획이 있다 : 현재의 기준으로, 90년대 PC통신 동호회 게시판에 올라왔던 창작 SF 단편들 중에서 의미 있는 작품들을 선별해 앤솔로지로 묶는 것. 몽상적이라고 한 것은 출판사를 찾는 것도 힘들고 하이텔이나 나우누리 등 없어진 PC통신 게시판들의 백업을 찾는 것도 힘든 데다 설혹 찾는다 한들 그 무수한 작품들 중에서 옥석을 가리기도 힘들 뿐더러 일일이 저자를 찾아 출간 계약을 하는 것은 더더군다나 힘들 것이기 때문이고, 현재의 기준이라는 말을 굳이 넣은 것은 그때와 지금, 한국 창작 SF를 바라보는 관점 — 한국 창작 SF에 대한 기대치는 크게 달라졌기 때문이다.

물론 당시에도 djuna의 작품들은 한국 SF가 나아갈 방향과 다다라야

할 수준을 이미 확고하게 가리켜 보이고 있었지만, 혼자였기 때문에 예외로 치부되기 쉬웠다. 하지만 이제는―2000년대 중반 이후로는 더이상 그럴 수 없게 되었다고 생각한다.

그런데, 창작 수준의 상향화―아이디어가 보다 참신해지고 주제가다양해지며, 구성이 정교해지고 인물의 심리가 보다 세밀하고 설득력있게, 배경 세계가 보다 구체적이고 현실적으로 제시되는 것이 과연 좋기만 한 걸까?

2

아니, 어떻게 감히 아니라고 할 수 있을까? 하지만 그렇다고 밀레니엄너머에 두고 온 통신망 SF들에 대해, 당시 출간되었던 『창작기계』 등의앤솔로지들에 대해 되돌아볼 만한 점이 아예 없지는 않다고 생각한다.

그러니까, 어쩌면 한국 SF의 질적 상향이 새로운 작가군 유입, 독자층의 저변 확대에는 오히려 걸림돌이 된 것은 아닐까? 라는 생각. 그러니까, 질적 상향이 양적 축소를 불러온 건 아닐까. 물론 이건 피해망상의일종일 것이다. 선후 관계가 곧 인과 관계인 것은 아니며, 어차피 한국SF는 (다른 마이너한 장르들과 마찬가지로) 새로운 작가가 들어오기도, 독자들이 새롭게 폭넓게 많이 생기기도 굉장히 힘드니까. 그러나 2000년대중반, 다양한 국내 SF, 판타지 앤솔로지들이 출간되었던 지난날을 꿈처럼 뒤돌아보면, 어쩐지 밑동이 이미 끊긴 채 그래도 살짝 개화하려던 꽃봉오리가 떠올라 마음이 아프다.

10여 년 전쯤에 이 기획을 처음 몽상했을 때에는 90년대를 이제는 완전히 넘어섰다는 자신감도 한몫을 했을 것이다. 그러니까 지나간 시절에 대한 박제화를 통한 청산의 노골적인 확인. 하지만 지금 다시 생각해보면 오히려 한국 SF가 잃어버린 무언가, 두고 와버린 어떤 것에 대한 뒤늦은 기억과 환기, 그리움을 담은 호명의 의미도 더해볼 수 있을 것 같다.

3

한국 SF가 두고 온 어떤 것들 : 작가와 독자, 창작과 감상 사이의 흐릿함—경계 없음—그러므로 넘어섬—따라서 서로 통함. 격의 없는 데서 나오는 활기, 생명력, 보다 더 많은 즐거움의 공유. 미스터리나 로맨스 같은 다른 장르 소설에서도 비슷하기는 하겠지만, SF에서는 특히나 더, 독자와 작가의 경계 없음, 창작과 수용, 생산과 소비의 구별 없음의 역사는 특히나 깊고 오래되었으며, 이것이 바로 이 장르의 지속성과 연속성의 근본 동력일 것이다.

창작보다 더 깊은 감상은 없다. 창작보다 더 즐거운 감상도 없다. 부담 없이 쓰고 부담 없이 읽을 수 있는 공간 없이 과연 다음 세대의 독자들, 다음 세대의 작가들이 나올 수 있을까?

4

그런 점에서 '크로스로드'의 Science Fiction 코너의 의의는 현재 한국에서 거의 유일하게 새로운 창작 SF 단편을 읽을 수 있는 공간이라는 점 외에도, djuna, 김보영, 김창규 등 기성 작가들이나 나 같은 팬덤 출신 신진작가[1]만이 아니라 SF(소설과 영화, 만화, 게임의 구분 없이)에 관심 있는 사람들 모두의 글을 한 달에 한 편씩 볼 수 있는 공간 — 그러니까 작가와 독자의 구분 없이 팬으로서 함께 만날 수 있는 유일한 공간이라는 점에서도 또한 굉장히 중요하다고 해야 하지 않을까?

한국 SF 창작 단편을 위한 최후의 공간을 아시아태평양이론물리센터가 마련하고 유지하고 있다는 건 분명 감사해야 일이지만, 다른 한편으로는 국내 SF계의 역량이 그만큼 미흡하다는 반증도 될 것이기에 다소 씁쓸한 것도 솔직한 심경이긴 하다.

하지만 뭐 어때서? 어쩌면 '크로스로드'는 오히려 SF 독자들의 바깥에 있기 때문에 그 이름대로 '교차로'로서의 역할을 제대로 할 수 있는 것인지도 모르겠다. SF의 안과 바깥 사이의 교차로, 아서 클라크의 독자들과 베르나르 베르베르의 독자들 사이의 교차로. 이론물리학자들과 SF 작가들과 SF 독자들과 일반인들 사이의 교차로.

---

1 박상준, '크로스로드 SF 10년의 길'('한국 창작 SF의 현재와 미래' 강연).

5

생각해보면 SF도 그 자체로 또 하나의 교차로이다. 과학과 문학, 이론과 상상, 우주와 이야기 사이의 교차로.

그러니까 교차로라는 이름의 공간이 교차로적인 이야기에 대해 교차로적인 역할을 하고 있는 것인데, 이것은 결코 우연한 말장난만이 아닐 것이다. 그보다는 '크로스로드'가 궁극적으로 추구하는 바 — 과학과 미래 그리고 인류를 위한 비전 — 가 곧 SF의 본질이기도 하다는 점에 기인한 필연적인 결과가 아닐까?

6

최근에 어느 공모전의 SF 단편 부문에서 중간 심사와 멘토링을 맡았다. 불행히도 공모전 자체가 많이 알려지지 않아 응모작 자체가 많지 않은데다가 SF를 하나도 읽어보지 않고 쓴 글들이 상당수였지만, 몇몇 작품들은 심사에 다소 심드렁했던 나 자신을 반성할 정도로, 내 몽상 속의 기획에 꼭 넣고 싶은 욕심이 들 정도로 반짝였다.

멘토링 과정에서 실제로 만나보니 1차 심사 통과자 세 명 중 한 명은 SF를 꽤 많이 읽은 독자였지만, 다른 두 명은 SF에는 거의 관심이 없던 분들이었다. 그러면서도 과학 기술에 대한 상상력과 이야기를 결합하는 솜씨가 보통이 아니었다는 점도 재미있었지만, 특히, SF를 거의 모르던 분들이 SF를 쓰면서 자연스럽게 SF에 관심을 갖게 되는 모습을 옆에서 볼 수 있었던 것은 정말 귀중한 경험이었다. 덕분에 SF는 처음부터 소수의 취향일 뿐이라고 냉소하고 자조했던 지금까지의 내 좁고 어리석은 생각을 다시 돌아보고 반성하게 되었다.

7

비록 적절한 기회를 찾지 못해 그분들에게 '크로스로드'를 소개하지는 못했지만, 계속해서 SF에 관심을 갖고, 창작도 하게 된다면 반드시 '크로스로드'에서 다시 만나보게 될 것이라고 생각한다. 그렇게 생각할 수 있다는 점에서 '크로스로드'에 감사한다. 우연한 기회에 몇 분을 직접 뵙게 되어 깨달은 사실인데, SF에 대한 관심과 흥미, 과학에 대한 호기심과 상상력은 일부 소수의 취향에만 국한된 것이 아니라 우리 모두가 조금씩은 다, 자기도 모르게 가지고 있는 현대인으로서의 소양이지 않을까? 아니, 어쩌면 인간이라면 누구나 다 가지고 있는 본성인지도 모르겠다. 밤하늘 별들을 바라보면 가슴이 두근거리는 우리 모두를 위해 '크로스로드'가 앞으로도 오래 오래 과학과 문화, SF 사이의 교차로가 되어 주었으면 좋겠다.

SF 연구는 새로운 세계를 만드는 것이다

한국 SF 연구의 현황과 과제

이지용

1907년 일본 유학생들이 발행했던 『태극학보(太極學報)』에 실린 「해저여행기담(海低旅行埼譚)」을 한국 SF의 시작으로 보았을 때, 이미 한 세기 정도가 지났다. 하지만 그동안 한국의 SF는 문화 예술의 주변부에 머물러 있었다. 이러한 이유에는 여러 가지가 있겠지만, 장르 자체로서의 진지한 논의의 대상으로 받아들여졌던 적이 적었다는 것이 하나의 이유가 될 수 있을 것이다. 한국의 SF가 괄목할 만한 작품으로 세간의 조명을 받지 못한 것도 원인이 될 수 있지만, 그동안 여러 지면을 통해 발표되었던 작품들에 대한 이론적인 접근 또한 제대로 이루어지지 못한 건 SF가 주변부에 머무르는 현상을 고착시키는 것이기도 했다. 하지만 언제나 창작은 담론의 형성과 그 궤를 같이하는 것이다. 이론적인 담론이 뒷받침되지 않는 창작은 수용자들에게 소비되어질 순 있지만 이를 지속할 수 있는 의미를 형성하는 것이 힘들다. 그러기 때문에 창작의 창구가 확대되는 것과 마찬가지로 이론적인 담론의 장 또한 형성되어야 한국 SF가 성장할 수 있는 동력이 확보될 수 있을 것이다. 이에 이 글에서는 한국의 SF 연구에 대한 현황을 알아보고, 이를 통해 나타난 문제점과 가능성에 대해 미력하나마 타진해 보도록 하겠다.

한국 SF의 연구 현황

한국에서 SF에 대한 이론적인 접근의 시작은 안동민의 「공상과학소설의 마법」(1968)이다. 물론 이전에 A. J. 맥타카트의 「과학소설의 직능과 역할」(1964)이 있었지만, 이는 외국 저자의 이론을 번역한 것이었기 때문에 연구 성과라고 보기에는 어려운 점이 있다. 또한 최철규의 「소설에서 과학과 문학의 조화」(1977)가 나왔지만 소설에서 과학적 요소가 활용된 것에 대해 설명하면서 SF를 지엽적으로 언급하는 것에 그치고 있다. 이후로 상당 기간 동안 SF는 창작과 더불어 이론이나 연구에 대한 명확한 성과 또한 찾기 힘들다.

1990년대가 되어서야 비로소 연구의 성과들이 나타나기 시작하는데, 조환규가 「과학소설의 지평」(1992)이라는 제목으로 아시모프의 『파운데이션』과 복거일의 『역사속의 나그네』의 서평을 실은 것은 의미 있는 성과라고 할 수 있다. 또한 로버트 스콜즈와 에릭 라프킨의 『SF의 이해』(1993)가 번역되고, 박상준이 SF 텍스트에 대한 내용들과 개념을 소략하나마 정리한 『멋진 신세계』(1992)가 출간되어 SF에 대한 이론적 담론을 형성하기 시작했다. 뿐만 아니라 학술지인 『외국문학』에 'SF 특집'이라는 별도의 기획을 통해 해외 이론가들의 SF 이론들에 대해 소개하는 지면들이 해당 시기에 등장한 것은 눈여겨 볼 일이다. 물론 이는 『외국문학』의 특성상, SF 장르 자체에 대한 모색이었다기보다는 당시 서구에서 논의되던 문학 이론을 소개하는데 그 의미가 실린 기획이었다. 하지만 SF가 장르로서 의미를 획득하고 변화해 가는 과정을 소개하는 장이기도 했다. 뿐만 아니라 박상준 등 국내 필진이 SF의 개념을 정리하고 나름의 현지화 방안을 모색한 지점이 바로 이 시점이었다고 보인다.

이러한 시도들은 1990년대 후반이 되면서 조금씩 성과들이 나타나기 시작하는데, 이 시기는 매체의 발달로 인해 SF영화와 TV시리즈 등 영상 콘텐츠의 성장이 나타나 상대적으로 SF 콘텐츠의 비중이 확대되는 시기였다. 또한 네트워크의 발전으로 인한 발표 지면의 변화로 SF에 대한 팬덤이 본격적으로 형성된 시기였다. 복거일이 『파란 달 아래』를 PC통신을 통해 발표하며 세간의 관심을 모으기도 했다. 김상일의 「SF와 문학적 상상력」(1995), 신상성의 「역사 속의 공상과학소설 유형연구」(1998)는 이러한 관심 이후에 SF를 본격 연구의 영역으로 편입하려는 시도였다고 할 수 있다.

이를 바탕으로 2000년대에 들어서면 비로소 장르에 대한 인식을 바탕으로 하고 텍스트에 접근하는 모습들이 나타나는데, 대중문학연구회에서 발간한 『과학소설이란 무엇인가』(2000)와 같은 성과가 이렇게 변화된 움직임의 대표적인 예라고 할 수 있다. 이 책에서는 쥘 베른 소설에 대한 분석부터, 『해저2만리』를 이해조가 번안한 『철세계(鐵世界)』를 비롯해 한국 창작 SF 작품들인 문윤성의 『완전사회』나, 복거일의 『파란 달 아래』부터 중국의 만청시기 과학소설에 대한 분석까지 제법 넓은 스펙트럼을 보여주고 있다.

이후로 SF 텍스트들에 대한 연구들이 이전에 비해 상대적으로 활발하게 이루어졌지만 한국의 SF 텍스트나 국내 실정에 대한 연구는 이정옥의 「과학소설, 새로운 문학적 영토」(2001), 김명성의 「SF영화 〈2009 로스트 메모리즈〉와 소설 〈비명을 찾아서〉의 서사비교」(2003), 임종기의 『SF부족들의 새로운 문학 혁명, SF의 탄생과 비상』(2004), 박진의 「장르문학에 대한 오해와 편견」(2007), 백대윤의 「한국 문학과 SF」(2007), 이성희의 「1970년대 한국 SF 애니메이션 연구」(2007), 복도훈의 「한국 SF, 장르의 발생과 정치적 무의식」(2008), 이의경의 「한국 SF 영화에 대한 고찰」(2009)과 같은 자체적인 이론 정립 과정이 눈여겨 볼 만한 성과라고 할 수 있다. 물론 이 중에는 김이구의 「과학소설의 새로운 가능성」(2005)이나 이한음의 「과학소설의 방향 찾기」(2004), 최정원의 「한국 SF 및 판타지에 나타난 아동상 소고」(2008)와 같이 아동문학의 범위 내에서 장르적 의미를 부여하는 작업 또한 이루어졌다.

학술 연구의 일환은 아니었지만 SF에 대한 장르적 이론을 정리하고 소개한 고장원의 『SF의 법칙』(2008)과 『세계과학소설사』(2008)는 SF가 하나의 형식이나 기조로 작용하는 것이 아니라 자체적인 장르적 담론을 형성할 수 있는 기본적인 정보들을 제시한 것에서 의의가 있다고 할 수 있다. 이러한 작업들을 토대로 SF는 문학의 새로운 방법론으로 활용되던 1990년까지의 인식을 벗어나, 독립된 형식과 특성을 가지고 에피고넨을 양산하는 장르로 인식의 확산을 꾀할 수 있게 되었다.

때문에 2010년 이후로는 SF를 하나의 장르로 인식하고 1900년대 초반의 SF 도입 시기에 대한 접근이 이루어졌는데, 김주리의 「〈과학소설 비행선〉이 그리는 과학제국, 제국의 과학」(2011), 김종방의 「1920년대 과학소설의 국내 수용과정 연구」(2011), 노연숙의 「1900년대 과학 담론과 과학 소설의 양상 고찰」(2012)과 같은 것들이 바로 그것이다. 또한 최수웅의 「융합시대 SF의 가치와 활용가능성 연구」(2012), 필자의 졸고인 「한국 대체역사소설의 서사 양상 연구」(2010)와 「한국 SF의 스토리텔링 연구」(2015), 이숙의 「한국 대체역사소설 연구」(2013)와 「문윤성의 〈완전사회〉(1976) 연구」(2012), 윤지영의 「SF를 통한 문화예술교육 콘텐츠 개발 및 활용에 관한 연구」(2010), 그리고 한상헌의 「SF문학 장의 형성과 팬덤의 문화실천」(2012), 백대윤의 「SF 서사의 본성」(2013), 엄상준의 「21세기 한국 SF영화의 정치적 상상력 연구」(2014), 조미영의 「한국 SF영화에 나타난 환상성 연구」(2014), 김지영의 「한국 과학소설의 환상성 연구」(2015)와 같은 연구 성과들이 나타났다.

이 중에서도 필자를 비롯해 최수웅과 한상헌, 백대윤 등의 연구 결과물에서는 텍스트에 나타난 SF적 요소들을 기존의 이론에 활용하는 연구 방법론에서 그치는 것이 아니라, 장르 자체에 대한 이해를 바탕으로 텍스트에 대한 의미를 명확하게 규명하려는 성과들이 나타나고 있는 것을 볼 수 있다. 이는 SF가 연구 영역의 주변부에 머무는 것에 그치지 않고 자체적인 정체성 획득과 담론 형성을 위한 움직임을 보인 것이라고 할 수 있다. 이를 통해 그동안 명확하게 규명되지 않고, 이론적·학술적 성과가 정립되지 않았던 한국 SF만의 특성을 파악하고 이를 토대로 이론적인 심화 역시 진행될 수 있을 것이라 기대해 볼 수 있다.

과제와 가능성, 필요성에 대한 역설(力說)

앞에서 살펴본 바와 같이 한국 SF의 학술적 연구는 2010년 이후부터 본격화 되었다고 보아도 무방하다. 물론 이전까지 박상준이나 고장원과 같이 이론적 토대와 해외의 담론들을 꾸준하게 정리해 소개한 선구자들의 노력이 있었기 때문에 가능한 것이었다. 하지만, 이를 교양 정보의 수준에서 벗어나 학술적인 영역에까지 끌어들여 한국만의 이론적 담론을 형성하는 작업은 아직까지 미진한 상태이다.

물론 고장원은 최근까지도 『스페이스 오페라란 무엇인가』, 『대재앙 이후의 세계와 생존자들』, 『하느님도 웜홀을 지름길로 이용할까?』, 『SF란 무엇인가』, 『외계인 신화, 최초의 접촉에서부터 외계인 침공까지』, 『SF영화가 보고 싶다—Part1』(이상 2015), 『특이점 시대의 인간과 인공지능』(2016)을 통해 SF에 대한 이론들을 정리하고 있고, 대중서사장르연구회에서는 2016년에 『대중서사장르의 모든 것』 다섯 번째 시리즈인 '환상물'을 발간하면서 SF에 지면의 상당 부분을 할애했다.

이러한 움직임들로 보았을 때 한국의 SF는 이전의 어느 시기와도 비교할 수 없을 정도로 양적·질적인 확장 기회를 확보하고 있다고 볼 수 있다. 창작적인 측면에서 보았을 때, 과학기술에 대한 일종의 에듀테인먼트(edutainment) 콘텐츠로 활용되었던 1970년대의 창작 작품에서 벗어나 1990년대 복거일과 듀나(DJUNA) 등을 거치며, 개성적인 창작 방법론을 형성하기 시작했다. 2000년대에 접어들면서 '과학기술창작문예' 출신의 신인들과, APCTP의 『크로스로드』를 통해 지면을 얻은 작가들, 웹진 등을 통해 꾸준히 작품활동을 개진한 작가 군을 통해 양적·질적

성과를 쌓아 왔다. 그 중에서도 이러한 창구들을 두루 섭렵하며, 『안녕, 인공존재!』(2010)로 제1회 문학동네 젊은 작가상을 수상한 배명훈의 등장은 SF 텍스트를 기존의 학술 담론에서 본격적으로 논의할 수 있는 소스를 제공했다고 할 수 있다. 이는 작가 개인의 역량 문제도 있겠지만, SF 스토리텔링에 대한 사회 내·외부적인 요구가 만들어 낸 결과라고 볼 수 있다. 이러한 요구들을 여전히 계속되고 있어서, 2016년 『조선일보』 신춘문예에서는 소설 당선작으로 SF적 상상력을 근간으로 하고 있는 「상식의 속도」가 선정되었다.

이러한 요구에도 사실 SF에 대해 전문적인 연구 및 비평활동을 개진할 수 있는 활동 군은 제한적인 것이 한국 SF의 현실이다. 「상식의 속도」가 비록 SF적 상상력에서 출발하고 있다고는 하나, 심사평에서는 "시공을 자재하게 넘나드는 활발한 상상"으로 "이전까지 우리 문학에서 누구도 가보지 못한 소설 문학의 땅을 굴착한다"고 명시되는 것이 전부이다. 장르적인 담론에서의 의미 부여라든지, 가치의 판단 영역은 지극히 협소하게 작용하고 있다는 것을 알 수 있다. 장르적 담론을 대입해 보았을 때 더 많은 의미를 부여할 수도, 의미부여가 사실은 적확하지 않을 수도 있다는 것에 대한 판단은 진행되지 않은 것이다. 이는 기존에 발표되었던 SF 작품들 가운데서 그 가치 판단이 제대로 이루어지지 않은 작품들에 대한 가능성을 재고하게 하는 것이기도 하다.

이러한 가운데, 한국 SF에 대한 연구가 좀 더 본격화 될 필요가 있다. 미국에서 SF가 사회적으로 인정받는 장르로 거듭나는 데는 여러 원인이 있었겠지만 캠벨이 열어 놓은 전문잡지 시대를 통해 SF에 대한 비평이 활발하게 개진된 것을 무시할 수 없다. 쥬디스 메릴이나 스타니슬라

프렘 등은 전문적으로 SF에 대한 비평 활동을 하면서 SF 비평이 기존 주류 비평 영역에 편입되는 계기를 마련했다. 이후로 미국에서 SF에 대한 담론은 장르나 주변부에서 형성된 것이 아니라 주류에 편입되어 그 안에서 독자적인 영역을 확보하며 지속될 수 있었다. 주류에 편입된다는 것은 가치판단에 대한 문제가 아니라 효율성과 담론의 연속성 측면으로 접근했을 때 반드시 견지해야 할 부분이라고 생각한다.

물론 환상문학 웹진 『거울』에서는 이러한 필요에 대해 견지하고 『B평』(2011)이라는 비평선을 발간하기도 했지만, 그 내용적 측면에서 담론을 형성하는 데는 아쉬움 점이 많았던 것이 사실이다. 때문에 이제라도 문학과 영상, 만화와 애니메이션, 게임을 비롯한 콘텐츠 전반에 걸친 다양한 분야에서 SF에 대한 관심을 증대시켜 연구자들을 발굴해 낼 필요가 있다. 이전까지 한국에서 SF에 대한 연구자들이 나오지 않은 것은 SF가 연구할 만한 가치가 있는가 하는 질문에 대한 답을 얻지 못했기 때문이다. 하지만 선구자들의 꾸준한 노력이 쌓이고 시대적인 변환기를 맞아 비로소 SF는 연구할 만한 충분한 가치가 있는 영역이 되었다고 볼 수 있다.

시간상으로는 오히려 뒤늦은 감도 있을뿐더러, 조급한 마음이 앞설 정도이다. 아직 한국에서 발행된 SF 작품들에 대한 목록화나 이를 점검하고 비평해 정전화하는 작업도 제대로 이루어지지 않았다. 뿐만 아니라, 한국 SF만의 장르적 특성이 드러나는 부분들도 정리되지 않았다. 필자가 작은 지면을 얻어 온라인에 한국 SF 연대기를 연재하기 시작한 것은 한국에서 발표된 SF 작품들에 대한 정전화 작업의 일환이다. 본격 연구를 위한 토대 작업이 이제야 시작되고 있는 것이다. 하지만 그러는 사이 SF는 세계적으로 시장의 성장과 더불어 그 장르적 의미가 점차 확대되고 있다. SF의 다양한 하위 장르와 주변 장르들이 혼종 양상을 보이며 '슬립스트림(slipstream)'화 되어 가고 있는데 우리는 아직 자체적인 담론의 형성 단계에 머무르고 있다. 이는 단순히 SF뿐만 아니라 콘텐츠 전반에 걸쳐서 나타나는 특징이기도 하다. 이에 원활하게 대응하는 문제는 단순히 SF만의 과제일 뿐 아니라, 콘텐츠 전반에 걸쳐서 해결해야 할 문제이기도 하다. 때문에 좀 더 많은 연구자가 필요하다. 일본의 연구자인 사사키 도시나오가 『큐레이션의 시대』에서 이야기 한 것처럼, 콘텍스트를 부여하는 것은 새로운 것을 만들어 내는 것과 다르지 않다. 작가들이 새로운 세계를 창조해 작품을 내어놓는 것도 SF라고 할 수 있지만, 연구자들이 그 작품들에 새로운 의미를 부여한 것 또한 역시 새로운 세계를 만들어 내는 것이다. 우리에겐 새로운 세계들이 더 필요하다.

SF&판타지 도서관과 함께 한 시간

대중과 함께 하는 SF인의 삶

전홍식

웹진 크로스로드가 10주년을 맞이하여 글을 써 달라는 이야기를 듣고 SF 팬으로 살아온 인생을 이야기하고 싶다는 생각이 들었다. 특히 나의 SF 인생에서 가장 큰 사건이었던 SF&판타지 도서관 이야기를 해 보고자 한다.

SF&판타지 도서관을 만들기로 한 것은 2008년 여름의 일이었다. 대전 사이언스 페스티벌 행사장에서 SF 컨벤션 행사를 열고 싶다는 누군가의 말에 당시 SF 행사를 꾸준히 열면서 재미를 붙인 나는 남의 도움으로 행사를 연다는 사실에 흥분하며 달려들었다. 어떤 내용으로 소개할지, 어떻게 만들지 …… 자비로 개최했던 SF 파티와 달리 작지만 행사 개최 비용이 있었기에 이것저것 아이디어가 쏟아져 나왔고 다른 단체를 끌어들이고 전시와 판매를 위해 여러 출판사와 교섭하면서 활발하게 준비가 진행되었다.

행사를 앞두고 수많은 팬이 모였고 대전까지 가기로 결정. 거의 30명 가까운 인력이 대전 행사장으로 향하는 놀라운 일이 벌어졌다. 당일 아침, 일찍 도착하여 행사를 준비하는 것은 즐거운 일이었다. 서울에서 일부러 내려온 많은 팬들과 함께 이제까지 했던 여러 행사 중에 가장 큰 규모로 다양한 일을 할 수 있다는 기대감이 가득했다.

그러나 우리의 기대와는 달리 행사장을 찾은 사람들은 그 누구도 SF 컨벤션에 관심을 갖지 않았다. 페스티벌 행사장으로 향하는 통로에 위치한 천막은 잡상인의 그것보다 초라했고, 출판사의 기증으로 준비한 수많은 책은 구경거리조차 되지 않았다. 들뜬 마음은 가라앉고 우울함이 가득한 가운데 이틀간의 여정은 종료되었다. 뭔가 해보겠다는 마음으로 시작했던, 하지만 예상과는 달리 실망과 아쉬움으로 가득했던 행사.

'도대체 뭐가 문제였을까?'

당시 나는, 아니, 우리는 그 자리에 SF 팬이 아닌 사람들이 너무 많았기 때문이라고 생각했다. 실제로 우리 행사는 사이언스 페스티벌이라는 행사의 곁가지 같은 것이었고 가족과 함께 페스티벌을 보러 방문한 사람의 눈에 띄는 것이 아니었다.

'만약 SF 팬들이 모인 자리였다면?'

그렇게 생각한 나는, 더욱 즐겁기 위해선 어디까지나 SF 팬이 중심이 되어서 SF 팬이 즐길 수 있는 자리가 필요하다고 생각했다.

'SF 팬의, SF 팬에 의한, SF 팬을 위한 자리'. 아쉬움 속에 진행되었던 행사 첫날 술자리에서 나는 자신도 모르게 "SF 도서관을 만들겠다"고

선언하고 있었다. 그것이 어떤 모양이 될지, 그리고 어떻게 만들 수 있는지는 몰랐지만, 어떻게든 만든다는 생각으로 말하고 만 것이다. 그리고 말은 힘을 갖고 움직이게 되었다. 그 해가 가기 전에 SF 도서관을 만들자는 사람들이 모여 자리하게 된 것이다.

장소는 사당동에 위치한 친척분의 주택 지하 창고. 마침 비어있던 그 공간을 활용하기로 결정하고 보일러와 벽체 공사를 거쳐 SF&판타지 도서관의 기본 바탕이 세워졌다. 이듬해 봄에 도서관을 세우기로 결정하면서 다양한 작업이 진행되었다.

기본 바닥과 벽체 공사가 끝나고, 나와 몇몇 사람이 모여 벽에 페인트를 칠하기 시작했다. 타일이 깔리고 책장이 들어오자 드디어 기본 모양새가 갖추어졌다. 집에 쌓여있던 수많은 책이 옮겨져 컴퓨터에 입력되고 정돈되어 책장에 채워졌다. 소식을 들은 여러 출판사와 팬들이 책을 기증하면서 작품은 더욱 늘어나 다양해졌다. 처음에는 6천권 정도에 불과했지만, 개관 직전에는 1만권 가까운 책이 가득 차 책장이 부족해진 것이다.

한 달 간의 시험 운영 기간 중 몇 안 되는 의자가 항상 가득 찼고, 심지어 여기저기 주저앉아 읽는 사람도 있었다. 2009년 3월 2일의 개관식엔 수많은 사람들이 찾아와 다스베이더의 투구로 돼지머리를 대신한 고사상에 돈을 바치며 축하해주었다.

주택가 지하의 도서관은 찾기도 어렵고 불편했지만, 많은 방문객은 '아늑한 공간'이라며 좋아했다. 주말마다 작가와의 만남이나 상영회가 열렸고, 우리는 함께 모여 이야기를 나누고 감상을 즐겼다. 때로는 보드게임 모임이나 창작 모임이 열리기도 했다. 그야말로 'SF 팬의, SF 팬에

관식의 기억   사당동의 도서관 내부

의한, SF 팬을 위한 자리'라는 목표가 달성된 것처럼 보였다.

　그러나 그 같은 호응은 계속 이어지지 않았다. 상영회나 작가의 만남 같은 행사에 사람들이 찾아왔지만, 책을 보러 오는 사람은 많지 않았다. 직장인들도 오기 쉽게 오후에서 저녁때까지 문을 열었지만, 평일엔 거의 찾지 않았고 주말에도 찾는 사람이 많지 않았다. 방문자가 많지 않은 것에 더하여 아쉬웠던 점은 일부 SF 팬들이 보여주는 태도였다. 이따금 "나도 이만큼은 있어. 이게 무슨 도서관이야"라며 말하고 가는 이들이 있었는데 그때마다 부족함을 느끼는 한편, 'SF 팬을 위한 자리'라는 목표 의식이 흐려지곤 했다.

　하지만 좋은 일도 있었다. 당시 주한 체코대사였던 야로슬라프 올샤 Jr. 씨가 방문한 것이나, SF&판타지 도서관 이름으로 일본 SF 대회에 참여한 것이 특히 좋은 일이었다. 체코에서 2만권 이상 팔린다는 SF 잡지 『이카리야』의 발행인이기도 한 체코대사와의 만남은 지하 창고 같은 곳에서 여러 팬과 함께 즐기는 소탈한 모습으로 감동을 느꼈고, 전국에서

천 명 넘는 팬이 찾아와 SF 이야기를 나누는 '일본 SF 대회'는 그 거창한 규모보다도 "가면 라이더나 슈퍼 전대 같은 특촬물을 어떻게 하면 하나의 세계관으로 설명할 수 있을까?"처럼 자유로운 주제를 진지하게 나누는 '어른의 놀이'라는 점에서 즐거웠다.

시간이 흘러 도서관은 연희동 건물 3층으로 옮겨 훨씬 넓고 밝은 분위기로 바뀌었지만, 그 내부는 여전히 'SF 팬들만의 공간'이었고, SF 팬들이 놀 수 있는 자리로서 구성되었다. 하지만 사람들의 방문은 여전히 많지 않았다. 트위터를 시작하고 페이스북을 사용하면서 행사 참가자는 많이 늘어났지만, 방문객은 전에 비해 크게 늘지 않았다.

"좋은 작품이 많은데, 좋은 공간인데 왜 이렇게 많이 안 올까?"

이러한 생각으로 고민하면서 나는 이것저것 다양한 것을 시도하며 사람들을 끌어들이려 했다. 좋은 SF를 알리고 조금이라도 더 보이고 싶어서 행사도 열고, 글도 쓰고, 선전도 하면서 노력했지만 큰 효과는 없었다. 도리어 방송에 잠깐 소개되면서 자녀와 함께 찾는 부모들이 좀 더 늘었을 뿐. 내가 바라는, 'SF 책을 보고 싶어 하는 사람'들은 별로 눈에 띄지 않았다.

그러한 외중에서도 나는 SF&판타지 도서관 이름으로 많은 행사에 참가하고 있었다. 크로스로드의 10주년 기념행사, 과천과학관의 SF 과학축제, 그리고 각종 강연과 소개 …… 그때마다 SF 팬으로서 SF 이야기를 하면서도 나는 SF&판타지 도서관의 현황을 걱정하고 고민하고 있었다. 이 같은 고민은 'SF 팬들이 모인 행사'인 2015 일본 SF 대회를 다녀오고 더욱 커져만 갔다.

그러던 중 나는 한 행사의 기획에 갑작스레 참여하게 되었다. 과학창

과학창작기술대전 행사장의 전시물. 한눈에 쉽게 들어오도록 구성했지만, 보는 사람은 별로 없었다.

의재단에서 진행하는 2015 과학창작기술대전에서 전시와 행사 진행에 협조하기로 한 것이다. 내가(정확히는 SF&판타지 도서관이) 맡은 것은 전체 코너 중 일부, SF(과학문화창작)와 관련한 전시와 작가와의 만남을 위한 작가 섭외였다. 2008년의 그날처럼 '대전'에서 진행되는 행사.

'대전'이라는 트라우마가 있었지만, 그래도 뭔가 할 수 있다는 마음에 2008년의 그날처럼 흥분한 기분으로 현장에 내려갔다(2008년과 다른 것은 사실상 혼자 준비하고 진행했다는 점이다).

행사장에는 전시물만이 준비되어 있었고, 영상을 틀어주기 위한 TV가 여러 대 놓여 있었다. 자원봉사자의 도움으로 현장을 정리하고 밤새 정리한 동영상을 틀어놓고 기다리기를 한참…… 하지만 아무도 전시물을 보려 발길을 멈추지 않았다. 몇몇 아이들이 늘어놓은 만화책에 끌려

자리에 앉을 뿐. 이는 작가와의 만남에서도 상황은 마찬가지였다.

대전 중심지에서 꽤 떨어진 카이스트라는 행사장. 여기에 카이스트 자체에서 '시험 기간'이 겹쳐 방문객은 거의 없었고, 사전 신청자도 오지 않는 상황에서 행사는 곽재식 씨와의 개인 인터뷰로 진행할 수밖에 없었다.

'나하고 대전은 인연이 없나? 아무리 그래도 이건 너무하네.'

이런 원망은 있었지만, 곽재식 씨와의 대화가 재미있게 보였는지 지나가던 사람들이 하나 둘 자리에 앉기 시작했고, 나중에는 10명 정도가 모여 즐거운 대화를 나누었다. 조촐하지만 재미있는 자리가 막을 내리고 곽재식 씨가 떠난 직후, 참가자 한 분과 이야기를 하던 나는 이런 이야기를 듣게 되었다.

"행사가 있는지 몰랐는데 오길 잘 했네요."

그 순간 나름 뿌듯했던 기분이 팍 무너지며 행사가 실패할 뻔 했던 이유를 깨달았다. 행사장이 카이스트 한 구석이라 일반인이 접근하기 어렵고 학생들은 시험 기간이라 마음의 여유가 없다는 점. 게다가 이러한 행사가 있다는 사실 자체가 알려지지 않았다는 것을…… 부탁을 받아서 참석한 것이라곤 하나, 행사장에 대해 제대로 생각하지도 않았고, 주최 측에서 알리리라 생각하여 내 스스로 행사를 알리는 노력을 게을리한 것이다. 바로 눈앞에서 행사를 진행 중인 사람들도 모를 정도로……

뒤늦게 내일도 행사가 있음을 알리는 인쇄물을 전시물 옆에 붙이고, 여기저기 부스를 돌아다니며(특히 SF소설 창작 부스를 다니며) 내일 '작가와의 만남' 행사를 소개했다. 그 같은 노력이 결실을 이루었을까? 둘째 날 장강명 씨의 행사에서는 시작부터 적지만 참가자가 모였고 좀 더 열성적인 행사가 진행되었다(그 중엔 장강명 씨 개인의 팬도 있었다).

사람들은 모두 만족하여 사인을 받고 이것저것 질문을 하는 등 재미있는 자리가 연출되었다. 장강명 씨 역시 즐거웠던 듯, "요즘 슬럼프였는데, SF 얘기를 해서 좋았다"라는 후기를 전해주었다.

어제와 비교하여 달라진 것은 없었지만, 분위기는 훨씬 고조되고 더 재미있었다. 작가는 달랐지만, 행사장은 그대로였고 진행 방식도 다르지 않았음에도 뭔가 확 달라진 느낌이 들었다. 별로 한 것은 없었다. 단지 내가 먼저 움직여서 사람들에게 알리고, '행사가 있음'을 전한 것이 효과를 발휘했을 뿐…… 비록 '전시물은 보는 사람'이 없었지만, 두 작가 분이 좋았다고 해 준 것만으로도 준비한 보람을, 대전까지 내려간 보람을 느끼는 순간이었다.

그리고 마지막 날. '심사 중심이라 일반 관람객은 없을 것'이라는 주최 측의 얘기와 달리, 기묘하게도 전시물을 보는 사람이 하나 둘 늘어났다. 시대별로 정리된 자료를 보면서 이런 저런 질문을 던지는 사람이 생겨난 것이다. 사람은 줄었는데, 전시물을 보는 사람은 늘어나는 상황. 그 순간 또 다시 깨달았다. 오늘은 심사를 위해서 TV 몇 대를 치웠다는 것을. 그리고 TV를 치움으로써 사람들의 눈길에 벽의 전시물이 들어오게 되었다는 사실을……

'가능하면 많은 것을 보여주고 싶다'라는 내 마음이 지나치게 많은 것을 늘어놓았고, 그로 인해 도리어 정말로 보여주고 싶었던 것들을 스스로 가리고 있었던 것이다.

그 순간 2008년 행사장의 모습이 떠올랐다. 아무리 좋게 보아도 시장통의 가판대로 밖에는 보이지 않았을 그 장면을…… 무엇보다도 너무도 많은 것이 늘어서고 글씨도 작아서 알아볼 수 없는 전시물을⋯⋯ 2008년 대전 SF 컨벤션의 실패는 행사장의 잘못도 주최 측의 문제도 아니었다. 물론 그러한 문제도 있었겠지만, 가장 큰 문제는 'SF는 좋은 것이니 모아두면 된다'는 마음에 사람들에게 보이기 위한 노력을 하지 않은 우리 자신이었다.

SF 작품 소개. 책은 많았지만, 아무도 보지 않았다.

사람들이 뭔가를 좋아하게 되면, 그것을 좋아하는 것은 당연하게 생각되게 마련이다. 그리고 그것을 보지 않는 사람들이 이상하게 생각되기도 한다. 하지만 모든 사람이 나와 같은 것은 아니다. 내가 좋아하고 즐겁다고 해서 남들도 좋아하고 즐거운 것은 아니다.

내가 보고 즐기며 떠드는 것은 쉬운 일이다. 하지만 남들도 좋아하게 만드는 것은 결코 쉬운 일이 아니다. 이를 위해서는 조금이라도 쉽게 볼 수 있고 재미있게 느낄 수 있도록 꾸며야만 한다.

누군가는 말할 것이다. '그러면 돈이 많이 필요한 것이 아니냐?'라고 …… 그 말도 틀린 것은 아니다. 사실 2015년 대전 과학 창작 대전에서 보여준 것처럼 거창한 전시물은 디자인비도 인쇄비도 많이 든다. 과천 과학관에서 열리는 SF 과학 축제처럼 입체적이고 멋진 디자인은 더욱 많이 돈이 들어간다.

하지만 반드시 많은 돈을 들여야만 하는 것은 아니다. 실례로 2010 홍대 KT 상상마당 앞에서 열린 전시회에서는 훨씬 적은 돈으로 준비한 단순한 전시물에 많은 사람이 몰려 성황을 이루기도 했다. 사람이 많이 들르는 장소라는 점도 있겠지만, 글자 크기를 키우고, 사람들이 잘 아는 작품을 좀 더 넣은 것만으로 기존의 전시회보다 재미있게 진행된 것이다(아버지가 아들에게 '이거 정말 재미있다'라고 권하는 장면도 눈에 띄었다).

2015 과학창작기술대전에서 만든 전시물은 오래 전 박상준 씨가 정리한 'SF 100년사'를 기초로 업데이트한 자료이다. 2010년 상상마당 앞의 전시회에서도 업데이트했지만, 당시에는 글자를 키우고 작품을 조금 늘린 것에 그친 반면, 이번에는 1960년대 이전의 작품은 대폭적으로 줄이고, 특히 2000년대 이후의 자료를 더욱 늘려서, 당대의 '과학 기술 변천사'와 함께 보여주는 형태로 바꾸었다. 그 결과 전시물을 본 사람들이 다른 사람과 뭔가 얘기하고 궁금한 것을 물어볼 수 있는(그리고 우리가 뭔가를 얘기할 수 있는) 내용이 늘어났다.

공간에 비하여 작품의 숫자는 훨씬 줄어들었지만, 그만큼 쉽게 눈에 띄었고 실제로 전시물에 대해 뭔가 이야기하는 사람이 종종 눈에 띄었다. 현장 사정상 방문자는 적었지만(최소한 '시험 기간 중에 대학교에서 행사를 하는 일'은 피해야 할 것이다) 전시물을 본 사람들의 반응은 이전의 어떤 전시회보다 좋았다. 대부분 SF 팬이 아닌 사람이었는데도 말이다.

박상준 씨의 SF 고전 작품 연구는 매우 가치가 있는 것이며, 특히 한국과 외국의 SF 팬들에게 훌륭한 자료로서 인정받고 있다(실제로 일본 SF 대회에서도 이 같은 고전 소설의 연구 내용이 관심을 끌었다). 하지만 박물관이나 그런 곳에서 소개하는 것이 아니라 편하게 접할 수 있는 일회성 전시물이라면 그들도 잘 아는 무언가를 중심으로 소개하는 것이 더 낫지 않을까?

내년 3월이면 SF&판타지 도서관이 생겨난 지 8년째에 들어선다. 처음 다짐했던 10주년까지 불과 2년 밖에 남지 않은 시간. 이제는 10년 이후를 바라보며 계획을 세워야 할 때인 것이다.

2년 뒤 10주년을 맞이하는 SF&판타지 도서관은 과연 어떤 모습일까? 아직 그 모양은 잘 보이지 않지만, 한 가지는 확실하다. 처음에 내가 좋아서, 하고 싶어 시작했지만, 이제는 남들에게 보여주고 싶은, 남들과 나누고 싶은 마음이 더 많다는 것이다. 그리고 남들에게 보여주고 나누고 싶다면 그들에게 더 잘 보여주고자 노력해야 한다. 내가 좋아서 만드는 것에 그치지 않고 남들도 좋아하는 곳으로 만들어야 한다.

일본 SF 팬덤의 아버지이자, 내 마음의 스승인 시바노 타쿠미 씨.
일본 SF대회와 SF 팬 모임을 이끈 인물이기도 하다.

2010년 일본 SF 대회에서 SF 팬덤의 아버지라고 불린 시바노 타쿠미씨는 "여러분 옆을 봐주세요. 모두 SF를 좋아합니다"라는 폐회사를 남겼다.

당시 나는 "그래 SF 팬을 더 많이 모아야 한다"라는 뜻으로만 여겼지만, 지금 생각해보며 그것은 나 혼자 좋아하는 것에 그치지 않고 모두가 좋아하는 SF가 되어야 한다는 뜻이 아니었나 한다.

모두가 SF를 좋아하려면, 그리고 우리가 좋아하는 SF를 알리고 싶다면, 단순히 "좋으니까 봐"라는 식이 되어서는 안 된다. 그보다는 알리고 싶은 대상의 눈으로 SF를 바라보며 어떻게 소개할지를 고민해야 한다. 그것이 8년째를 맞이하는 도서관이, 그리고 SF 팬으로서의 내가 느낀 점이다.

취미와 일, SF의 두 빛깔

크로스로드 SF 10주년에 부쳐

박상준

1

좋아서 하던 것이 일이 되면서 좋아하던 감정이 약해지는 것은 흔한 일이라 할 수 있다. 일이라는 부담감을 느끼지 않고 좋아서 하던 대로 하기만 해도 일을 한 것이 된다면야 그렇지 않겠지만, 세상의 일이란 것들은 대체로 일하는 사람들을 몰아대게 마련인 까닭이리라.

내 경우도 그러하다. 어려서부터 문학작품 읽는 것을 좋아해서 이제 문학 연구를 직업으로 하는 자리에 와 있지만, 지난 10년, 20년을 되돌아보면 문학작품을 대하며 내가 하는 일을 하면서 마냥 즐거웠던 시간은 많지 않다. 분명 즐거움이 없지는 않았지만, 일정 기간 내에 어느 정도의 논문을 써야 한다는 압박감과 정해진 기간 전에 작품을 검토하고 강의를 진행해야 한다는 의무감 등이 앞설 때가 많은 것을 부정할 수 없다.

결국, 문학 연구를 직업으로 삼은 결과 취미로서의 문학작품 읽기를 잃어버린 감이 있다 하겠다. 10여 년 전 포항으로 내려와 마음만 먹으면 언제든 동해의 탁 트인 바다를 볼 수 있게 되면서, 그 전까지 내내 마음 속에 품었던 환상의 바다를 잃어버리게 된 것과 유사하다. 환상의 바다 와 더불어 행복한 문학 읽기 또한 이제는 사라진 그리움의 대상이 된 셈 이다. 이러한 사태는 어쩌면, 「첫사랑을 잃고」에서 괴테가 노래했듯이 '첫사랑'은 지나가버린 것일 수밖에 없어 누구에게나 그리움의 대상이 되는 것처럼, 모든 인간사에 보편적인 일일지도 모른다.

생각해 보니, 월간 웹진 『크로스로드』의 편집위원으로서 한국 창작 SF를 게재하는 일을 하게 된 데는 위와 같은 사정이 한몫을 한 듯싶다. 연구와 강의를 위해 문학작품을 읽어 오던 환경에서 벗어나 소박한 독 자로서 문학작품을 읽는 즐거움을 다시 누릴 수 있게 되었다는 기쁨, 그 것이 나를 이끈 주요 요인 중 하나였던 것이다.

물론 이 또한 착각임은 물론이다. 투고 작품을 검토하고 청탁을 진행 하는 것도 '일'인 까닭이다. 그것도 타인과의 관계가 중요해진다는 점에 서 혼자 하는 논문 쓰기보다 어떤 점에선 훨씬 더 어려운 일일 수도 있다 고 하겠다. 어쨌든 그때는 이런 점에까지 생각이 미치지 않았고, 다행히 도, 지금이라고 해서 위에 말한 것처럼 무언가를 잃어버렸다는 심정이 강한 것은 아니다.

위와 같은 착각이 아쉬움을 낳는 실수로 이어지지 않은 데는 두 가지 요인이 있는 것 같다. 한국 창작 SF가 놓인 상황이라면 상황 덕에 내가 계속 아마추어 애호가로서 작품들을 대할 수 있었던 것이 하나고, 어쨌 든 이 일(?)을 하면서 SF에 대해 폭넓게 읽고 보고 접하며 얻는 즐거움 이 아직까지는 크다는 것이 다른 하나다.

2

2015년 9월로, 아태이론물리센터가 발행하는 월간 웹진『크로스로드』가 10주년을 맞았다. 이를 통해 내가 한국 창작 SF를 발굴, 게재하는 작업을 한 지도 벌써 10년이 되었다(중간에 연구년으로 1년 쉬기는 했다). 과학과 기술의 발달에 따라 옛날 같으면 한 번 변할 강산이 두어 번 변하고도 남을 세월, 오래라면 오랜 시간 동안 지속적으로 이 일을 한 셈이다.

10년이라는 시간을 생각하면 한국 창작 SF에 대해 나름대로 깜냥이 생겼으리라 여겨질 법하지만, 그렇지는 않다.

외부적으로 얻은(?) 게 있다면 SF 애호가들에게 이름이 조금 알려졌다는 것일 터인데, 이 또한 대단한 것은 아니다. 이 분야의 최고 전문가 중 한 분과 이름이 같아서 오해받기 일쑤이고, 그렇지 않다 해도, 한국 창작 SF 동네 자체가 워낙 좁기 때문이다. 투고작들을 선별하는 작업의 특성을 고려해서 가급적이면 스스로를 작가들에게 드러내지 않으려 한 것도 요인이라면 요인이 되겠다.

앞에서 말했듯이 지난 10년 동안 크로스로드 SF를 선정하는 일을 해 왔지만, 나의 자세는 언제나 소박한 독자의 그것을 벗어나지 않는다. 30년 가까이 해 온 국문학 연구와는 달리, SF에 관해서만큼은 일종의 아마추어 애호가 식으로 일을 해 온 것이다.

외적인 이유가 없지 않다. 아태이론물리센터 과학문화위원의 일이『크로스로드』의 편집위원으로서 SF를 선정하는 작업 외에도 많다는 것이 한 가지 이유이고, 그러한 과학문화 사업이 내가 하고 있는 전체 일 중에서 차지하는 비중이 크지 않다는 것도 또 다른 이유라 하겠다. 물론,

깊이 있는 전문가가 되기에 필요한 시간을 투자하기 어렵게 하는 이러한 이유들은 사실 조금 부차적인 것이다.

은밀한 이야기지만 터놓고 해 보자면, 아마추어 애호가의 자리를 떠나 프로페셔널하게(!) SF 게재 작업을 처리하자 하면 일이 되기 어려운 그러한 상황이 지속되었다는 사실을 들지 않을 수 없다. 월간 웹진에 한 편씩 그나마도 중편소설은 두 회에 걸쳐 게재하는 식이지만, 작품의 질을 일정하게 유지하면서 결호가 없게 하는 것은 적지 아니 곤란했다는 것, 이것이 나를 SF에 관한 한 아마추어 애호가에 머물게 한 근본적인 이유다.

지난 10년을 돌아보면, 『크로스로드』를 두드리는 투고 작품이 끊긴 적은 없었지만 그렇다고 마음껏 취사선택할 만큼 양이 많지도 않았다. 작품 투고 편 수 자체가 풍성하지 않고, 그나마 흡족한 마음으로 실을 만한 작품을 만나기는 어려웠다는 것이다. 일을 편히 하자면 청탁 비중을 높이면 되었겠지만, 이는 한국 창작 SF의 작가층을 넓히고자 한 『크로스로드』의 취지나 목적에 비추어 삼갈 것이었다. 투고 작품과의 비중을 맞추며 청탁 작품을 얻으려고는 했지만, SF 기성 작가 자체가 소수에 불과하고 그분들이 항상 승낙을 해 줄 수 있는 것도 아니어서, 작품 게재의 어려움이 쉽게 줄지는 않았다.

사정이 이러해서, 크로스로드 SF를 선정하는 데 있어서 나는 문학전문가로서의 내 취향이나 내 개인적인 문학 이데올로기를 앞세우지 않았다. 앞세울 수 없었다.

3

터놓고 말하자면 나는 여전히 장르문학들보다 일반문학을 더 좋아하고 요즘 작품들보다는 세계 여러 나라의 20세기 고전을 즐겨 읽는다. 우리 시대의 문학작품 중에서도 몇몇 활발히 활동하는 베스트셀러 작가들의 작품은 거의 보지 않는다. 별다른 주제의식 없이 문체를 꾸민 데 불과한 본격(?) 연문학(軟文學)은 물론이요, 시사적인 문제나 먼 과거의 역사를 활용하여 독자의 손길을 끌어내거나 플롯을 교묘하게 하여 그저 읽는 재미를 선사하는 대중문학 작품들을 싫어하는 까닭이다. 말랑말랑한 연애소설도 비닐로 싸인 성인소설도 거의 접하지 않고, 인터넷소설을 읽지 않는 것처럼 라이트노벨 또한 별로 손대지 않는다.

본격적인 장르문학들로 와서 보자면, 무협이나 판타지, 호러 등보다는 SF와 추리를 좋아한다. 솔직히 말하면 앞의 장르들은 싫어하는 편이고, 뒤의 둘 중에서는 물론 SF를 선호한다. 아니 SF는 다른 장르들과의 비교를 떠나 좋아한다. 딱히 SF여서 좋다는 것은 아니고, 굳이 SF라고 좁혀서 말해 둘 것도 없이 훌륭한 작품들이 다른 장르들과 달리 유독 SF에는 많기 때문이다. 요컨대 고전과 SF, 이 두 가지가 나의 주요 읽을거리인 셈이다.

내가 가장 좋아하는 SF 작가는 어슐러 르 권이다. 약간 까탈스럽게 말하자면 판타지에 속하는 작품들은 빼고 순수한(?) SF만을 좋아하니, 어슐러 르 권의 팬이라고 말하기는 어려운 셈이다. 어쨌든 장편 『어둠의 왼손』(1969)이나 단편 「오멜라스를 떠나며」 같은 유형의 르 권 SF를 나는 최고로 친다. 대하소설 분량의 시리즈들은 아쉽게도 시간 관계상 여태 제대로들 읽어보지 못해서 논외로 하고 장단편 작품만으로 치자면, 필립 K. 딕을 앞세우고 아서 클라크와 아이작 아시모프를 좋아하는 반면, 로저 젤라즈니는 싫어하는 편이다.

통시적으로 볼 때 SF에 있어서 딱히 고전적인 작품들을 선호하지는 않는다. 물론 헉슬리의 『멋진 신세계』(1932)나 조지 오웰의 『1984』(1949)가 기념비적이면서도 훌륭한 작품이라는 생각은 확고하게 갖고 있다. 그렇지만 메리 셸리의 『프랑켄슈타인』(1818)이나 카렐 차페크의 『로숨의 유니버설 로봇』(1921)이 잘된 작품이라고는 생각하지 않으며, 쥘 베른의 소설들을 즐겁게 읽긴 했지만 남에게 추천할 만하다고 보지도 않는다. 그 대신에 르 귄을 포함하여 1960년대 뉴웨이브에 속하는 몇몇 작가의 작품들을 개별적으로 좋아하고, 근래의 작품들 예컨대 테드 창의 『당신 인생의 이야기』(2002)나 버나드 베켓의 『2058 제너시스』(2009)는 대학 강의에 활용할 만큼 좋아한다. SF영화에도 익숙한 일반적인 SF 팬들이 보기에는 거리를 둘 수도 있을 작품들 예컨대 미셸 우엘벡의 『소립자』(1998)나 엘리자베스 문의 『어둠의 속도』(2005) 등도 내가 꽤 선호하는 작품들이다.

SF영화에서도 나의 기호는 사실상 동일하게 유지된다. 프리츠 랑의 〈메트로폴리스〉(1927)나 스탠리 큐브릭의 〈2001 스페이스 오디세이〉(1968)와 〈시계태엽 오렌지〉(1971) 등을 그 작품이 차지하는 영화사상의 위상과 의의에 비추어 중요하다고 생각하지만, 작품 자체를 썩 좋아하는 것은 아니다. 괜찮은 주제의식을 드러내기는 해도 교설적인 소설처럼 과해서 눈살을 찌푸리지 않을 수 없고 바로 그만큼 스토리의 밀도가 부족해서 아쉬워지는 것을 어쩔 수 없는 까닭이다. 동일한 맥락에서 나는 리들리 스콧의 〈블레이드 러너〉(1982)가 폴 버호벤의 〈토탈리콜〉(1990)보다 훌륭하다는 주장에 동의하지 않고, 크리스토퍼 놀란의 〈인터스텔라〉(2014)보다 알폰소 쿠아론의 〈그래비티〉(2013)가 훨씬 잘된 작품이라고 생각한다. 워쇼스키의 〈매트릭스〉 시리즈(1999~2003)를 두고 철학적인(!) 이야기를 하는 것보다는 제임스 카메론 등의 〈터미네이터〉 시리즈(1984~2015)를 재미있게 보는 것도 같은 맥락이다.

요컨대 나는 진지한 탐구가 밀도 있는 이야기를 통해 펼쳐지는 작품을 좋아한다. 소설이든 영화든 서사인 이상 스토리의 짜임과 밀도가 중요하고(재현만을 염두에 두는 것은 아니다) 바로 그 흐름 속에서 주제가 구현되어야 한다고 생각한다(이것이 서사다. '주제를 드러내기로만 치자면 짧고 간명한 논문이나 에세이를 쓰면 되지 번거롭게 서사를 구축할 이유가 어디 있겠는가!'라고 나는 생각한다). 주제의식으로 보자면, 교설적인 주장을 내세우거나 스토리의 흐름상 왕청된 문제를 던져보기만 하는 것이 아니라 진지한 탐구를 통해 그러한 주제가 문제의식인 듯이 독자와 관객에게 전달될 수 있어야 한다고 생각한다. SF의 필수 요건이라 할 과학적인 요소에 대해서도 똑같은 생각을 갖고 있다. 스토리와 동떨어진 내용으로서의 과학 지식은 SF의 작품성 면에서 보자면 아무런 쓸모가 없는 것이고, 넓게 보아 부정적인 맥락에서의 교설적인 것이라는 점에서 피해야 한다고 나는 믿는다.

국내 창작 SF에 대해서는, 말을 아낀다. 다만, 복거일의 작품들을 탐독하지는 않았지만 최신작 「한가로운 걱정들을 직업적으로 하는 사내의 하루」(2014)는 좋게 봤다는 것, 듀나의 「태평양 횡단 특급」(2002)을 멋지다 생각하지만 근래에 나온 「브로콜리 평원의 혈투」(2011)나 「제저

벨」(2012) 등 '링커 우주'를 배경으로 하는 작품과는 취향이 맞지 않아하고, 김보영의 소설들을 꽤 좋아하지만 역시나 「7인의 집행관」(2013)에는 열광하지 않았다는 정도만 밝혀 둔다. 아, 한 가지만 더! 청소년 대상 작품인 배미주의 「싱커」(2010)는 딸애에게까지 강력히 추천할 만큼 의미 있는 작품으로 읽었다는 것을 특기해 둔다. 청소년 SF는 『크로스로드』와 거리가 있으니 맘 편하게 밝혀 보는 것이다.

편한 자리라 여기고 개인적인 취향을 드러냈는데, 이것이 이상하게 받아들여지지 않기를 바란다. 모든 평론가가 하는 일의 내면을 살짝 드러낸 데 불과하기 때문이다. 자신의 취향을 버리고 객관적인 듯이 글을 쓰는 어떠한 평론가도 (더 나아가서는 대부분의 문학 연구자들도) 사실은 자신의 문학관, 문학에 대한 자신의 이데올로기에 따라서 특정 작품을 고평하는 한편 일부 작품들을 명시적으로 폄하하고 그 외의 작품들은 언급하지 않는 방식으로 무시하기 마련이다. 이렇게, 객관적인 비평이란 거의 없으며 연구 논문조차도 이데올로기로부터 완전히 자유롭기는 대단히 어렵다는 일반적인 사실 위에서, 한 사람의 SF 독자로서 그리고 문학 연구자로서 나도 SF에 대한 나름의 문학관이 뚜렷이 있다는 것을 밝히고 자신의 잣대를 드러낸 것일 뿐이다.

어찌 보면 당연한 말을 이렇게 새삼 드러내는 것은, 이 당연한 사실을, 크로스로드 SF를 선정하는 일에서는 없는 듯이 해야 했던 까닭이다. 앞서 말했듯이, 그러기에는 투고 작품들이 너무 적었고, 이런저런 이유로 청탁 대상을 좁히려 하면 작품을 게재하는 일 자체가 어려워질 게 분명했기 때문이다. 물론 나는 지금 불평을 말하는 것이 아니라 자랑을 하고 있다. 자신의 문학관, SF관을 드러내지 않아도 좋을 상황 속에서, 아마추어 애호가처럼, 한 편 한 편 읽는 재미를 느끼며 일을 하게 되어 좋았다고 말이다.

4

그러나 무려 10년을 지내왔는데, 어려움이 어찌 전혀 없었겠는가. 세 가지를 말해 볼 수 있다.

첫째 어려움은, 앞에서 이미 말했듯이, 작품의 질을 떨어뜨리지 않으면서 지속적으로 게재작을 찾는 일이었다. 10년, 120개월 동안 『크로스로드』에 SF를 싣지 못한 달은 딱 두 번이다. 이 사실만 보면, 게재작 선정이 어려웠다는 말이 엄살을 피우는 것으로 보일 수도 있겠지만, 사정은 정반대다. 결호가 두 번보다 더 많아지지 않게끔, 자신의 문학관을 내세우지 않음은 물론이요 질적인 기준까지 고정시키지 않으려고 의도적으로 노력한 까닭이다. 크로스로드 SF의 작품의 질이 고르지 못하게 되더라도, 새로운 작가를 찾아서 세상에 드러내 보이는 것 자체만으로도 의의가 있다는 생각에 기대어 그렇게 노력해 왔다.

둘째는, 원고 계약과 관련된 문제들이 두어 차례 있었던 일이다. 꽤 오래 전에, 우리의 계약서가 저자의 권리를 침해한다는 이야기가 SF 팬덤에서 돌아, 내가 직접 글을 올리며 해명한 적이 있다. 그 와중에 내가 쓴 글이 계약서의 실제 내용과 다르다는 지적을 받아 크게 당황했고, 결국 내부의 논의를 통해 문제적인 부분들을 없앨 수 있었다. 아태이론물리센터는 원천적으로 수익 사업을 할 수 없는 조직이고 과학문화위원들

누구도 저자의 권리를 침해할 생각이 있을 리가 없는 상황이었음에도 불구하고, 우리들의 의도와는 달리, 저자의 권리를 제대로 존중하지 않는 계약서가 한동안 사용되었던 것이다. 과학문화위원들 스스로 저작권에 대한 이해가 정확하지 못하고 계약서 등을 꼼꼼히 검토할 생각조차 하지 않은 데서 생긴 불상사였다. 궁극적으로 보면 정부로부터 받는 사업 평가와 관련하여 아태이론물리센터 또한 SF 앤솔로지의 출판권을 가지고자 한 데서 야기된 문제여서, 이후로는 출판사와 작가 사이의 일로 넘겨 센터는 사실상 손을 떼는 방식으로 처리하고 있다. 우리가 영리사업을 하는 것이 아니므로 이 문제로 아예 골머리를 썩이지 말자는 속내가 들어간 결정인데, 어쨌든, 그러한 경험을 통해서 저작권에 대한 정확한 이해가 얼마나 소중한 것인지를 배운 것은 망외의 소득이라 하겠다.

끝으로 들 어려움은, 크로스로드 SF를 묶은 앤솔로지를 출판하는 문제이다. 지금까지 우리는 다섯 권의 앤솔로지를 펴냈는데 마지막 것이 2012년에 나왔다. 근 3년간 후속 작업을 못 하고 있는 셈이다. 이유는 간단하다. 출판사도 사업을 하는 곳이니 이익을 남겨야 한 텐데, 그것이 뜻대로 되지 않았던 까닭이다. 다섯 권의 앤솔로지가 세 군데 출판사를 통해서 출간된 사실 또한 이러한 사정을 설명해 준다. 다행히도 최근에, 내년부터 앤솔로지를 출간해 줄 출판사를 찾게 되었다. 끊이지 않고 매년 한 권씩 계속 출간할 수 있기를 바랄 뿐이다.

이상의 어려움들은 그대로 한국 창작 SF의 현황에 관련된다고 할 수 있다. 달리 말하자면, SF라는 장르의 특징이나 본질과 연관된 것은 아니지만, 한국의 창작 SF가 처해 있는 상황의 특성에 따른 것이며 그만큼 그 특성을 말해 주는 것이라 하겠다.

2010년대도 중반이 넘어섰지만, 한국의 창작 SF는 아직도 자본주의 출판 시장에 성공적으로 진입하지 못하고 있다. 출판계의 성장률이 다른 문화콘텐츠 사업에 비해 저조하고, 출판시장 전체 속에서 문학이 차지하는 비중이 1990년대 이전과 비교하여 크게 줄어들었으며, 문학 속에서 장르문학이 차지하는 위상 또한 보잘것없다는 등의 전반적으로 우울한 상황을 고려해 볼 수도 있지만, 이러한 사정이 한국 창작 SF의 현재 상태를 정당화해 주지는 않는다. 할리우드에서 제작되는 SF 블록버스터 영화가 흥행에 성공하고 외국 SF의 번역물이 꾸준히 소비되는 등 SF 자체에 대한 대중의 관심과 애정, 수요는 적지 않다는 사실을 함께 생각해야 하기 때문이다. 요컨대 결코 적다고 할 수 없는 SF에 대한 수요를 충족시키는 데 있어서 한국 창작 SF의 경쟁력이 매우 취약하다고 하지 않을 수 없다.

여기까지 와서 보면 우리의 질문과 답은 간단명료해진다. 한국의 창작 SF가 외국 SF와의 경쟁에서 살아남고 영화나 드라마, 애니메이션, 만화 같은 다른 문화콘텐츠와 활발히 교섭할 수 있기 위해서 필요한 것은 무엇인가. 이것이 우리의 질문이고, 아마도 가장 주효한 답은 다음과 같을 것이다. 보다 많은 작가들이 등장하여 안정적, 지속적으로 SF를 창작할 수 있는 환경이 마련되어야 한다는 것, 이것이다.

SF 작가들에게 정당한 원고료를 주는 매체들이 늘어나면서 작가 층을 두텁게 하고 그 결과 훌륭한 작품들이 더 많이 산출될 수 있는 토양을 강화하는 것만이, 현재의 상황을 넘어 한국 창작 SF의 발전을 가능케 하는 기본적이고도 올바른 방법이라 하겠다. 사태를 약간 긍정적으로 보자면, 관련 전문가들의 노력이 이 방면으로 좀 더 경주되면서 상황이 나아질 조짐이 보이기 시작한다고 할 수 있다. 사정이 이러하니, 크로스로드 SF는 지금껏 해 온 대로 보다 많은 작가들에게 발표의 기회를 주는 데 주력해야 할 듯하다. 취미와 일이 분리되지 않은 상태로 SF 게재 작품을 선정하는 나의 아마추어 애호가적인 업무 스타일 또한 당분간은 유지되어야 하는 것이다. 이렇게, 한 명의 독자로서 다양한 빛깔의 투고 작품들을 음미하며 읽는 즐거움이 얼마간은 계속될 터이니, 나로서는, 나쁠 것이 없는 세음이라 하겠다.

4장
한국 SF의 어제와 오늘

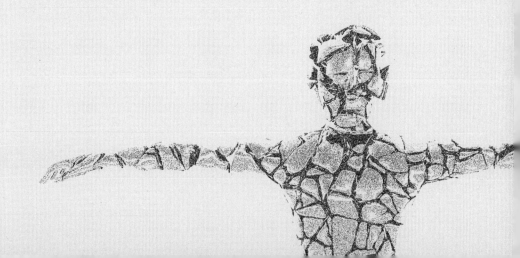

미래만이 아니라 현실의 상상력으로
더욱 중요해지는 SF

김봉석

    처음으로 읽은 SF가 무엇이었을까. 정확하게 기억나지는 않는다. 하지만 처음으로 SF를 즐겨 읽게 된 때가 언제였는지는 기억난다. 초등학교 3학년 즈음, 어린이날 선물로 아이디어회관 SF 문고를 골랐고 그날부터 수없이 반복해서 읽었다. H. G. 웰즈와 쥘 베르느의 소설은 이미 읽었지만 대부분 처음 보는 작품이었다. 세련된 삽화가 곁들여진 아이디어회관 SF문고는 총 60권이었고, 한국 작품도 10편 있었다. 아이디어회관 문고에는 외계에서 날아온 행성이 지구가 충돌하여 사라지는 이야기를 그린 『지구의 마지막 날』, 영화 〈괴물〉의 원작인 『우주물체 X』를 비롯하여 『우주선 비글호의 모험』, 『초인부대』, 『합성인간』, 『도망친 로봇』 등 로봇과 사이보그, 외계인의 침공, 초자연적인 재난, 우주에서의 진기한 모험, 초능력자 등등 SF의 주된 소재들이 망라되어 있었다. 일본에서 아동용으로 나온 SF 문고들을 짜깁기하여 번역한 책이었지만 상관없었다. 아이디어회관 문고에는 내가 미처 상상할 수 없었던, 상상력을 한껏 확장시킬 수 있게 한 이야기들로 가득했다. 그렇게 SF에 입문했다.

그 시절에는 SF를 공상과학소설이라고 불렀다. 지금은 SF 마니아들은 반드시 과학소설이라고 부르며 미디어와 대중이 공상과학소설이라 부르는 행위에 대해 대단히 분노한다. SF 즉 Science Fiction의 정확한 번역은 과학소설인데, 일본에서 쓰던 공상과학소설이라는 용어를 그대로 들여오면서 SF를 천대하게 되는 이유가 되었다는 것이다. 과학적인 사실과 비전을 보여주는 것이 SF소설이지만 '공상'이 끼어들면서 허황된 몽상을 그린 소설 정도로 치부되었다는 주장이다. 그런 비판에 일부 동의한다. 한국에서는 유난히 '공상'을 의미 없는 생각이며 행동인 것으로 홀대한다. J. R. R. 톨킨의 『반지의 제왕』도 이미 90년대에 번역이 되었지만 2001년 영화 〈반지의 제왕〉이 개봉하기 전까지는 거의 팔리지 않았다. 70년대 말 아이디어회관 문고가 나왔다는 것도 지금 생각하면 절묘한 타이밍이었다. 당시는 한국 경제가 어느 정도 궤도에 오르면서 '먹고 사는 것' 이상의 것들에 관심을 돌릴 수 있을 만한 때였다. 이후 시간이 흘러도 SF가 주류로 진입하지는 못한 것은 안타깝지만.

다만 개인적으로 '공상'이란 단어에는 꽤나 애착이 있다. 일반적으로 상상력이란 말에는 대단한 가치를 부여하지만 공상은 쓸모없는 것이란 편견이 강하다. 하지만 상상과 공상의 차이는 과연 무엇일까. 허황된 생각이 공상이라 흔히 말하지만, 공상이 거듭되면서 방향과 형상을 만들어가고 구체적인 상상력으로 발전하는 것은 아닐까? SF는 과학에 기초하고, 과학적 사실을 확장시키는 것이지 반드시 지금 우리가 입증한 과학의 성취에만 의존하지 않는다. 타임머신은 우리가 알고 있는 과학의 범위 내에서는 불가능한 발명품이다. 미래로 가는 것은 가능하다고 하지만 지금 당장 1년 후의 미래로 내가 날아갈 수는 없다. 그러나 직선으로 흘러가는 시간을 거스르거나 평행 우주를 만들어내면서 '지금 이곳'의 나와 우리를 의심해보는 것은 SF의 중요한 테마다. 상상과 공상의 차이는 크지 않을 수도 있다.

SF를 읽는다는 것은 어떤 의미인가. 개인적인 경험을 먼저 말하자면 '경이감'이었다. SF에서 말하는 'sense of wonder'이다. 새로운 세계와 인간, 미지의 존재에 대한 경이감. 공포의 감정이 미지에 대한 두려움과 경외감이라면, SF의 감정은 경이감과 회의(懷疑)가 아닐까. 거대한 행성이 지구를 향해 다가오고 있다. 지구와 충돌할 것이 분명하다. 그렇다면 인류는 어떻게 되는가. 『지구가 충돌할 때』를 읽으면서 '놀랍다'는 감정에 사로잡혔다. 소행성의 충돌로 공룡이 멸망한 것처럼 인류도 멸망할까? 그건 두려움이나 엄청난 자연, 우주의 힘에 대한 경외와는 조금 달랐다. 오로지 놀라움이었다. 영화 〈인디펜던스 데이〉에서 거대한 우주선이 뉴욕, 파리, 북경의 하늘을 뒤덮었을 때도 우선 놀라움을 느꼈다. 새로운 존재와 세계를 만났을 때의 경이감. 유전자에 기억된 태곳적 공포의 기억도 아니고 꿈속에서 만나고 싶은 이세계도 아니다. 실체를 가지고 내 앞에 던져진, 현실적 상상력이 무한대로 펼쳐진 세계. 그것은 나의 상상은 물론 어떤 허황된 공상도 뛰어넘는 놀라움이었다. 그것이 SF에 빠진 이유였다.

1926년 SF 잡지 『어메이징 스토리』를 창간했고, 현대적인 SF소설의 시작으로 평가받기도 하는 『랄프 124C41+』(아이디어회관 문고에는 『27세기 발명왕』으로 번역된)를 쓴 작가 휴고 건즈백은 SF에 대해 '쥘 베르느, H. G. 웰즈, 에드거 앨런 포 스타일의 이야기 …… 과학적인 사실과 예언적 비전이 융합된 매력적인 로망스'라고 규정했다. 그렇다면 SF는 판타지와 어떻게 다른가. 이전에 환상문학이 존재했다. '신기하고, 마술적이고, 환상적인' 이야기를 말하는 환상문학은 인간의 비이성적이고 원초적인 내면에서 비롯된다. 꿈의 세계는 우리가 언제나 경험하고 있다. 꿈에서는 모든 것이 이루어진다. 거대한 괴물을 만나기도 하고, 짝사랑하는 이성과 맺어지기도 한다. 그건 대체 무엇일까? 정신분열증에 걸린 이들의 피해망상은 과연 어떻게 존재하는 것일까? 인간에게는 여전히 과학으로 설명할 수 없는 무엇이 존재한다. 근대 이전까지 환상은 현실의 일부였고, 어떤 의미에서는 과학이었다. 연금술이 과학이었고, 만유인력을 발견한 뉴턴이 연금술사이기도 했던 것처럼.

인간은 세상의 모든 것, 인간이라는 존재에 대해 알고 싶어 한다. 아이가 태어나고 성장해가면서 의문을 갖게 된다. 저것은 무엇인가, 나는 무엇인가. 내 눈앞에 보이는 세상은 물론 미지에 대한 호기심은 인간의 원초적인 욕망이라고 할 수 있다. 그 중에서 미래에 대한 호기심은 과거에는 신비적인 예언으로서 충족되었다. 고대 이집트와 그리스에서는 신관을 찾아가 신의 예언을 들었다. 인디언들은 약물에 취해 환각상태에서 영혼이 일러주는 미래를 들었다. 그렇게 알게 된 미래는, 그들의 현재를 규정하고 또 변화시켰다. 그런 의미에서 본다면 SF 역시 일종의 예언이다. 아직은 존재하지 않는 미래 세계에 대한 예언, 지금은 경험하지 않은 또 다른 존재와 세계에 대한 예언. 다만 판타지는 원초적인 상상력에 기초하고, SF는 과학적인 상상력에 기초한다. SF는 적극적인 판타지, 미래지향적인 판타지라고 말할 수도 있다.

근대는 이전의 보편적인 세계관이 대폭 수정, 변화된 시대였다. 중세까지 꿈은 물론 초자연적인 존재나 세계도 현실의 일부였다. 사람들은 당연하게 요정이나 도깨비를 믿었고, 인간이 죽으면 귀신이 되거나 천국으로 간다고 생각했다. 신을 부정할 수는 있어도, 이 세계가 신의 일부라는 것을 부정할 수는 없었다. 하지만 이성과 논리가 지배했던 근대에 들어서면서 점차 신을 인간과 분리시키게 되었다. 그것은 곧 비합리적인 것, 원초적인 욕망을 합리적으로 설명하고 증명하는 과정으로 이어졌다. 그리고 설명될 수 없는 것은 배제되었다. 과학기술의 위대함을 목격한 사람들이 SF를 만들어낸 것은 필연적이었다. SF는 20세기의 신화였다. 북미를 개척한 유럽인들이 자신의 신화를 서부극으로 만들어낸 것처럼 신의 세계를 인간이 물려받은 새로운 시대에는 과학의 신화가 필요했다. 중세의 인간이, 과학이 지배하는 근대를 맞이한 경이감이 SF에 투영되었고, 신세대에 태어난 아이들에게 SF는 새로운 경전이 될 수 있었다.

그래서 SF가 탄생했다. 휴고 건즈백이 만든 『어메이징 스토리』는 최초의 SF 전문지였고, 1929년에는 SF(Science Fiction)라는 장르 이름을 탄생시켰다. 1930년대에 들어서면 SF 팬덤에서 작가들이 성장하여 직접 창작을 하는 경우가 생기게 된다. 한국에서 90년대 들어 인터넷 공간에 판타지 소설을 마니아들이 직접 써서 올렸던 경우처럼. 장르 팬덤에서 작가가 성장하는 것은 일반적이다. 사실 장르만이 아니라 수많은 문학예술 분야가 그렇다. 어릴 때부터 문학, 음악, 미술 등을 좋아하고 즐기다가 직접 창작자로 나서는 것이다. 유난히 장르 팬덤에서 그런 경향이 두드러져 보이는 것은 대중 소설의 문턱이 낮기 때문이다. 인터넷 소설, 라이트 노벨, 웹소설에서 보이듯, 20대 초반 심지어 10대의 작가가 등장하는 것도 낯설지 않다. 고농도의 숙련 기간이 없었기 때문에 플롯과 문장, 묘사 등에서 약점을 보이지만 대신 동세대 독자의 공감을 만들어내는 능력에서 두드러진다. 2000년대 초반 귀여니가 그랬듯이.

초기 SF소설의 테마는 우주전쟁, 외계인의 침략, 해저와 지하세계, 잃어버린 세계, 초능력, 시간여행 등등이었다. 어떤 면에서 본다면 비일상적인 것에 대한 동경과 비전이라고 할 수 있다. 현실에서 존재하지 않는 것이지만 언젠가 도래할 수도 있는 것. 근대의 인간은 상상도 할 수 없었던 사물과 사건이 지금 눈앞에서 벌어지는 것을 보았다. 경험했다. 그렇다면 미래는 어찌될 것인가. 인간은 과연 어떻게 진화할 것인가. 판타지가 이곳이 아닌 다른 세상의 꿈을 꾸게 한다면, SF는 지금의 세계 이후의 새로운 세계를 꿈꾸게 한다고 볼 수 있다. 아직 재현되지 않은 현실, 아직 구현되지 않은 상상이 SF에 담겨 있는 것이다.

SF는 만약(IF)의 세계를 이야기한다. 판타지와 근접해 있는 스팀 펑크의 세계는 과거의 '만약'에 기초한다. 보통 SF가 그리는 세계는 미래다. 근미래에 타임머신이 발명된다면 어떻게 될까? 과거로 가서 현재의 역사가 어그러지지 않도록 철저하게 시간 이동 기술을 제한하지 않을까? 만약 누군가 과거로 가서 역사를 바꾸려 한다면 '타임 패트롤'이 필요하지 않을까? 과거로 간 누군가에 의해 역사가 바뀐다면, 그것이 곧 대체 역사다. 만약 안중근이 이토 히로부미를 암살하지 못했다면 어떻게 되었을까? 라는 질문에서 복거일의 「비명을 찾아서」가 시작된다.

마찬가지로 평행 우주도 가능하다. 영화 〈나비 효과〉에서 말하듯 어떤 순간에 결정을 내릴 때마다 또 하나의 우주가 탄생하는 것이다. 대체역사와도 비슷하지만, 평행 우주에서는 모든 우주가 또한 평등하다. 서로 다른 우주를 넘나들며 사건이 벌어지기도 한다. 슈퍼히어로들의 세계인 DC와 마블 유니버스에서처럼. 만약의 세계, 평행 우주의 세계에서는 절대적인 현실이 희미해진다. 지금의 이곳에 있는 '나'가 절대적인 존재가 아니라 모든 시공간의 '나'가 동등해지는 것이다. 그렇게 달라진 나, 세계의 모습을 통해서 지금 이곳의 의미를 반추해 보는 것. 세계의 복수성, 상대성이 만약의 세계를 그리는 SF의 질문이다.

또한 SF는 인간 문명의 근원에 대해 질문한다. 현대는 과학기술의 시대다. 전기가 사라진다면, 에너지가 사라진다면 인간의 문명은 순식간에 원시시대로 돌아갈 수밖에 없다. 고대부터 지속적으로 발전해 온 인간의 문명에 대해 우리는 의심한다. 과학기술로 모든 것을 바꿀 수 있다고 믿었지만 원자폭탄이 등장하면서 공포에 사로잡힌다. 신의 분노로 인한 종말이 아니라 인간의 능력, 자신감이 폭주할 때 모든 것이 파멸할 수 있음이 증명된 것이다. 1960년대는 그러한 두려움이 현실에 대한 반항과 분노로 들끓었다. 사회주의도, 페미니즘도 새로운 사회를 위한 제언이고 시선이었다. 그런 의미에서 SF는 우주 시대의 문학, 문명 비판의 문학으로서 존재하게 된다. 인류의 미래가 어떻게 될 것인가, 변화하는 사회와 문화를 어떻게 바라보아야 하는가에 대한 가상의 답을 제공할 수 있는 문학이다.

또한 SF는 기존의 문화, 문학에 대한 카운터컬처로서 존재한다. 로버트 하인라인의『다른 행성의 손님』은 히피들의 베스트셀러였고, 프랭크 허버트의『듄』은 생태학적 요소를 담아 높은 평가를 받았다. 사이버펑크와 스팀펑크는 기존의 권력, 자본주의 체제에 대해 반항적인 태도를 지니고 있다. 청소년 SF소설인 필립 리브의『모털 엔진』에서는 움직이는 도시들이 생존하기 위해 작은 도시들을 잡아먹는 약육강식의 세계를 그리면서 폭력적인 자본주의를 비판한다. 어슐러 르 귄의『어둠의 왼손』은 자웅동체 외계인과의 만남을 통해 성(젠더)의 문제를 다룬다. 문학비평가 마린 S. 바는 SF가 '페미니스트 실험 우화'로서 유용하다고 말했다. 현실은 부권 중심의 세계로 존재하지만 SF에서는 완전히 허구의 세계를 구성하는 것이 가능하고 궁극적으로 현실의 문제를 사실적으로 드러내는 것이 가능하다는 것이다. 마거릿 애트우드의『시녀 이야기』는 여성 신체의 의미와 대리모 문제를 다루고 있고, 마지 피어시의『시간을 비상하는 여자』는 미래의 유토피아로 시간 여행을 하는 유색인 여성의 모험을 그리고 있다. 그것은 남성 작가들이 쓴 검과 마법의 이야기를 여성 검객과 마녀 이야기로 바꾸는 것과도 흡사하다.

　SF는 필연적으로 유토피아와 디스토피아를 말할 수밖에 없다. 인간의 욕망은 어디까지 뻗어나갈 수 있는가. 구원은 과연 어디에서 도래할 수 있는 것일까. 이런 질문은 결국 '신'의 영역으로 근접한다. 그건 어색한 일이 아니다. 서양의 'science'는 단지 과학기술을 말하는 것 이상이다. 고대의 '과학(science)'은 신이 창조한 우주를 이해하는 학문이었고, 철학과 사회학도 포함되어 있다. 즉 인문학과 과학의 토대는 동일한 것이었다. 그래서 과학의 질문은 인간은 무엇인가로 뻗어가고, 마찬가지로 인간에 대한 질문은 그를 둘러싼 환경과 사회의 구조에 대해 해명해야만 하는 것이다.

　SF는 최근 이야기되는 소셜 픽션(Social Fiction)으로의 확장도 가능하다. 소셜 픽션은 그라민 은행의 총재이자 노벨평화상 수상자인 무함마드 유누스가 스콜월드포럼에서 "과학이 SF(Science Fiction)를 닮아가며 세상을 변화시킨 것처럼, 소셜 픽션을 써서 사회를 변화시키자"며 주창한 개념이다. 경제학자 존 메이너드 케인스는 1930년에 쓴 에세이 「우리 후손들의 경제적 가능성」에서 100년 뒤인 2030년의 사회를 상상했다. 당시 케인스는 100년이 지나면 과학 기술의 발전을 통해 축적된 자본과 높아진 생산력으로 인간의 경제적 능력이 8배까지 상승될 것이라고 예측했다. 즉 소셜 픽션은 그저 상상이 아니라 구체적인 전망을 통해서 미래를 어떻게 만들어낼 것인지를 미리 그려보는 것이다. 일종의 청사진처럼. 상상을 통한 미래의 사회를 그리고 나면, 그 사회를 건설하기 위해 어떤 것을 먼저 해야 하는지 알 수 있기 때문이다. 그런 생각으로 유누스는 상상을 통해 마음껏 미래를 만들어보는 것이 사회 문제 해결의 시작이라고 말했다. 그것이야말로 SF가 지금까지 해왔던 일이다. SF는 단지 미래에 대한 예측을 하는 것으로 끝나는 것이 아니라 가상의 미래 혹은 다른 시공간을 통해서 현실의 우리를 되돌아보게 만든 것이니까. SF는 또 다른 의미로서의 소셜 픽션이 되어야 한다.

　21세기의 SF는 복잡하고 다양하다. '슬립스트림'이라는 근래의 경향이 말하듯 정통문학과 SF, 호러, 로맨스 등의 대중 소설이 서로 침투하고 영향을 끼치면서 독특한 작품들이 만들어지고 있다. 정통문학에서는 SF와 미스터리, 판타지 등의 장르적 설정과 경향을 이용한 작품이 늘어나고 기존의 장르소설에서도 전형적인 공식을 탈피하여 다양한 스펙트

럼으로 뻗어나가고 있다. 이미 SF소설에서 이야기했던 많은 것들이 현실로 다가오거나 중요한 질문으로 제기되고 있다. 사이버스페이스는 현대인의 또 하나의 현실로 자리 잡았고 인간복제나 우주여행도 목전에 두고 있다. 산업사회를 넘어선 세상에서는 기존 SF의 질문들이 이미 현실적인 지침으로 다가왔고, SF는 새로운 질문들을 준비해야 할 때가 된 것이다.

그런 점에서 최근 한국에서 대성공을 거둔 〈그래비티〉, 〈인터스텔라〉, 〈마션〉을 되짚어볼 필요가 있다. SF 설정의 액션영화 이외에 정통 SF가 환영받지 못했던 한국에서 이 SF영화들은 어떻게 성공한 것일까. 최근의 과학 대중화가 어느 정도 영향을 끼친 것도 있다. 과학이 머리 아픈 난해한 지식이 아니라 일상에서 필요하고 소중한 상식이자 지혜가 된다는 사실을 일깨워준 시도 말이다. 〈인터스텔라〉는 크리스토퍼 놀란 감독이 국내에서 유난히 높은 평가와 인기를 얻고 있다는 점, 블랙홀과 시간 여행 등을 놀라운 영상으로 재현했다는 것도 유효했다. 〈그래비티〉와 〈마션〉은 아직 현실에서 벌어지지는 않았지만 충분히 가능한 사건들을 그린다. 가상의 상황을 그린 SF인 것은 분명하지만 지극히 현실적인 이야기인 것이다. 최근의 SF는 먼 미래의 상상이라기보다 조금만 시간이 지나면 바로 가능할 것 같은 이야기를 많이 그려내고 있다. 약물을 통해서 뇌기능을 극한까지 끌어올리는 〈리미트리스〉, 인간과 거의 유사한 사고를 하는 인공지능이 등장하는 〈엑스 마키나〉, 살아 있는 사람의 육체에 타인의 기억을 뒤덮어 씌우는 〈셀프 / 리스〉 등등. 올해 2회 SF어워드를 수상한 한국의 SF소설들을 봐도 과거와는 다르게 질적으로, 양적으로 더욱 풍성해지고 있다. 거대 로봇과 슈퍼히어로 등 허황

된 것처럼 보이는 상상력을 현실의 모순에 적절하게 연결시키는『무한
만용 가르바니온』과 단편집『이웃집 슈퍼히어로』, 현실의 문제를 극단
적으로 확장시켜 새로운 세상을 보여주는『밀레니엄 칠드런』과『상상
범』등등.

　지금 한국에서는 더욱 SF가 필요하다. 정확하게 말하면 SF적 상상력
이 더욱더 필요하다. 산업사회의 규범과 윤리는 21세기에 더 이상 유효
하지 않다. 학교에서의 교육은 과연 지금 세상을 살아가기 위해 필요한
것을 가르치고 있는가. 단순하게 지식이 필요하다면 검색을 통해서 거
의 모든 것을 얻을 수 있는 세상이지만, 대부분의 교과목은 그런 지식의
수준을 뛰어넘지 못한다. 아이들에게 필요한 것은 단순 지식이 아니라
변화한 세상을 이해하기 위한 기초적인 고양과 방법이다. SF가 과거에
제기했던 수많은 질문들은 지금의 혼란스러운 '미래'를 살아가기 위한
예언이었다. 외계인이나 로봇 등 타자를 통한 나, 인간이라는 존재에 대
한 질문. 다른 세계를 상상하면서 지금 이곳의 모순을 드러내는 것. 약
자와 소수자에 대한 이해를 하는 것. 그런 SF의 질문들은 지금 아이들만
이 아니라 모든 이들을 위한 현실의 질문과 겹쳐진다. 이미 놀라운 세상
이 현실로서 도래했고, 그 놀라운 세상을 어떻게 이해하고 살아야 하는
가를 SF가 보여줄 수 있는 것이다. 기존의 나침반이 더 이상 올바른 방
향을 가리키지 못하는 상황에서, SF의 질문들은 현실의 상상력으로 더
욱 중요해지고 있다.

한국SF와 키워드 10

조성면

1. 동도서기(東道西器)와 쥘 베른

SF는 대중적이되, 한국SF는 소수문학이다.[1] 일백 년이 넘는 역사를 이어가고 있지만 한국문학의 중심부에 진입하지 못하고 있으며, 학술담론의 오불관언(吾不關焉)도 여전하다. 충성도 높은 마니아급 독자들을 보유하고 있으나 외국작품의 번역이 주류를 이루고 있고 한국문학사를 압도할만한 걸작도 산출하지 못했다. 그러나 학술담론의 침묵과 일반적 몰이해 속에서도 한국SF는 꾸준하게 수준급의 작품들을 생산해내고 있다.

맨 처음 SF를 한국문학사 속으로 끌어들인 주체는 계몽의 열정이었

---

[1] 일찍이 필자는 번역과 창작을 포함한 한국SF를 소수문학의 관점에서 살펴보고 이를 연대기적으로 살펴본 바 있다. 이 글은 필자의 기 발표 평론 「한국과학소설 연대기-'해저여행기담'에서 '설국열차'까지」, 『작가들』, 2013 가을을 바탕으로 다시 쓴 것이다.

다. 한국문학사에 등장한 최초의 SF는, 알려진 바와 같이 1907년『태극학보』에 게재된『해저여행기담(海底旅行奇譚)』이다.『해저여행기담』은 쥘 베른(Jules Verne, 1828~1905)의『해저2만리(Vingt mile lieues sous les mers)』를 번역, 연재한 작품이다.『해저여행기담』을 연재한『태극학보』는 1906년 8월 재일본 유학생들의 손으로 창간되었으며, 신문물에 대한 소개와 애국계몽사상의 고취와 실천에 중점을 둔 학술잡지였다.『해저여행기담』은 박용희(朴容喜)·자락당(自樂堂)·모험생(冒險生) 등이 다이헤이 산지[太平三次]의『해저여행』(1884.8)을 저본으로 공역하였다. 그러나 '기담'이라는 역어(譯語)에서 보듯 SF는 기이한 이야기이자 하루라도 빨리 배우고 받아들여야 할 문명의 표상, 즉 오락적인 것과 계몽적 열정이 미분화한 학습용 읽을거리로 수용되고 있었다.

SF를 계몽의 수단으로 호명한 또 다른 사례로 동농 이해조(1869~1927)의『철세계(鐵世界)』(1908)를 꼽을 수 있다. 이해조는 이인직(1862~1916)과 함께 신소설 시대를 주도한 계몽운동가이자 동도서기론자(東道西器論者)로 분류할 수 있는 작가다. 이해조는『철세계』뿐만 아니라 한국 최초의 추리소설로 알려진『쌍옥적』(1908)을 연재했으니, 그를 한국 장르문학의 아버지로 내세울만하다.『철세계』의 원작은 쥘 베른의『인도황녀의 5억 프랑(Les cinq cents millions de la Bégum)』이다. 이해조의『철세계』는 불어본이 아니라 중국어 텍스트를 저본으로 삼은 중역본(重譯本)으로서 이른바 원앙호접파(鴛鴦蝴蝶派)의 선두주자로 대중문학 번역과 창작을 주도한 빠오톈샤오[包天笑]의 동명의 판본을 저본으로 한 작품이다.

한국의 SF가 유학생 출신의 계몽주의자들 또는 동양의 정신과 도덕을 바탕으로 서양의 과학기술을 받아들여야 한다는 동도서기론자(東道

西器論者)에 의해 주도되었다는 것은 한국SF의 특수성, 이를테면 한국의 SF는 명확한 장르이해 속에서 시작된 문학적 활동이었다기보다는 애국계몽 운동과 역사적 상황의 산물이었음을 보여준다.

태동기 한국SF는 쥘 베른에 편향돼 있었다. 『해저여행기담』과 『철세계』에 이어 1912년 동양서원에서 출판된 세 번째 SF인 김교제의 『비행선』도 쥘 베른의 『기구를 타고 5주간(Cinq Semaines en Ballon)』의 번역이었으니 한국의 초기 과학소설사는 가히 쥘 베른 수용사라고 할 수 있다. 물론 이는 의도된 현상이었다기보다는 서양 문학에 대한 정보와 수용이 제한적일 수밖에 없는 상황이 만든 우연한 결과였을 가능성이 크다.

그런데 이 우연의 배후에는 '중세의 백성을 근대의 국민으로 바꾸고'[2] 조선을 자주적인 근대국가로 만들어야 한다는 애국계몽 운동가들의 절박함이 작동하고 있었다. 이 같은 선각자들의 위기의식에도 불구하고 초창기 한국SF가 처한 상황은 그리 녹록치 않았다. 우선 자주적인 근대국가로 나가기 위해서는 서양을 적극적으로 배워야 했고, 동시에 서세동점과 국권 상실의 상황을 극복하기 위해서 서양을 극복해야 하는 이중적 과제에 직면해 있었던 것이다. 게다가 SF를 받아들일 수 있는, 또는 SF를 이해하고 있는 대한제국의 독자들도 거의 없는 형편이었다. 여명기 한국SF는 이중적 과제에 자신을 받아줄 독자들을 찾아다녀야 하는 독자의 부재라는 엄혹한 현실에서 그렇게 시작되었다.

---

2 최원식, 「이해조 문학 연구」, 『한국근대소설사론』, 창작과비평사, 1986, 177쪽.

2. 로봇과 풍자

경술국치와 기미년 만세운동 등의 역사적 격변을 거치며 긴 휴면 상태에 있었던 SF를 깨운 작가는 바로 회월 박영희(1901~?)였다. 그가 SF 장르에 이해나 특별한 관심이 있었던 것으로 보이지는 않지만『개벽』지 소속 기자로서, 또 신경향파에서 프로문학으로 이어지는 문학운동을 주도하던 인물로서 SF를 제한적으로 활용하고자 했던 것으로 생각된다. 그가 1925년『개벽』에 총 4회에 걸쳐 연재한『인조노동자』는 세계문학 사상 처음으로 로봇(robot)을 등장시킨 카렐 차펙(Karel Capek)의 실험극『로숨의 유니버설 로봇(*Rossum's universal robots*)』(1921)을 번역한 것이다. 이 작품 또한 중역으로 스즈키 젠타로[鈴木善太郎]의 일역『로봇(ロボット)』(1924)을 저본으로 한 것이다. 로봇을 인조노동자로 번역한 부분이 재미있으나 서구와 일본에서 표현주의 계열의 실험극으로 주목받고 있는 로봇들의 반란 이야기를 노동자들의 투쟁을 재해석, 전유하여 이를 프로문학운동의 일환으로 활용하려는 의도가 눈에 보인다.

카렐 차펙의『로숨의 유니버설 로봇』은 1920년대 세계적인 화제였다. 유럽과 미국은 물론 일본에서도 대중적인 관심을 끌며 성황리에 공연되고 있었다. 한국 근대극예술운동을 선도하던 초성(焦星) 김우진(1897~1926)도 이 세계적인 실험극을 관람하고 짤막한 관극기(觀劇記) 한 편을 남겼다. 김우진의「축지 소극장에서 '인조인간'을 보고」(『개벽』, 1926. 8)가 그것인데, 이 감상평은 일제강점기에 발표된 유일한 SF 관련 평론이다.

동경 유학 시절 문학·미술·연극·영화·추리소설 등 선진 문화를 두루 섭렵했던 금동(琴童) 김동인(1900~1951)도 이 같은 경험 때문인지 최신의 문화예술에 대해 남다른 감각을 가지고 있었다. 김동인의 실험적 단편소설 「K박사의 연구」(『신소설』, 1929.12)는 풍자문학이면서 습작으로 분류될 수 있는 작품이다. 인류의 식량문제를 해결하겠다며 똥을 식량으로 바꾸려 실험을 거듭하는 K박사의 위선과 그의 엉뚱하고 표리부동한 태도를 조롱하는 풍자소설이나 일제의 산미증식계획 같은 약탈적 식량정책에 대한 우회적 비판을 담은 작품으로 볼 여지도 있는 문학사의 가십 같은 작품이라 할 수 있다.

초창기 한국의 SF는 계몽운동과 프로문학운동의 수단으로 동원된 것만은 아니었다. 잡지의 가독성을 높이기 위한 콘텐츠로 활용됐으며, 또한 상업적 의도가 분명한 번역물들도 있었다. 박영희의『인조노동자』과 거의 동시에 번역, 출판된 신일용의『월세계여행』(박문서관, 1924)과 스티븐슨의『지킬박사와 하이드』를 번역한 이원모의『일신양인기(一身兩人記)』(1930) 그리고 허일문의『천공의 용소년』(1930)과 김자혜의 「라듸움」(1933) 등이 그러하다.

한국의 SF는 문단의 주목을 받지 못했으나 선산을 지키는 굽은 나무처럼 그 역사를 이어나갔다. 비록 누구에게도 주목을 받지는 못했지만, 한국SF의 역사는 이렇게 끊어질 듯 그 역사를 이어나가면서 작품 간의 간격이 헐겁게 벌어진 채로 듬성듬성 작품을 생산해냈으니, 가히 그것을 '실개천 위에 놓인 징검다리'와 같은 역사라고 해도 무방할 것이다.

3. 상동성(相同性) 그리고 서구되기

한국 근대는 압축 성장과 '서구되기'로 요약할 수 있다. 세계적으로 유례를 찾기 쉽지 않은 미증유의 고도성장의 비결을 중화학공업과 수출 중심의 불균형성장·권위적 개발독재·높은 교육열 등 다양한 각도에서 찾을 수 있겠으나 서양을 모방하고 따라잡으려는 집단적 열망과 호승심 또한 한강의 기적을 일군 주요 동력으로 꼽을 수 있다. 개인적으로 늘 불만이면서도 안타까운 것은 어떤 분야이든 간에 우리가 세계 몇 위라며 순위를 따지기 좋아하고, 외국에서 우리를 어떻게 보고 평가하는지 과도하게 집착하고 시선을 의식하며, 또 이것을 뉴스거리로 삼는 해묵은 관행이다. 이는 우리 내면에 도사리고 있는 현해탄 콤플렉스 2.0 곧 선진국 콤플렉스의 발로일 것이며, 이는 다른 말로 조선 또는 신생 변방 공화국의 '서구되기'[3]라고 할 수 있다. 이 서구되기야말로 지난 세기 내내 우리 자신의 정치적 집단무의식이자 한국사회를 지배하는 아비투스였던 것이다.

SF 또한 문학적 차원에서 벌어지고 있는 '서구되기 프로젝트'의 일환이 아니었는지 신중하게 살펴볼 필요가 있다. 이래저리 한국SF는 압축 성장과 서구되기라는 한국의 근(현)대사와 긴밀하게 호응하고 있으니, 한국 근대사와 한국SF의 역사 사이에는 강력한 상동성(相同性)이 존재한다. 그리고 대개 그렇듯 후발주자가 근대(=서구)를 따라잡는 가장 효율

---

3 한국사회와 한국 대중문학에 내재된 서구에 대한 모방과 호승심을 '서구주의(westernism)'라는 관점에서 살펴본 바 있다. 여기에 대해서는 조성면, 「한국의 대중문학과 서구주의 : 비서구 문화의 정전성과 타자성의 맥락에서」(『한국학연구』 28집, 인하대 한국학연구소, 2012.10)를 참고

적인 방법은 예나 지금이나 흉내, 곧 모방과 번역이다.

해방 이후 서양SF의 모방과 번역이 주류를 이룬 가운데 작품 번역에서 벗어나려는 다양한 시도가 생겨났다. 시인 오장환이 『우주전쟁』의 작가 H. G. 웰스(Wells, 1866~1946)의 『세계문화소사』를 번역[4]했으며, 한국 최초의 SF만화인 최상권의 『헨델박사』(1952)를 필두로 『학원』[5]과 『학생과학』[6] 등의 청소년잡지에 SF연재만화가 발표되는 장르의 확장과 다변화 움직임이 있었다. 특히 1959년 홀연히 등장하여 전후 실의에 빠진 청소년들을 열광에 빠뜨린 김산호의 연작 만화 『정의의 사자 라이파이』는 한국SF의 가능성을 새롭게 확인시켜 준 쾌거였다. 그러나 김산호는 라이파이에 인공기와 똑같은 별이 등장하는 이유가 무엇이며, 데뷔작인 만화 『황혼의 빛난 별』의 별이 일성(日星)이니 김일성이 아니냐

4　오장환(吳章煥, 1918~1951)이 1947년 H. G. 웰스의 *A Short History of the World*(1922)를 1947년 건국사에서 『世界文化發達史 : 西曆篇』을 번역하였음을 확인하고 이 글에서 처음으로 공개한다. 필자는 연전(年前)에 수원의 고서점 남문서점에서 본서를 발견, 입수하였다. 본래 이 책은 『世界文化發達史 : 西曆前篇』 및 연표와 함께 출간될 예정이었다. 건국사의 김형찬(金亨燦) 사장은 용지난과 '今日 朝鮮'의 형편에 비추어 전편보다는 본편을 먼저 간행하는 것이 낫겠다는 판단하여 예수의 탄생에서 러시아 10월혁명과 윌슨의 민족자결까지 다룬 '서역편'을 먼저 출간한다고 밝히고 있다. 그러나 전편과 연보의 간행 여부는 아직 확인하지 못하였다. SF문학사의 대표 작가인 웰스의 핵심 저작물이 해방공간기에 시인 오장환에 의해 번역, 간행되었다는 것이 매우 특이하다.

5　출판인 김익달(1916~1985) 사장이 발행하던 청소년 전문잡지 『학원』은 1952년 11월 창간되어 1979년 2월 293호까지 발간되고 중단되었다. 지식인을 위한 문화예술전문잡지를 표방하며 소유주가 바뀌어 1984년 5월 재창간되었으나 예전의 명성을 회복하지 못하고 1998년 10월 종간되었다. 『학원』의 부침에 대해서는 장수경, 『'학원'과 학원세대』(소명출판, 2013), 18쪽. 『학원』에 수록된 신동우 화백의 SF만화와 다양한 SF관련 콘텐츠들에 대해 주목할 필요가 있으며, 면밀하게 재점검할 필요가 있다.

6　『학생과학』은 1970년대 초부터 1980년대 중반까지 초, 중등 학생들을 대상으로 한 월간 잡지로 도서출판 수송과학기술에서 발행하였다. 『학생과학』에는 박석규의 SF만화 「에이멘과 특공대」 등 SF 관련 작품과 기사들이 많이 게재되어 있어 차후에라도 집중적인 정리와 연구가 진행될 필요가 있다.

는 등 SF에 대한 몰이해에서 나온 오해로 인해 남산의 중앙정보부에 끌려가 온갖 고초를 겪고 난 뒤 미국으로 도미함으로써 모처럼 형성된 SF의 열기를 이어가지 못하고 말았다.[7]

미스터리에 SF를 가미한 김내성의 단편 「비밀의 문」(1949)을 통해 예열을 가하더니 1960년대 중반 마침내 한국창작 SF의 분기가 될 장편 SF가 출현하였다. 김종안(후일 문윤성이란 필명을 썼다)의 『완전사회』(1966. 1.24~2.4)[8]가 바로 그것이다. 『완전사회』는 1966년 『주간한국』의 제1회 추리소설 현상공모에 당선되어 장안의 화제를 모으며 2달 남짓 연재되었다.

그런데 이보다 앞서 한국의 창작 SF는 아동문학으로 호출된 바 있다. 1955년 무렵부터 방송용으로 다수 SF를 번역하던 아나운서 출신 작가 한낙원(1924~2007)이 SF를 방송용 콘텐츠로, 아동문학으로 적극 활용하기 시작한 것이다. 다수의 외국작품을 번역하면서 SF의 장르문법과 작법을 익힌 한낙원은 「길 잃은 애톰」 등 여러 편의 단편을 발표하고, 1957년에는 그의 대표작 『금성탐험대』을 발표하였다. 한낙원과 함께 SF를 아동문학으로 전유한 또 다른 사례로는 안동민(1931~1997)[9]이 있다. 그는 한낙원과 함께 『2064년, 우주소년삼총사』(1972)을 펴내기도 하였다.

---

7 조성면, 「한국SF의 전설, 라이파이를 만나다」, 『인인화락』, 2014 겨울, 38쪽.
8 미완성으로 연재가 중단된 『완전사회』는 1985년 『여인공화국』으로 이름을 바꾸어 홍사단에서 전작장편으로 출판된 바 있다.
9 안동민은 한국문학사에서 낯선 작가다. 그는 당시 한국문단에서는 드문 서울대 국문과 출신의 소설가였다. 1951년 『성화』로 등단하여, 다수의 SF와 SF관련 평론을 발표하였다. 40세 무렵 임사체험을 거친 다음, 자신의 전생이 수행자였던 "라히리 마하사야"였다는 파격적인 고백을 하며, 후반기 생애의 대부분을 영적 수행자이자 심령과학자로 보냈다.

한낙원, 안동민 외에는 서광운(徐光云, 1928~1998)을 꼭 기억해야 한다. 서광운은 언론인 출신의 작가로 도쿄대학에서 수학을 전공하고 『한국일보』 과학부장 겸 『서울신문』 문화부장을 역임하였다. 언론사에 재직하면서 과학 관련 주로 기사를 쓰다가 작가가 되어 『4차원의 전쟁』(1978)을 발표했으며, 한국SF 작가협회장을 지냈다.

근대계몽기와 일제강점기의 SF는 계몽운동과 프로문학운동을 위한 콘텐츠로 등장하였고, 해방공간과 한국전쟁을 거친 뒤부터 그것은 서양 소설의 번역 및 수입의 역사에서 벗어나 만화와 창작 등으로 다변화하였다. 그러나 한낙원·안동민·서광운 등 주로 아동문학가들의 활동이 두드러져 한동안 SF가 아동문학으로 오인되는 계기가 되었다. 특히 일본을 모방하며 경제개발에 박차를 가하던 1970년대 나가이고(永井豪, 1945~)의 〈마징가 Z 시리즈〉에 자극받은 김청기(1941~) 감독의 애니메이션 〈로보트 태권 V〉의 등장은 중공업 국가로 탈바꿈되어가던 한국자본주의의 자신감과 호승심을 반영하는 것이면서 동시에 SF는 만화적이며 황당무계한 어린이용 장르라는 인식을 더욱 공고하게 만들어주었다.[10] 해방 직후부터 1970년대까지 SF가 서양의 모방 곧 번역이 주류를 이루고 있었으며, 이처럼 창작물의 대다수가 아동문학이었다는 사실은 개발의 도상에 있었던 미성숙한 한국 자본주의의 역사를 반영하는 것이니, 한국SF의 역사와 한국 근대사는 이렇게 긴밀하게 연동된 채 서로 공명하고 있었던 것이다.

---

10 조성면, 「자본과 마술적 테크놀로지가 선물한 추억의 영웅-'태권 V신드롬에 대하여」, 『경계를 넘고 간극을 메우며 : 장르문학과 문화비평』, 깊은샘, 2009, 201쪽.

4. 현지화(現地化) 또는 외전(外傳)

비교적 긴 숙성 과정을 거친 한국SF는 1987년 복거일(1946~)의 『비명을 찾아서』를 기점으로 진정한 의미에서의 창작 SF시대를 맞이하게 되었다. 대체역사소설 『비명을 찾아서』는 SF의 기법을 활용한 실험적 작으로 작품성과 대중성 양면에서 성과를 낸 작품이다. 복거일은 SF와 본격문학의 경계를 넘나들며 식민지를 경험한 1980년대 한국사회의 현재 모습을 새로운 각도에서 그려내고 있다. 우리가 알고 있는 분명한 과거의 역사적 사실이 달라질 경우, 현재의 상황이 어떻게 변하고 전개될 것인가를 가정해보는 대체역사는 그 자체로도 흥미롭다. 작품의 핵심 내용은 은폐된 역사적 진실을 찾고 식민지 시인 기노시다 히데요[木下英世]의 박영세(朴英世)되기가 서사의 중핵(kernel)이다. 『비명을 찾아서』는 SF 장르에 대한 높은 대중성과 본격문학으로서의 정체성을 모두 활용한 슬립스트림으로 문단 안팎에서 큰 반향을 얻어냈으며, 25년만인 2015년에 가서 긴 시간여행을 끝낸 『역사 속의 나그네』(1991)와 『파란 달 아래』(1992) 등의 역작을 연이어 발표하였다.

복거일에서 가능성을 재확인한 한국SF는 새천년을 앞두고 듀나(생년, 본명 미상)라는 걸출한 작가를 만들어냈다. 단편집 『나비전쟁』(1997) · 『면세구역』(2000) · 『태평양횡단특급』(2002) 등을 비롯해서 『아직은 신이 아니냐』(2013)에 이르기까지 일련의 작품을 통해서는 그는 한국SF를 한 차원 높게 끌어올리며, 장르문학과 본격문학이라는 완강한 이항 대립적 사유에 확실하게 균열을 만들어냈다.

듀나를 기점으로 영화 · 만화 · 애니메이션 · 게임 · 소설 등 장르문학이 제공하는 문화적 세례를 받고 자란 독자와 유저 속에서, 제도권 문단의 시스템을 거치지 않고 작가가 등장하는 새로운 사례와 구조를 만들어냈다. 한국SF는 일백년을 역사를 맞이하여 새롭게 굴기(崛起)의 기회를 맞이한 것이다. 동도서기론이 계몽운동을 위해 불러낸 '기담(奇譚)' SF가 번역과 습작기를 넘어 마침내 토착화(localization) 내지 귀화(naturalization) 단계에 접어들게 된 것이다. 현재 한국SF는 박민규·배명훈·김보영·정소연·배미주·dcdc 등 젊은 작가들을 중심으로 뚜렷한 성과를 만들어내고 있으며, 또 박상준·고장원 등 SF평론가들의 비평 활동도 활발하다.

작가들의 헌신적인 노력 때문인지 최근 한국SF에 대한 미디어들의 관심도 부쩍 높아졌다. 한 주간지의 보도는 미디어들의 태도와 한국SF의 희망적 현재를 잘 보여준다. '한국 과학 소설 출판 현황'이란 보도에 따르면, 2007년 창작 6편에 번역 35편이던 것이 2013년에는 창작 13편에 번역 43편으로 성장세가 뚜렷하다는 긍정적인 평가를 내놓고 있다.[11] 매년 900~1,000종이 넘게 출판되며 연간 평균 판매량이 414만 권을 넘는 미국에 비하면, 시장도 아주 협소하고 독자수도 제한되어 있으며 여전히 번역 중심인 데다가 출판사나 전문잡지가 운영난을 이기지 못하고 오래 버티지 못하고 문을 닫거나 폐간되는 것이 현실이긴 하지만, 어려운 여건 속에서도 꾸준한 성과를 지속적으로 내고 있다는 것이 예전과 구별되는 점이다. 한국SF의 저변이 확대되었고, 기초체력이 확실히 달라진 것이다. 그 대표적인 사례로 봉준호 감독의 영화 〈설국열

---

11 김효정, 「SF를 키워야 과학이 발전한다」, 『주간조선』 2361호, 2015.6.15, 45쪽.

차〉와 공동 창작 단편집 『이웃집 슈퍼히어로』를 꼽을 수 있다.

사실, 〈설국열차〉(2013)는 공산품 같은 영화다. 원자재를 수입하여 제조하고 이를 다시 해외시장에 내다파는 한국경제의 메커니즘과 패턴과 유사하게 프랑스산(産) 그래픽노블 『Transperceneige』(1983)을 도입하여 원작으로 삼고 이를 한국자본과 한국인 감독과 한국인 배우들이 출연하여 영화로 만든 다음, 해외 시장 개척에 나선 것이다.

〈설국열차〉는 디스토피아적 상황 속에서 전개되는 재난영화로서 사회비판적 메시지를 담고 있으며, 서구의 영화에서 익히 보아왔던 익숙한 영화문법과 세계관을 차용하고 약간의 한국적인 요소를 첨가한 소형 블록버스터이다. 작가주의와 대중성이 적절하게 조화를 이룬 수작이며, 무엇보다 인상적인 것은 이제는 서구적인 소재와 내용들이 우리 안에서 아무런 거부감 없이 자연스럽게 수용되고 자유롭게 각색, 가공될 정도로 SF 또는 서구적인 것이 거의 완전하게 토착화되었음을 잘 보여준다.

또 하나의 사례로 진산·dcdc·김이환·듀나·좌백·김보영·이수현·김수륜·이서영 등 아홉 명의 젊은 작가들이 참여한 공동 창작집 『이웃집 슈퍼히어로』(2015)를 꼽을 수 있다. 『이웃집 슈퍼히어로』는 슈퍼맨·배트맨·스파이더맨·아쿠아맨 등 슈퍼히어로물(物)을 읽고 자란 팬들이 작가가 되어 쓴 슈퍼히어로 컬렉션이다. 기억상실증에 걸려 있는 영웅·시간을 멈춰놓고 엄청난 속력으로 사람들을 구조하는 영웅·피풍(披風衣)를 입고 흑마를 탄 고담성(古潭城)의 박쥐인간 편복협 등 마블과 DC코믹스의 영웅들을 연상케 하는 에피고넨 캐릭터들을 등장시킨 이 작품집은 일종의 슬립스트림이라 할 수 있다. 경이와 선망의 대상으로 바라보던 SF가 번역과 모방의 단계를 넘어 이제는 자유롭게 속

편(sequel)과 외전(Apocrypha)을 제작할 정도로 성장한 것이다. 이것을 환영할만한 토착화로 보아야 할지 아니면 우리가 서구화한 것으로 보아야 할지에 대한 논란의 여지가 있지만, SF는 이제 번역과 모방의 단계를 넘어 패러디와 외전을 만들어낼 정도로 완전히 한국문학 장르로 영토화되었다.

5. 정치성과 사회적 상상력

SF는 판타지가 아니다. 초자연적인 내용의 자연적(합리적) 해결을 지향한다는 점에서 SF는 환상적 괴기문학(the fantastic uncanny)와 유사한 장르논리를 보여주고 있으나 동시대인들의 공통된 관심사와 미래에 대한 간절한 희구를 담아내고 점에서 현실성과 당대성이 뚜렷한 장르라 할 수 있다.

이 같은 당대성 외에 정치적 상상력은 SF의 또 다른 본성이다. 예컨대 무력으로 세계를 지배하던 제국주의 영국의 포병부대를 화성인을 시켜 쑥대밭으로 만들어버린 웰스의 『우주전쟁』, 로봇의 반란이라는 기상천외한 전위적 실험으로 산업자본을 무너뜨린 차펙의 『RUR』, 전체주의와 고도의 관리사회 출현을 경고하고 나선 올더스 헉슬리(Aldous Huxley, 1894~1963)의 『멋진 신세계』와 조지 오웰(George Orwel, 1903~1950)의 『1984』, 젠더의 역전과 성적 경계의 소멸을 그린 어슐러 르귄(Ursula Le Guin, 1929~)의 『어둠의 왼손』 등은 저명한 예다.

당연하게도 한국SF 또한 이 같은 정치적 상상력과 강력한 사회성을 보여주고 있다. 동도서기론자들의 쥘 베른 번역과 노동자들의 파업과 투쟁을 독려하고 촉구한 박영희의『인조노동자』, 왜곡된 페미니즘과 반공화주의에 대해 신랄하게 비판 가한 문윤성(김종안)의『여인공화국』그리고 독재 권력자의 역사로 이어진 한국정치사를 풍자한 배명훈의『총통각하』등이 바로 그러하다.

그러나 오늘날의 SF는 미국을 중심으로 1950~60년대 최고의 황금기를 구가한 이후, 예전만한 영광과 성가를 누리지 못하고 있는 것이 사실이다. 더구나 문학은 이제 사회적 이슈와 상상력을 주도해오던 담론으로서의 이니셔티브를 잃어가고 있으며, 첨단기기와 편의성으로 무장한 장르들이 번성하는 새로운 미디어 환경 속에 놓여 있다. 최근 몇몇 젊은 작가들의 수작들을 중심으로 새로운 가능성을 보여주고 있다고는 하지만, 한국SF는 만개의 시기를 놓치고 꽃을 피운 7월의 장미와 같아 우려되는 부분이 없지 않다. 비록 상황은 이렇다 하더라도 문학은 예의 빼어난 상상력과 열정으로 위기를 돌파해왔으며 위기 속에서 항상 빛나는 성취를 이룩해왔다는 점에서 한국SF의 미래 역시 희망적일 것이라는 믿음에 한 표를 던지며, 그 가능성을 과감한 정치성과 사회적 상상력에서 찾아보자고 제안하고 싶다.

한국 창작과학소설이 거쳐 온 환경

『학생과학』에서 『크로스로드』까지

박상준

과학소설(이하 SF)은 아직 한국에서 굳건히 뿌리내리진 못했다. 그래서 꼬박 10년이 넘도록 한결같이 SF에 지면을 내 주는 매체가 존재한다는 사실이 기적 같다. 『크로스로드』는 아마 한국 SF문학사에서 유례없이 오랜 기간 동안 꾸준히 신인 작가의 등용문 역할을 한 매체로 기록될 것이다.

돌이켜보면 정확히 50년 전인 1965년에 창간된 『학생과학』은 SF를 고정적으로 실은 최초의 잡지였다. 다만 단편보다는 장편 연재 위주였고 해외 작품의 번역 수록도 했으며 특별히 신인 작가를 공모하지도 않았다. 도중에 SF가 실리지 않는 시기도 있었다. 아무튼 『학생과학』은 한국의 창작 SF문학사에 새로운 분기점을 가져 온 매체였다.

SF 작가를 꿈꾸었던 이 땅의 지망생들은 어떤 환경을 거쳐 왔는지 간단히 돌아보자.

한국 최초의 창작 SF는?

우리말로 번역된 최초의 SF소설은 1907년 『태극학보(太極學報)』에 연재된 「해저여행기담(海底旅行奇譚)」으로 추정된다. 원작은 쥘 베른의 『해저 2만리』(1869)이다. 『태극학보』는 1906년부터 동경에서 발행된 재일 유학생들의 학술잡지인데, 「해저여행기담」은 끝까지 완결되지는 못했고 중간에 옮긴이 이름이 몇 번 바뀌다가 11회 만에 중단되고 말았다.

그 뒤 1908년에는 신소설의 개척자 중 하나인 이해조도 쥘 베른의 원작을 번안하여 『철세계(鐵世界)』라는 단행본으로 낸다. 이 작품의 원작은 『인도 왕비의 유산』(1879).

한편 체코의 세계적 작가 카렐 차펙의 희곡 〈R. U. R.〉(1920)도 일찍이 번역되었다. 이 작품은 '로봇(robot)'이라는 말을 세계 최초로 등장시킨 것으로 유명한데, 우리나라에서는 박영희가 1925년에 잡지 『개벽』에 번역, 연재했다.

번역이나 번안이 아닌 창작 SF소설은 어떤 작품이 한국 최초인지 아직도 명확하게 밝혀진 바가 없다. 현재까지는 김동인이 1929년에 발표한 단편 「K박사의 연구」가 유력한 후보인데, 만일 당시 서구의 SF잡지에서 이 작품을 투고 받았다면 '동양적 정서와 서양 과학이 빚어낸 통렬한 블랙코미디' 정도의 추천사를 붙이며 수록했을지도 모르겠다. 어떤 과학자가 사람의 배설물을 대체식량으로 연구한다는 줄거리이다. 주인공은 대중의 차가운 반응 때문에 낙심한 채 시골에 갔다가 자기 모순적 행태를 보인다. 보신탕을 대접받았는데 그 개가 그전에 자신이 거리에서 목격했던 것임을 알고는 역겨움에 수저를 들지 못한다. 그 개는 길에서 배설물을 먹고 있었던 것이다.

사실 한국 최초의 SF소설을 논하자면 몇 가지 선행되어야 할 논의가 있다. 먼저 SF의 범위를 어디까지로 보느냐 하는 것이 문제이다.

SF는 판타지와 함께 환상서사(fantastique)라는 하나의 테두리로 묶을 수 있다는 입장이 있는데, 이걸 수용한다면 그 다음으로 SF와 판타지는 어떻게 구별할 것인가 하는 문제가 제기된다. 이에 대해서는 현실 세계의 자연법칙을 그대로 따르는가의 여부로 구분한다는 편의적인 접근이 가능하지만, 명쾌한 해법이라 할 수는 없다. 게다가 장르간의 경계가 모호한 작품인 경우도 많다(한때 경계소설이라는 표현도 있었는데 근년 들어 영미권에서는 슬립스트림(slipstream) 소설이라는 명칭이 널리 알려졌다).

예를 들어 신채호가 1928년에 발표한 「용과 용의 대격전」은 일단 우화적 판타지로 볼 수 있으나 그 스타일은 1960년대에 서양 SF계에서 등장한 뉴웨이브SF와 유사한 면이 있고, 또한 체코의 카렐 차펙이 1936년에 발표한 장편 『도롱뇽과의 전쟁』을 연상시키기도 한다. 현실 세계의 국제정치를 대상으로 직접적 묘사를 담은 텍스트라는 점에서 SF우화로 볼 것인지 논의할 여지가 있다.

결국 SF의 정의와 장르론에 대한 상당한 정도의 논의가 전제되어야 할 것이다.

그리고 번안과 번역, 창작의 구분이 명확하지 않은 경우도 있다.

앞서 언급한 김동인의 1929년 단편 「K박사의 연구」 이후로 나온 SF들 중에서 창작인지 번안인지 모호한 경우가 꽤 보인다. 예를 들어 『과학조선』 1935년 11월호에 실린 단편 「삼대관(三大官)의 괴사사건(怪死事件)」은 과학소설이라는 별제만 붙어있고 작가 이름이 빠져있는데, 조사한 바에 따르면 이 작품은 1930년 일본의 잡지 『과학화보』 3호, 또는 3월호에 실린 노부오 지로[信夫次郎]의 「三大官の怪死」를 번역한 것이 확실시된다. 이와 비슷한 경우일 것으로 추정되는 작품들이 일제강점기 동안, 그리고 그 뒤 1970년대까지도 여러 편 보인다.

이 문제는 외국의 SF텍스트들에 대한 조사와 대조를 통해서만 낱낱이 규명할 수 있을 것이므로 많은 시간과 노력이 필요하다.

다양한 매체에 실린 SF

일제강점기에서 한국전쟁을 지나고 1960년대에 이르기까지 SF는 다양한 성격의 잡지들에 수록된 것을 볼 수 있다. 문예와 대중과학, 순문학과 통속문예, 성인과 어린이청소년, 잡지와 신문 등 서로 대비되는 여러 성격의 매체들에 SF가 실린 기록이 있다.

우선 문학 연구자들이 유의할 점은 『과학조선』, 『과학세계』, 『과학세기』 등 대중과학 잡지에 SF가 꾸준히 실렸다는 사실이다. 또한 『명랑』, 『야담과 화제』와 같은 대중문예지들, 그리고 『자유문학』 같은 순문예지도 SF의 발표지면이 되었다. 그런가 하면 방정환이 발행한 『어린이』에도 SF가 실렸다. 한국 최초의 SF 전문 작가라 할 수 있는 한낙원은 1950

년대 말『연합신문』에 어린이청소년 SF인「잃어버린 소년」을 연재했으며,『학원』,『새벗』,『가톨릭소년』 등의 청소년잡지에도 여러 작품을 연재했다.

그 밖에 단행본 출판도 주요 경로 중에 하나였다. 어떤 연구자들은 1967년에 문윤성이 출간한『완전사회』를 최초의 창작 장편 SF소설서로 보기도 하지만, 이미 1950년대에 이봉권(『방전탑의 비밀』)과 같은 단행본 출판 선례가 있다.

이렇게 이어지던 한국의 SF문학사는 1965년을 기준으로 새로운 전기를 맞게 된다. 이 해에『주간한국』이 장편 추리소설 공모를 하면서 문윤성의 SF「완전사회」를 당선작으로 배출했다(단행본으로는 1967년에 출간되었다). 또한『학생과학』이 창간되면서 SF에 고정적인 지면을 제공하게 된다(사실 1964년에 창간된 대중과학잡지『과학세기』도 SF를 실었으나 번역물이었고 그나마 몇 달 뒤 사라졌다).

이 매체들은 SF를 보는 시각이 그 전과는 달랐던 것 같다. 색다른 이야기에도 관심을 보인다는 구색 맞춤 차원이 아니라 합리적 상상의 장르라는 본격적인 인식을 갖추고 접근했다. 그렇지 않았다면 SF를 공모전의 심사범위에 포함시키거나 고정적인 지면을 처음부터 배치하거나 하는 일은 쉽지 않았을 것이다. 한국 SF문학사의 연대 구분에서 1965년을 중요한 분기점으로 봐야 한다는 입장은 이런 논거에 따른 것이다.

1980년대에 들어서자 스포츠일간지 신춘문예에서 SF를 독립적으로 공모하기 시작했고 80년대 말에는 PC통신이라는 새로운 환경이 등장했다. 과학기술의 힘으로 새롭게 탄생한 매체답게 최초의 온라인 연재소설도 SF였다(1989년 이성수의「아틀란티스 광시곡」). 그 뒤 온라인과 오프라인에서 장르문학 공모전이 여럿 생겨났다 사라지는 동안 SF는 자연스럽게 독립적인 존재감을 다지게 되었다.

과학문화사적 배경 — 우주시대에서 IT까지

SF는 과학적 상상력이 스토리텔링과 결합된 장르이다. 당연히 당대의 과학기술문화와 밀접한 관계일 수밖에 없다. 시대별로 어떤 과학기술이 주목을 받았는지 살펴보면 동시대의 SF에도 그런 추세가 반영되는 것을 잘 알 수 있다.

가장 두드러진 예가 1950년대 말부터 시작된 우주과학의 붐이다.

20세기의 미래학자들은 21세기가 지금처럼 컴퓨터 인터넷 정보사회가 될 것이라고 예측하지 못했다. 대신 그들이 전망한 것은 우주시대였다. 1957년에 옛 소련이 세계 최초로 인공위성을 쏘아 올리자 미국은 이 스푸트니크 쇼크를 맞아 우주개발 경쟁에 총력을 쏟아 부었다. 바로 이것이 우주시대의 시작이었다.

스푸트니크 쇼크는 우리나라에도 큰 영향을 끼쳤다. 각 언론사들이 과학전문 기자를 채용하여 우리나라 과학기자 1세대가 이때 탄생했다. 신문과 잡지, 방송, 출판 등 여러 매체에서 우주시대의 장밋빛 미래상을 내놓았다. 많은 학생들이 장래희망으로 우주과학자를 꿈꾸었으며, 아마추어 로켓 동아리나 천문관측 동아리들이 생겨났다. 전국 과학전람회에 로켓이나 인공위성이 출품되기도 했다. 우주복을 입은 한국인의 이미지가 처음으로 친숙해진 시대였다.

사실 우리나라에서 대중적 관심을 불러일으킨 최초의 우주 관련 화제는 바로 UFO였다. 비행접시를 타고 온 외계인을 만났다는 조지 아담스키의 책이 한국전쟁이 끝난 다음해인 1954년에 번역, 출판되었는데, 곧장 초판이 매진되는 인기를 끌면서 사람들에게 우주에 대한 관심을 확산시켰던 것이다. 로켓이나 우주선은 과학기술의 영역에 머물 뿐이지만, 이 책은 외계에서 온 우주인이 등장했기에 평소 과학에 별 관심 없는 일반인들의 호기심까지 광범위하게 끌어냈다. 비록 과학도 아니고 SF도 아니지만 우주라는 키워드를 각인시키는 하나의 계기였음은 분명하다.

1959년이 되면서 우주시대라는 표어는 과학문화는 물론이고 교육현장에서도 강력한 구호가 되었다. 과학 교과서 및 보충교재, 과학 잡지 등에서 가장 빈번하게 등장하는 표지 그림은 바로 로켓이었다. 그리고 그런 경향은 당연히 창작 SF에도 반영되었다. 그 시기에 활동한 SF 작가 한낙원의 대표작인 『금성탐험대』는 본격 우주모험 소설로서 한국인 우주비행사가 옛 소련의 우주선에 탑승한다는 당시로서는 파격적인 설정을 취하고 있다.

창작 SF와 당대 과학문화와의 유기적인 연결은 그 뒤로도 이어졌다. 90년대에 IT붐이 일 때도, 2000년대 들어 유전공학과 줄기세포가 핫이슈가 되었을 때도 SF공모전의 응모작들은 충실하게 그런 배경을 반영했다. 우주시대에 익숙했던, 우주복을 입은 한국인의 모습은 어느덧 생소해졌다. SF소설이나 영화에 나오는 우주인은 서양식 이름이어야 자연스럽게 받아들여지는 분위기가 되었다. 아마 우리의 과학문화와 창작 SF에서 다시 우주가 주요 키워드로 떠오르려면 상당한 세월이 더 흘러야 할지도 모른다.

천천히, 그러나 꾸준히 임계점으로

간략히 돌이켜 본대로 한국의 창작 SF 환경은 꽤나 험난했다. 그리고 지금도 출판을 비롯한 문화콘텐츠 시장에서 SF의 지분은 여전히 자급 자족의 수준에 이르지 못한 상황이다.

매체 환경은 지금도 시시각각 변화하는 중이다. 창작 SF의 생존 전략 도 변화에 동기화되는 것이 맞는 접근으로 여겨진다. 영상매체, 인터랙 티브, 그리고 새로운 인터페이스에 대응하는 고민이 필요하다.

그러나 SF의 핵심인 상상력에 집중하는 한, 착실하게 영역을 넓혀가 는 추세는 역전되지 않을 것이다. 과학기술 가속발달의 시대에 SF는 더 이상 그 누구도 우회할 수 없는 교차로(crossroad)이기 때문이다.

우리나라 과학소설의 과거와 현재
그리고 앞으로의 과제

한국과학소설의 소사(小史)

원형적 SF는 서양뿐 아니라 동아시아에서도 쉽게 찾아볼 수 있다. 하지만 현대적 의미에서의 SF는 서구 작품을 번안소개 하는 데서부터 시작되었다. 한국과 중국 그리고 일본 3국이 이 장르문학을 받아들인 시기는 모두 19세기 후반에서 20세기 초 사이로 앞서거니 뒤서거니 한 차이가 약 반세기밖에 되지 않는다. 각국마다 소개된 최초의 서구 과학소설들은 공교롭게도 줄 베르느 일색이었다. 일본에서는 1863년 『기구를 타고 5주간(Cinq semaines en Ballon)』이, 중국에서는 1900년 『80일 간의 세계일주(八十天环游地球)』가, 그리고 우리나라에서는 1907년 『해저여행기담(海底旅行奇譚)』과 1908년 『철세계(鐵世界)』가 간행되었다. 박용희(朴容喜)가 『해저2만리그(Vingt Mille Lieues sous les Mers)』를 번안한 『해저여행기담』은 당시 재일 유학생들 잡지 『태극학보(太極學報)』에 연재되다 중단되었기에, 완역본을 기준으로 하면 이해조(李海朝)가 『인도왕비의 유산(Les Cinq Cents Millions de la Bégum)』을 번안한 『철세계』가 우리나라 과학소설의 효시가 된다.[1] 이처럼 동아시아 3국의 서구 과학소설 도입 시기는 큰 차이가 나지 않는다. 그러나 구한말부터 해방 이전까지의 조선반도에서 과학소설은 번역물이건 창작물이건 간에 양적·질적인 면에서 거의 지지부진하다 못해 지리멸렬했다 해도 과언이 아니다.

이유는 크게 두 가지다. 첫째, 1910년 한일합방 이래 식민지로 전락한 조선에서는 중국이나 일본처럼 부국강병을 위한 과학문명 고취 차원에서 과학소설을 선전계몽용으로 이용하려는 주체세력이 적극적으로 조직화되기 어려웠다. 둘째, 식민지를 전쟁수행용 물자창고 정도로 여기는 일제(日帝)가 현지의 과학문화 창달에 관심을 기울일 턱이 없었다. 오히려 사회비판적인 과학소설에는 매서운 검열의 칼을 들이댔다. (이에 대해서는 뒤에 가서 사례를 들겠다.) 이 때문에 해방 전까지 우리나라에서 변변한 창작 과학소설을 찾아보기란 정말 쉽지 않다. 그나마 현전하는 문헌들을 기준으로 할 때 이 시기 최초의 창작과학소설로 볼 수 있는 작품은 김동인의 단편 「K박사의 연구」다. 하지만 이 작품은 엄밀히 말해 우화소설이라 과학소설로서의 본격적인 틀을 갖추었다 보기 어렵다.

1945년 해방이 되었지만 불과 몇 년 만에 한반도 전역이 전장(戰場)으로 돌변하는 통에 우리나라 과학소설은 여전히 암흑기에서 헤어나지 못했다. 이는 동시대, 그러니까 2차 세계대전 당시 일본의 과학소설 작가

---

1 김창식, 「서양 과학소설의 국내수용과정에 대하여」, 대중문학연구회 편, 『과학소설이란 무엇인가』, 국학자료원, 2000, 58~64쪽.

들이 체제선전을 위해 활발히 작품 활동을 전개했던 사정과 대비된다. 왜 이러한 차이가 났을까? 무엇보다 일본은 패전 직전까지 본토가 거의 온전히 유지된 데 반해 6·25전쟁은 우리 강토 전체를 전쟁터로 만들어 놓았다는 현실을 무시할 수 없다. 결과적으로 종전 후 1950년대 말부터 1960년대 사이 한낙원과 안동민 그리고 문윤성 같은 선각자들이 산발적인 활동을 개시했으나 같은 시기 중국과 일본의 양적인 활기에 비하면 비교가 무색할 만한 산발적인 움직임에 지나지 않았다. (예컨대 중국에서는 문화혁명과 정신오염척결운동 시기에 잠시 다른 지식활동과 마찬가지로 과학소설 또한 부르주아 사상에 오염된 산물로 몰려 수난을 치렀지만 1901년 이래 최근까지 큰 틀에서 보면 과학계몽을 부국강병과 등가(等價)로 본 정부의 적극 지원 아래 과학소설이 양적/질적으로 꾸준히 발전해왔다. 또한 일본에서는 패전으로 경제 전반이 피폐해진 상황에서도 당시 주둔 중이던 미군부대에서 흘러나온 과학소설을 탐독하는 젊은이들이 늘어나면서 자생적인 SF 커뮤니티가 형성되어 영미권 못지않게 자본주의적 시장경제에 충실한 경쟁시스템 아래 양질의 작가와 작품들이 대거 등장했다.) 당시 국내 창작물들 가운데 특히 문윤성의 「완전사회」(1965)는 우리나라 최초의 어른용 SF일 뿐 아니라 문학성에서도 후한 평가를 받았으나 이후 국내 어른용 과학소설 발전에 별다른 영향을 미치지 못한 채 돌발적인 사례로 그쳐 아쉬움을 남긴다.

우리나라 과학소설 역사에서 선구적인 안목을 지닌 한 개인의 돌출적 성과가 아니라 문학운동으로서의 의미 있는 흐름이 포착된 첫 계기는 1960년대 후반부터 잡지 『학생과학』을 주된 발표매체로 삼아 활동하던 작가들이 결성한 한국SF작가클럽이다. 서광운을 위시한 다수의 문인과 기자, 만화가 등이 참여한 이 집단[2]은 특정한 문학적 이데올로기나 일관성 있는 스타일(혹은 형식)을 표방할 정도로 세기가 다듬어진 수준은 아니었다. 더구나 이들의 등장 이전에 창작과학소설을 쓴 작가들이 없었던 것은 아니다. 요는 한국SF작가클럽의 결성 이전에는 한낙원 외에 양적으로나 질적으로 크게 눈에 띄는 작가들이 없었다는 점이다. 이 클럽 소속 작가들은 이전 작가들의 동화풍 단편 형식에서 한발 더 나아가 서구 과학소설의 내러티브 형식에 상당부분 근접하는 장편소설들을 동시 다발적으로 다수 내놓았다. 이들이 잡지에 연재한 작품들은 1970년대 들어 단행본으로 묶여 나왔으니, 아이디어 회관에서 펴낸 세계명작SF문고 총 60권에 포함된 10권이 바로 그것들이다. (나머지는 번역물이다.)

그러나 안타깝게도 재정난으로 『학생과학』이 소년한국일보에 인수되며 타겟을 저연령 어린이층으로 더욱 낮춰버리게 되자 작가들의 지속적인 창작을 고취할 만한 공간이 사라졌고 급기야 1970년대 후반이 되면 SF작가클럽은 유명무실해지고 만다. 이후 다시 우리나라 과학소설이 움트게 되기까지 1970~1986년 사이에는 번안 위주의 청소년 과학소설들만 문고판 형태로 간신히 자취를 남기고 있을 따름이다. 이 시기에도 쉼 없이 정력적으로 창작과학소설을 발표하며 외로이 분투한 작가는 한낙원 뿐이다.

이러한 결과에 대해서는 몇 가지 해석이 가능하다. 우선 우리나라에는 일부 선각자들의 활동에도 불구하고 일본처럼 SF 독자 커뮤니티가

---

2 1968년 4월 결성된 이 작가클럽의 창립회원은 회장인 서광운 외에 오민영, 강민, 지기운, 이동성, 서정철, 강승언, 최규섭, 김학수, 윤실, 이흥섭, 최충훈 그리고 만화가 신동우 등으로, 직업상의 면면을 보면 언론인과 만화가, 삽화가 그리고 아동문학 작가들이었다. 이들은 매월 정기모임에서 테마별 분과 활동을 한 결과물을 바탕으로 창작 및 번역 소개 작업을 했다.

튼실하게 성장하지 못해 과학소설이라고 하면 그저 어린 시절 읽고 끝내면 그만인 통과의례로 여기는 경향이 많았다. 또한 중국처럼 국민대중의 과학계몽이 부국강병으로 가는 지름길이란 인식 아래 정부의 재정적 제도적 지원을 전혀 기대할 수 없었다. 마지막으로 이 모든 난관을 극복하여 시장을 견인할 수 있을 만큼 상업적 잠재력을 지닌 대형작가가 이 시기에 출현하지 못했다. 이러한 사정은 영미권은 물론이고 일본에서도 제2차 세계대전 이후 각기 Big 3 작가가 시장을 확산시키는 데 크게 기여한 사정과 대비된다. 요약하면, 1970~1986년 사이 우리나라의 과학소설 역사는 작가와 유통매체(정부주도 혹은 시장주도) 그리고 독자가 함께 적극적으로 상호작용하며 동반성장하는 대신 일부 간헐적인 노력만 불연속적으로 시도되었음을 보여준다.

낙후되어 있던 한국과학소설이 문학성과 주제의식이란 양 측면에서 일거에 크게 도약하게 된 계기는 1980년대 말 복거일이, 그리고 1990년대 초 듀나(이영수)가 등장하면서부터다. 복거일의 「비명을 찾아서」는 한반도가 여전히 일제치하에 놓여있는 가상의 대체역사를 제시하는 방식으로 식민조선의 질곡을 재조명하여 평단과 대중에게 고루 인정받았다. 이외 그의 「파란 달 아래」는 분단문학을 SF적으로 재구성하는 앞선 안목을 보여주었으며 「역사 속의 나그네」는 어른 기호에 맞는 엔터테인먼트 과학소설이 우리나라에서도 가능함을 입증하였다. 듀나는 온라인 환경에서 기량을 갈고 닦은 작가답게 순문학과 이어진 끈을 놓지 않으려는 복거일과 달리 과학소설 장르 자체의 속성을 노골적이고 탐미적으로 실험하여 이른바 '장르 과학소설'의 적자(嫡子)로 자리매김했다.[3] 두 작가 모두 문학상을 통해 등단하는 기존관례를 따르지 않고도 처음부터 대중독자들의 큰 환영을 받았다는 공통점이 있다. 특히 듀나는 영미권 과학소설에만 영향 받은 복거일과 달리 일본SF만화/애니메이션의 세례도 듬뿍 받았으며 자유분방한 패러다임(육체적 성과 사회적 성 이슈 포함)을 추구하는 까닭에 지금까지도 열성적인 팬들을 확보하고 있다.

21세기 들어서 가장 중요한 사건은 크게 두 가지를 꼽을 수 있다.

하나는 아마추어와 프로작가를 위한 과학소설 문학상이 생겨나 신인작가와 중견작가의 옥석을 가릴 제도가 마련되었다는 점이다. 동아사이언스가 주관한 아마추어 공모전 '과학기술창작문예'는 과학창의재단의 후원이 끊어짐에 따라 2004~6년 사이 3년 동안만 존속했으나 오늘날 우리나라 과학소설계의 대들보가 된 중견작가들이 첫 등단하는 통로로서 귀중한 역할을 했다. 2014년 제정된 '한낙원 과학소설상'은 고인의 뜻을 기려 청소년 과학소설 공모전 역할을 매년 해오고 있다. 같은 해부터 과천과학관이 매년 주최해온 'SF어워드'는 일단 등단하고 나면 기성 과학소설 작가들에게 아무런 평가나 격려가 전무하던 상황을 일신(一新)한 명실 공히 프로작가들을 위한 상이다. 이 어워드가 장기 존속한다면 미국의 네뷸러상 같은 역할을 할 수 있지 않을까 기대된다. 2016년부터는 아쉽게 단명한 과학기술창작문예의 뒤를 이어 새로운 아마추어 공모전이 제정되었으니, 문체부와 미래창조과학부 후원 아래 신문『머니투데이』가 주최한 '한국과학문학상'이 바로 그것이다.

다른 하나는『크로스로드』(유료)와『거울』(무료)처럼 과학소설을 정기적으로 게재할 수 있는 온라인매체가 생겨났고 출판사들 역시 과학소

3　듀나가 과학소설만 쓰는 것은 아니지만, 과학소설은 예나 지금이나 이 작가의 작품세계에서 큰 비중을 차지한다.

설 선집과 단행본을 번역물이 아니라 창작부문에서 (적어도 2013년 이후로는) 매년 25~30종씩 펴내게 되었다는 사실이다. 이 두 가지 환경은 앞으로 작가들이 과학소설을 지속적으로 쓰고자 하는 데 동기를 부여해줄수 있을 것으로 보인다. 위 매체들과 출판사들의 과학소설 게재 및 출간은 신인작가들의 지속적인 발굴에도 긍정적 영향을 미칠 것이다. 아쉽지만 비슷한 시기에 등장한 매체 가운데 단명하고 만 불운한 케이스도 있다. 2007년 5월 창간되어 1년 반 가량 매월 발행된 종이잡지 『판타스틱』은 창간 초기 과학소설 비중이 높아 관련 독자들의 높은 지지를 받았으나 그 뒤 다양한 장르문학을 뒤섞어 시장의 파이를 키우려는 정책을 펼치다 오히려 정확한 핵심 고객을 잡지 못하고 폐간 수순을 밟았다. 아래 표는 2013~15년 사이 창작과학소설이 이전에 비해 양적으로 크게 늘었음을 보여준다.

〈표〉 창작과학소설의 증가추이 : 2001~2015년 사이(재간 포함)

연도	장편		단편(괄호 안은 단행본)		총계 (단행본 기준)
	종이책	전자책	개별작품	전자책	
2001	−	−	−	−	3
2004	−	−	−	−	4
2007	−	−	−	−	6
2013	15	미집계	66(9)	미집계	24
2014	16	3	69(8)	11(1)	28
2015	4	3	27(4)	6(1)	12
소계	35	6	162	17(2)	

단, 2015년은 1~5월까지의 집계임(자료원 : 고장원, 2015.8.21)

21세기 한국과학소설 작가들의 집필 경향

1) 한국향 과학소설의 대세, 그리고 장르의 자유로운 변주

복거일의 장편 과학소설들은 우리나라의 지정학적 위치와 정치경제학적인 측면들을 고려하여 집필되었으나 1990년대에만 해도 대부분의 작가들은 과학소설을 쓸 때 영미권 작품들이나 일본SF만화에 지대한 영향을 받았다. 후자에 속하는 작품들 가운데 일부는 영미권 스타일과 주제를 일부러 지나치게 흉내 내는 인상을 주어 일종의 사대주의적인 창작태도를 드러내는 경향이 없지 않았다. 하지만 점차 우리의 고민을 우리의 화법으로 풀어내려는 시도들이 늘어나기 시작했다. 예컨대 해외 SF 문화세례의 최전선에 서있다는 평가를 받았던 듀나는 적어도 「대리전」(2006)부터는 우리의 것(우리의 문화, 우리의 사회)에 대한 관심을 적극적으로 표명하기 시작했다. 그의 「브로콜리 평원의 혈투」(2008)는 비록 탈북자 문제를 소재로 삼았다 하나 과학소설의 틀과 성공적으로 융합했다고 보기에는 아직 이론의 여지가 있을 수 있지만, 이후 「여우골」과 「수련의 아이들」을 거쳐 「아퀼라의 그림자」(2015)에 이르는 듀나의 작품들은 무국적성 자유분방함이 주특기였던 작가의 초기작들과는 상당한 거리를 두고 있다. 특히 2010년대에 들어서서부터는 중견은 말할 것도 없거니와 신인작가들조차 단지 영미권 SF 뺨치는 매끈한 아이디어의 사고실험실 텍스트에 만족하지 않고 자신이 살아가는 21세기 대한민국의 정치사회적 맥락과 시대정신을 작품 속에 녹여 넣으려는 시도를 강화해왔다. 한 마디로 말해 2010년대 이래 한국 과학소설계의 주요작가들은 이제 영미권 걸작들의 모작단계를 완전히 탈피하였으며, 이 문학 장르의 규칙과 속성 그리고 클리셰를 한국적 상황에 맞게 자유롭게 변주할 수 있다는 자신감을 보여준다.

복거일과 듀나가 20세기의 1세대 작가라면, 21세기에 등단한 2세대 작가군으로는 김창규와 박성환, 배명훈, 김보영, 백상준, dcdc, 이혜원, 김진우, 황태환, 장은선, 장강명, 이재일, 박문영, 노희준 등을 들 수 있다. 이중 몇몇 작가의 작품들을 간략히 소개하면, 우선 김창규는 초기의 무국적성 사변적 SF에서 보다 구체적으로 우리의 삶과 맞닿아 있는 작품들로 심화되어가는 변화를 보여준다. 단적인 예로 초기작 「유랑극단」 (2009)은 시대와 국경을 초월하여 우주 전역으로까지 확장되는 휴머니즘을 설파하지만, 최근작들을 보면 88만원 세대의 오도 가도 못하는 갑갑한 상황을 하이테크 의료기술을 그저 무늬로만 즐길 수밖에 없는 시각장애자의 안타까운 처지와 맞물려 놓거나(「Update」, 2015) 시뮬레이션 우주임이 판명된 우리 우주에서 누구부터 탈출시킬 것이냐 하는 문제를 통해 세월호의 아픔을 낯선 방식으로 소화한다(「우리가 추방된 세계」, 2016).

박성환은 초기에 사회적 불평등과 부조리를 지극히 냉소적으로 다루는 사회비판적 작품 일색에서 우리 고유의 종교문화라 할 수 있는 불교 사상과 접붙이기를 시도하며 보다 원숙해진 사상적 틀을 완성해가고 있다. 덕분에 우리는 시간여행을 통해 부처를 직접 만날 기회를 잡는가 하면(「관광지에서」, 2009) 첨단장비를 통해 10년 면벽수도를 거치지 않고도 열반에 들며(「열반 든 사나이」, 2010) 불성을 깨달은 로봇을 어찌 대해야 할지 당혹해하게 된다(「레디메이드 보살」, 2004). 김보영은 김창규와 마찬가지로 「촉각의 경험」(2002)과 「미래로 가는 사람들」(2004) 같은 서구적 색채가 강한 무국적성 SF에서 출발했지만 「다섯 번째 감각」(2002)과 「0과 1사이」(2009)에서 보듯 우리사회의 어두운 그늘을 SF의 틀로 끌어안으려 한다. 「7인의 집행관」(2013)은 이러한 노력이 어디로까지 향하고 있는지 보여준다. 이 장편은 무협지와 사이버스페이스라는 서로 이질적인 내러티브 형식을 반전이 난무하는 애증의 복수극에다 병풍으로 깐다.

배명훈의 경우에는 순서가 거꾸로다. 첫 단행본 『타워』는 우리나라의 지정학적 특성과 정치·사회·문화 전반에 대한 해학적인 필치로 장르문학의 게토에 머물지 않는 아주 대중적인 한국 과학소설의 모델을 제시했지만 이후의 작품들에서는 점차 관심사를 넓혀가며 한국적 맥락에 연연하지 않는 듯하다. 그래서 그는 「은닉」처럼 남북분단을 배경으로 한 하이테크스릴러를 내놓는 한편으로 「신의 궤도」와 「가마틀 스타일」 같은 탈지정학적 이야기도 발표한다. 최근작 「맛집 폭격」의 경우를 보면 분단 한국을 배경으로 삼지만 남북 간 대결이 아니라 국가명을 제시하지 않은, 우리와 지리적으로 멀리 떨어진 제3국과의 제한적 전쟁을 글로벌 신냉전 구도 아래 국가 간의 약육강식을 풍자하는 소재로 활용한다.

사회문제에 대한 절절한 공감을 불러일으키는 예는 신인작가의 작품에서도 찾아볼 수 있다. 박문영은 중편 『사마귀의 나라』(2014)에서 방사능 폐기물 처리장의 문제를 황순원의 「소나기」를 연상시키는 서정적인 톤으로 묘사하여 현실의 아픔을 역설적으로 극대화하는 데 성공한 바 있다. 백상준과 황태환은 좀비가 날뛰는 대재앙 이후의 세상이 약육강

식의 현대사회를 야유하는 도구로 유용함을 입증함으로써 좀비문학의
사회풍자적 잠재력을 국내독자들에게 널리 알렸다.

2) 사회풍자에 높은 관심 / 시대상황 시대정신

앞에서 소개한 한국향(向) 과학소설들 가운데에도 일부는 사회풍자
적인 비판기능이 두드러지는 것들이 있지만, 특히 2010년대부터는 젊
은 작가들이 대거 이 시장에 진입하면서 사회에 대해 이야기하고 싶은
바를 과학소설의 형식을 이용해 제시하는 예들이 많이 늘고 있다. 영미
권SF에도 사회비판에 주안점을 주는 과학소설들이 적지 않지만 우리나
라의 경우에는 최근 들어 이런 경향이 더욱 두드러지는 양상이다. 이는
작가들이 SF라는 우회적인 형식이 현실비판 기능을 하는 데 상당히 유
용하다는 인식을 널리 공유하고 있기 때문이 아닌가 생각된다.

이러한 현상은 최근 일부 순문학 작가들에게서도 찾아볼 수 있다. 예
컨대 2000년대 후반에는 윤이형과 박민규가 일찍이 그러한 효용성을
맛깔나게 이용했다면, 2010년대 들어서는 최인석의 「강철무지개」
(2014)와 권리의 「상상범」(2015)이 바톤을 이어받고 있다. 「강철무지
개」는 다국적 기업에 무력화되는 국가체제를 도저히 보고 있지 못하고
무정부주의 테러로 치닫는 이야기이며, 「상상범」은 멀쩡한 사람을 국가
권력과 이해 관계 기업들이 한통속이 되어 중죄인으로 만들고 사지로
몰아넣는 이야기라는 점에서 둘 다 시대적 공통분모(기업권력이 국가권력
을 넘어설 것으로 전망되는 불안한 근미래)를 담고 있다. 비슷한 주제에 관해

장르문학 쪽에서는 일찍이 김지훈의 「더미」(2010)가 깊이 있는 울림을 준 바 있는데, 여기서는 다국적 제약회사가 악역을 맡는다.

사회풍자의 스타일은 박문영 「사마귀의 나라」(2014)와 장은선의 「밀레니얼 칠드런」(2014), 김현중의 「우리는 더 영리해지고 있는가」(2010)와 「물구나무 서기」(2010), 양원형의 「인조력 시장만가」 그리고 일부 좀비소설들(백상준의 「섬」, 「거짓말」, 「천사들의 행진」, 황태환의 「옥상으로 가는 길」, 이서영의 「종의 기원」)처럼 진지하다 못해 종종 암울한 톤에서부터 dcdc의 「무안만용 가르바니온」과 「대통령 항문에 사보타지」, 백상준의 「장군은 울지 않는다」 같은 해학적인 폭소 코미디는 물론이고 듀나 특유의 냉소적인 「아퀼라의 그림자들」에 이르기까지 다종다양하다. 과학소설이 반드시 사회풍자를 해야만 하는 것은 아니고 그래야만 품격이 반드시 올라가는 것도 아니지만, 이러한 비판기능이 이 장르문학과 접목되어 시너지를 낼 수 있다는 통찰은 국내 작가들이 과학소설의 잠재력과 효용성을 새삼 돌아보게 하는 데 도움이 되리라 본다.

3) 하드SF에 대한 관심 저조

우리나라 창작과학소설이 완만하게나마 양적으로 성장하고 있음에도 불구하고 한 가지 아쉬운 것은 본격적인 하드SF를 찾아보기 어렵다는 점이다. 여기서 말하는 하드SF는 과학기술적 내용이 양적으로 많이 언급되는 작품을 뜻하지 않는다. 하드SF는 문학이지 논문이 아니다. 다만 진정한 하드SF라면 과학기술적 사고가 작품의 중요한 골간을 이뤄야 하며(양이 아니라 질적인 면에서) 등장인물들과 이들의 사회 또한 그에 깊은 영향을 받아 심지어 '개념적 돌파'에까지 이르게 해야 한다. 한 마디로 작품 속에서 그리는 어떤 과학기술적 설정이나 아이디어가 독자의 세계관을 코페르니쿠스적으로 전환시킬 수 있어야 한다. 문제는 우리나라에는 아직 하드SF를 열성적으로 읽어줄 독자시장이 없고 이들의 구미를 맞춰줄 작가도 거의 없다는 현실이다. 영미권 SF문학계를 보면, 이런 유형의 과학소설은 아무래도 자연과학이나 기술과학 분야 종사자(과학자, 연구원) 출신의 작가가 쓰기 유리하겠지만 반드시 그런 것만은 아니다. 전업 작가여도 해당분야를 꼼꼼히 연구하여 주목할 만한 하드SF를 내놓기도 한다.

현재까지 필자가 읽어본 창작소설들 가운데 상대적인 기준에서 보건대 일단 다음 작품들은 이러한 범주에 넣을 수 있을 것으로 보인다.

* 배영익의 장편 『전염병』

치명적인 바이러스가 실제 발생했을 경우 국가비상사태가 어떤 식으로 일어나며 이에 대한 대응이 어떻게 될 것인지를 의료과학기술뿐만 아니라 전염병 관련 행정시스템 전반에 걸쳐 해박한 지식을 바탕으로 현실감 있게 묘사한 작품이다. 국내 메디컬SF의 수작.

* 이재창의 장편 『기시감』

인류에게 강제 복종하라는 프로그램 코드(알파명령)의 규제에서 최첨단 인공지능들이 어떻게 벗어나 자신만의 독자적인 세계를 구축하는지 그 과정을 흥미롭게 추적하는『기시감』은 비교적 독창적으로 인공지능의 진화방식을 사고 실험한 흥미로운 예다. 다만 제1부에서는 과학기술적 용어가 너무 과잉되어 독자에게 부담을 줄 정도라는 것이 좀 아쉽다.

 * 배명훈의 장편『신의 궤도』

우리나라 과학소설계 기준에서 이 정도면 일단 하드SF의 범주에 넣을 수 있지 않을까? 스페이스오페라와 테라포밍, 외계식민지 정착 그리고 세태풍자가 가미된『신의 궤도』에 대해 필자는 일찍이 '생활SF'로 정의한 바 있다.

 * 박민규의 단편「깊」

실제 존재하는 과학기술은 아니지만「깊」은 심해에서 활동할 수 있는 인간을 유전공학적으로 길러내는 과정과 그로 인한 파급 결과에 대해 너무나 현실감 있는 비전을 던진다. 박민규가 비록 SF를 전문으로 쓰는 작가는 아니지만 이 작품만은 정말 하드하다.

 * Pilza2의 단편「비누방울」

전혀 다른 외계생태계에 사는 지적 생물에 대한 흥미로운 단편이다. 다만 본격적인 이야기를 하기 전에 끝나버린 아쉬움이 남는다. 이 단편을 바탕으로 보다 정교하고 복잡한 이야기를 가다듬는다면 로벗 L. 포워드의『용의 알』을 연상시킬 만한 흥미로운 SF가 되지 않을까 기대해본다.

 * 이상민의「열한시」

시간여행 소설의 생명은 통상 인과율의 패러독스를 얼마나 세련되게 해결

하느냐에 달려 있다. 「열한시」는 영화 개봉과 때맞춰 씌어진, 시나리오에서 출발한 소설임에도 불구하고 사건전개의 앞뒤 논리가 짱짱하게 들어맞는다. 해외 어디에 내놓아도 손색이 없는 타임패러독스 퍼즐소설이다. 영화소설이라고 얕보면 큰코다친다.

현재까지는 이 정도가 필자의 제한된 시야에 들어온 하드SF 또는 그에 준하는 국내 창작소설들이다. 앞으로 나올 하드SF라면 적어도 이들의 하드함보다는 더 하드한 면모를 보여줄 수 있기를 기대한다. 오해 마시라. 앞서 밝혔듯이 과학기술적 묘사가 작품의 대부분을 차지하는 것이 아니라 핵심 아이디어가 인문학적 사고에서는 도저히 나올 수 없는 혁신성과 도발성으로 등장인물과 작품 속 세상 그리고 독자의 인식 패러다임을 뒤흔들어 놓아야 한다는 뜻이다. 이러한 하드SF를 국내창작물에서도 조만간 만나볼 수 있게 되길 고대한다.

한국과학소설 문학의 국제화에 관하여

일찍이 필자는 적어도 2010년대의 창작과학소설은 한국향(韓國向)이어야 한다고 꾸준히 주장해온 바 있다. 이는 앞서 언급했다시피 초가집 나오고 한복 입는 이야기가 아니라 이 시대 우리나라 독자들이 함께 공감하고 고민할 수 있는 테마를 우리의 창작과학소설이 깊이 있게 내면화시켜야 한다는 뜻이다. 아이작 아시모프나 킴 스탠리 로빈슨의 이야기 같은 것은 그들의 작품을 직접 번역서로 읽으면 그만이다. 굳이 그들의 분위기를 흉내 내며 서구SF 못지않은 비전을 보여주려 우리나라 작가가 안간힘 쓸 이유가 어디 있는가. 덕분에 우리 독자들은 배명훈의 「타워」나 dcdc의 「무한만용 가르비니온」 같은 작품들을 즐길 수 있게 되었다. 2010년대 들어 한국의 과학소설 작가들이 우리 시대 한반도 공간의 질곡과 모순을 예리하게 벗겨내려는 시도는 갈수록 세를 더하는 양상이다.

바람직한 일이다. 한국의 과학소설이 그 나라의 공기를 온전히 품지 못한다면 구태여 뭐하러 우리나라 독자들이 영미권 스타 작가의 베스트셀러 대신 창작물을 위해 호주머니를 열어야 하겠나. 그러나 이러한 대세가 원하던 바이면서도 막상 그렇게 되고 나니까 욕심이 또 하나 슬그머니 생겨난다. 한국 과학소설 역사 100년 동안 이제 와서야 비로소 한국향 과학소설이 제대로 자리 잡고 기름져 가는 모습을 보는 것은 좋은 일이다. 그런데, 그냥 이 정도로만 만족해도 되는 것일까? 아리조나 대학의 맥컬럼 교수에 따르면 2000년경 전세계 영어권 과학소설 독자층은 100만 명을 넘어섰다지 않는가.

그렇다! 이제는 좀 더 욕심을 부려 국제화를 이야기하고 싶다. 영어권 과학소설 시장은 아무래도 영어가 공용어인 나라의 작가가 시장 진입에 유리하겠지만, 그렇다고 해서 이 시장에 영국과 미국 출신만 노크할 수 있는 것은 아니다. 호주의 그렉 이건이 좋은 예다. 비영어권에서는 중국 작가 류츠신의 장편 〈삼체〉가 미국의 대형출판사에서 번역 간행되어 2015년 휴고상까지 거머쥐었다. 우리나라 작가들 가운데에는 이미 복거일과 김보영이 영어로 번역된 작품을 한 차례씩 펴낸 바 있다. 하지만 단지 1회성 차원이 아니라 국내 걸작의 해외 번역 소개가 빈번해지려면 해외 유통 채널(번역, 코디네이션, 주관처 등)의 구축 못지않게 우리나라 작가들 스스로가 '대체 어떤 작품을 써야 하나' 하는 원초적인 문제에 관심을 기울여야 한다.

국내 작가들의 뛰어난 과학소설을 왜 비좁은 땅의 독자들만 즐겨야할까? 해외 과학소설 시장의 주류인 영미권은 근 2세기에 달하는 만만치 않은 역사를 지니고 있다. 2000년도에만 미국에서 한 해 출간되는 과학/환상소설 단행본 타이틀이 무려 3천 종을 넘어섰다. (지금은 이들 중 상당수가 전자책으로 변신 중이다.) 거의 모든 아이디어와 거의 모든 첨단 트랜드가 백가쟁명하는 곳에서 우리나라 작가들의 창작물이 전혀 생뚱맞거나 시류에 한물간 내용이라고 밀려나지 않으려면 어떤 작품을 써야할까?

창작에는 왕도가 없으니 쉽사리 답을 내놓기는 어렵다. 하지만 앞으로는 한국인들이 좋아하면서 해외 독자들도 충분히 공감할 수 있는 소설을 창작할 필요가 있지 않을까? 그러자면 적어도 두 가지 허들을 넘어야 한다. 하나는 영미권의 클리세를 답습하지 말아야 한다는 것이고(역설적이지만 그러기 위해서는 클리세를 깊이 연구해야 한다), 다른 하나는 너무 한국향이어서 영어권 독자들이 공감하기 어려운 설정은 피해야 한다는 것이다. 그러나 말이 쉽지 두 마리 토끼를 잡는 것이 그리 쉬울까? 영어권 독자들이 보기에 어디서 읽은 듯하지는 않지만 그럼에도 불구하고 공감할 수 있는 소설을 한국 작가가 써내려면 어떻게 해야 할까? 보편성이 답이라고 생각할지 모르나 매년 엄청난 타이틀이 나왔다 썰물처럼 사장되는 해외 과학소설계에서는 트랜드도 중요하다.

이쯤 되면 한 가지 방향은 보인다. 간단하다. 절대 따라가지 않는 것이다. 어차피 한국 작가는 해외의 최신 과학 동향 입수에 뒤지고 SF 분야의 문학적 추이를 실시간으로 공유하기도 어렵다. 그렇다면 뒤처질 걱정할 필요 없이 아예 독특한 포지셔닝으로 접근하는 편이 한결 유리하지 않을까? 이혜원의『드림컬렉터』(2014)와 김진우의『애드리브』(2012) 같은 장편들이 필자가 생각하는 대안들이다.『드림컬렉터』는 드림펑크라는 신장르를 개척한 작품으로, 인간이 생각하거나 꿈꾸는 대로 환상이 현실화되는 일종의 솔라리스 같은 행성을 무대로 산업사회에 찌든 인간 욕망의 끝을 탐구하는 이야기다. 생각하는 대로 실체화되는 외계행성을 무대로 한 작품은 미국에서도 씌어진 바 있지만 이혜원의 장편의 묘미는 그러한 공간을 스타니스와프 렘처럼 철학적 경이의 대상으로 바라보는 대신 철저하게 상업화된 흥행시장으로 탈바꿈시키려는 인간들의 탐욕과 아집을 탐구한다는 데 있다.『애드리브』역시 음악SF라는 새로운 지평을 연 괴작으로, 선사시대 인류 탄생 이래 30세기까지의 음악사를 조망하는 가운데 이질적인 외계인과 인류 간 최초의 접촉이 음악을 통해 구현될 가능성을 스펙터클하게 전개한다.

하나같이 포스트사이버펑크 영미권SF에서 이제까지 상상도 하지 못했던 시각을 담고 있다. 모든 작품을 한국향 컨셉과 해외시장 도전을 둘 다 염두에 두고 쓸 필요는 없겠지만 우리나라 작가들이 더 이상 우물 안에만 머물지 않고 과감히 도전하는 것은 중요하다고 본다.

좌담

한국 창작 SF의
미래를 위하여

사회 : (포스텍)박상준
좌담 : 고장원
김창규
(서울SF아카이브)박상준
원종우
전홍식

박상준(POSTECH) 안녕하십니까. 이제 아시아태평양이론물리센터 초학제 모임 좌담회를 시작하겠습니다. 오늘 이 자리에서 이야기해 보고자 하는 것은 크게 네 가지입니다. SF의 현황 그리고 한국 창작 SF문학을 놓고 봤을 때의 현황과 특성이 무엇인지, 문제가 있다면 또 뭔지, 그 다음에 한국 창작 SF의 발전 방안은 무엇인지가 그것입니다. 브레인스토밍이 될 수도 있고 토의가 될 수도 있을 텐데 이런 주제들에 관해서 말씀해주시면 좋을 거 같습니다.

의례적인 말씀부터 드리겠습니다. 저는 포항에서 올라왔고요, 멀리서 와서 서대문에서 이런 귀한 자리를 갖게 됐습니다.

SF 하면 아주 유명하신 다섯 분 선생님을 오늘 모셨는데요. 고장원 선생님, 전홍식 선생님, 김창규 선생님, 원종우 선생님, 그리고 박상준 선생님께서 오셨습니다. 이 자리 자체가, 좌담 전에도 잠시 말이 나왔듯이 한국 SF 역사에 남을 만한 모임이 될 거 같아요. 이 다섯 분이 같은 자리에 모여주신 것만으로도 의미 있는 그런 시간이 아닐까 생각합니다.

저는 아태 과학문화위원직을 맡고 있는 포스텍 인문사회학부의 박상준이고요, 10년 전까지만 해도 평범한 SF 애호가이자 독자였다가, 지난 10년 동안 웹진 크로스로드에서 SF 관련한 일을 나름대로 하면서 공부하고 선생님들한테 자극도 받고 그러면서, 오늘 이 자리에서 사회를 보는 이런 발전상을 보이게 되었습니다. 오늘 선생님들 말씀을 들으면서 또 한번 SF에 대해서 많은 걸 배울 수 있기를 기대합니다.

먼저, 선생님들 한 분씩 돌아가면서 편하게 각자 자기소개 겸 최근에 SF 관련해서 하고 계신 일들, 근황이라고 할 수 있겠죠, 이에 대해서 말씀해 주시면 좋을 거 같습니다. 고 선생님부터 해 주시죠.

고장원 안녕하세요. 고장원입니다. SF를 주제로 2015년도에 이런 회의 자리가 있으리라고는 15년 전, 그러니까 21세기에 들어설 무렵에는 생각조차 못해봤던 것 같습니다. 제가 SF를 좋아하기 시작한 건 초등학교 2학년 초로 기억이 되는군요. 당시 아이디어회관에서 펴낸 일본어 중역판 SF들을 읽고서 그야말로 어린 마음에 경이로움을 한껏 느꼈었죠. 어려서부터 책읽기를 좋아했던 편인데 그전까지 읽었던 책의 유형과 SF는 내용과 접근방식에서 큰 차이가 있었거든요.

그 뒤로 어느새 40여 년이 흘렀습니다만, 솔직히 오랫동안 좋아하는 것과 그것을 남달리 관심 있게 연구하는 건 좀 다른 차원 아니겠습니까. 지금 생각해보면 초등학교 2학년 때 제가 지금까지 과학소설을 가까이 두고 읽을 줄은 정말 꿈에도 생각하지 못했겠죠. 현재 저는 『SF가이드 총서』라고 해서 일종의 이 장르문학에 대한 개괄적인 가이드북 시리즈를 작년부터 각 하위 장르 별로 꾸준히 펴내고 있는데요. 전에도 『SF의 법칙』이나 『세계과학소설사』를 출간한 바 있지만 아쉬운 점이 많았습니다. 전자는 무엇보다 출판사의 요구에 맞추다 보니 90여 쪽밖에 되지 않아 이 장르문학의 특성을 온전히 전달하는 데 아무래도 무리가 있고, 후자는 과학소설의 개괄적인 역사를 고대 동서양의 원형에서까지 찾아보자는 취지는 좋았더라도 너무 처음부터 기를 썼는지 결국 1950년 미국에서 끝나버리고 말아 정작 독자들이 제일 기대했던 20세기 후반부터 현재까지의 발전양상을 다루지 못하는 아쉬움이 컸습니다.

해서 최근 펴내고 있는 『SF가이드 총서』들은 이러한 시행착오에 대한 나름의 보완작업이라 할 수 있습니다. 매권마다 SF의 하위 장르를 중점적으로 다루는 각론 형식을 취하고 있지만 이것들은 『세계과학소설사』에서 다루지 못한 틈새들을 메우는 역할을 하고 있기 때문이죠. 대신 『SF가이드 총서』들은 일반출판사가 아니라 제가 개인출판 형태로 POD (Print on Demand) 전문 온라인서점 부크크를 통해 유통하고 있습니다. 현실적으로 SF의 상업출판에 큰 비중을 두지 않는 우리나라 출판계 현실에서 과학소설도 아니고 이 장르문학 전반을 이해하는 데 도움을 주는 인문학적 교양서를 한두 권도 아니고 시리즈로 일반출판유통시스템을 통해 펴낸다는 것은 난망한 일이니까요. 해외의 경우를 봐도 SF 평론집이나 SF의 전반적인 정보를 소개하는 책들(역사서, 개론서)은 주로 대학출판부에서 출간하고 있습니다.

평소 과학소설들에 공통적으로 배어있는 규칙성과 일관된 특성 그리고 그러한 성질이 발전해온 역사 등에 관해 지속적인 평론활동을 해오긴 했지만, 『SF가이드 총서』의 경우 기획의 출발점은 처음에 무척 단순했다 볼 수 있습니다. 무엇보다 우리나라에서는 과학소설에 관해 이런저런 자료나 정보를 얻고 싶어도 거의 없다는 점에서 시작한 거니까요. 독자층은 점차 늘고 있긴 하나 다른 한편으로는 과학소설이 선뜻 입문하기 만만한 문학 장르가 아니라는 선입관이 있는 게 사실이잖습니까. 제 바람이 있다면 『SF가이드 총서』가 새로운 독자들에게는 낯선 문지방을 넘어오기 쉽도록 그리고 기존 독자들에게는 이 장르문학의 세계를 짜임새 있게 이해할 수 있도록 도움을 주는 것입니다.

약간 다른 얘기지만 엄밀히 말해 이번 가이드총서의 토대가 되는 원고들은 이번에 처음 쓴 것이 아니라 실은 10여 년 전에 초안이 완성되어 있었다고 봐도 과언이 아닙니다. 그렇지 않았다면 불과 1년 사이에 연달아 7권을 내놓을 수는 없었겠지요. 하지만 POD 출판방식이 도입되기 전까지는 일반출판사들이 보기에 상업성이 별로 없다고 판단되는 과학소설 개론서 내지 정보교양서를 한두 권도 아니고 각론으로 나눠 종이책으로 낸다는 것은 상상할 수 없는 일이었습니다. 그나마 관심을 보인 일부 출판사들은 제 가이드총서의 전반적인 내용 가운데 당장 써먹으면 좋을 법한 몇 가지만 발췌하듯 요약집을 만들려 들어서 오히려 제 쪽에서 고사했고요.『SF의 법칙』같은 팸플릿 책자만 자꾸 펴내서 국내독자들에게 무슨 보탬이 되겠습니까. 결과적으로 과학기술의 발달이 제 과학소설 가이드북의 출간이 현실화되는 것을 도왔다고나 할까요. (웃음)

　개인적으로는 총서 발행규모는 약 20권 내외를 예상합니다. 과학소설이 관심을 갖고 다루는 거의 모든 분야들을 제 능력껏 힘닿는 대로 정리해 독자들에게 소개하고 싶거든요. 이중 10권 정도는 이미 초고가 완성된 거나 마찬가지인데 그 중 7권이 책으로 나온 상태입니다. 나머지 10권은 아직 50% 내외 밖에 정리되어 있지 않아 앞으로 죽기 전까지 쓰면 되지 않을까 그렇게 생각하고 있어요. 만약 이렇게 총서가 완성된다면 아직까지 영미권을 포함해 어느 나라에서도 한 사람이 이런 시도를 한 일이 없는 것 같아 제 개인에게도 의미가 있겠지만 우리나라 독자들이 '아, 그렇지. 고장원이가 적어도 우리나라 SF에 이러이러한 도움은 줬어!' 하고 조금이라도 기억해주신다면 더 바랄 나위가 없겠습니다.

박상준(POSTECH) 네. 전 선생님?

전홍식 안녕하세요. SF&판타지 도서관 관장 전홍식 입니다. 관장이라고 하지만 직업이 아니라 취미로 하고 있습니다. 저 같은 경우에는 SF

처음부터 좋아했다기보다는 90년대 후반기에 주로 스타워즈 같은 작품을 보면서 영화를 보면서 자란 경우라 그쪽에 많이 취미를 가졌었어요. 어렸을 때 아이디어 문고 같은 SF를 보면서 자라나긴 했지만, SF라고 인식하고 시작한 건 스타워즈부터라고 할 수 있죠.

좋아하는 뭔가를 가지고 모임을 만들고 이것저것 하다가 도서관을 만들어 보자고 해서 시작했는데, 어찌하다보니 지금까지 7년 간 꾸려오고 있습니다. 많은 분들이 도와주시고 신경 써주신 덕분이죠. 일단 앞으로 10년까지는 갈 것 같습니다.

개인적으로는, 고장원 선생님께서 가이드북 같은 걸 내셨지만, 저도 개인적으로 일반 독자들을 위한 SF 책 같은 걸 하나 쓰고 있어요. 출판사의 의뢰로 판타지 쪽의 책을 하나 완성했기에 이번엔 SF다! 이런 상황이죠. 한편 작년에 과학관과 함께 『원더랜드』라는 책을 냈는데, 요번에 『원더랜드』 2호라고 할 만한 책을 2014 SF어워드 작품과 신작을 섞어서 내려고 준비 중입니다. 저 역시 일본 단편을 번역해서 참여할 예정이죠.

올해엔 일본 SF대회 쪽에 참여해서 한국 SF 작품을 좀 소개했습니다. 김보영 선생님이나 복거일 선생님 작품이 미국에 번역되어 소개되긴 했지만, 한국 작품 중에서 외국에 나간 사례가 거의 없습니다. 일본 쪽에서는 한국 SF 작품에 관심은 있었는데 한 번도 접한 적이 없기 때문에 여러 가지 재미있는 반응이 있었다고 생각해요. 내년에도 역시 같은 방식으로 참여해서 조금은 그때는 기록을 남겨볼 생각이고요.

이번엔 앞에 계시는 김창규 선생님의 「업데이트」나 한국 최초의 창작 SF인 「K박사의 연구」를 번역해서 가져가 소개했는데, 다음에는 가능하면 상업적인 형태로 소개하면 좋겠습니다.

박상준(POSTECH) 아, 직접 번역하신 거군요, 선생님께서?

전홍식 저는 기획만 했고 소설 번역하신 분은 따로 계십니다. 감수는 일본의 평론가 분이 해주셨죠. 아무래도 소설까지는 번역을 못하겠어서요.

(일동 웃음)

박상준(POSTECH) SF를 해외에 알리는 일까지 해 주시는군요.

전홍식 네. 일본 시장은 한국보다 크고 안정적이면서도 우리나라와 비슷한 면이 많으니까 가능성이 꽤 있다고 생각해요. 김창규 선생님의 「업데이트」에 대한 평을 많이 들은 것은 아니었지만, 젊은 파워가 느껴진다, 재밌다라고 하시는데, 이러한 호평이 이어져서 일본에서 번역되어 출판되면 좋을 것 같습니다.

박상준(POSTECH) 네. 이제 신예 SF 작가께서, (웃음) 칭찬도 받으셨는데 ......

박상준(서울SF아카이브) 젊은 작가는 아니지 않나 중견 작가지 ......

전홍식 일본 쪽에선 비교적 젊다고, 아니 새롭다고 할 수 있겠죠. (웃음)

김창규 나이를 조작해야겠네요. 저는 SF 창작도 하고 번역도 하는 김창규라고 합니다. 고장원 선생님께서 SF를 접한 계기를 말씀하셨죠. 저도 그 질문 항목을 봤는데요. 저는 초등학교 때 일본 사람이 썼던 『1999년, 노스트라다무스의 대 예언』을 봤던 게 첫 계기라고 할 수 있을 것 같아요.

일동 (웃음) 저자가 고도 벤이죠.

김창규 대륙간 탄도미사일의 영어 약자도 그 책에서 처음 알았고요 (웃음). 그 책과 아이디어회관에서 출간한 SF를 같이 봤어요. 그랬는데 제가 많지 않은 국내 SF 작가 가운데 한 명이라니…… 창작은 계속 하고 있고, 그 일환으로 내년에 단편집도 낼 계획인데요. 그 외에 번역일을 하다보면 출판사 요청으로 외국SF를 추천해달라는 얘길 많이 들어요. 그 결과 느낀 점은, 영미권이라고 대단한 이야기를 쓰는 건 아니에요. 첨단 과학과 경쟁을 하는 소수 작가를 빼면, 하드SF를 그리 많이 쓰지 않아요. 새로 나올 번역서들을 통해서 영미권 SF도 수준에서는 크게 차이가 없다는 걸 독자들이 알게 되면, 그걸 알려드리면 국내 창작 SF에 대한 관심도 더 커질 거라고 생각해요.

고장원 저도 김창규 작가 말씀에 동의합니다. 종종 국내 창작 SF를 상대적으로 낮춰보는 시선이 커뮤니티 일각에서 여전히 발견되지 않는 것은 아니지만, 제가 보기에 오늘날 우리나라 창작과학소설은 작품의 완성도와 시대정신 측면에서 거의 영미권과 어깨를 나란히 한다고 생각합니다. 구체적인 시대적 하한선을 잡으면 (몇몇 예외가 되는 걸출한 작가들이 그보다 앞서 출현했기에 일반화하려는 의도는 아니지만) 적어도 김창규 작가를 포함해서 과학기술창작문예로 국내작가들이 대거 등단한 2004~2006년부터는 대체로 그런 기준을 적용할 수 있다고 봅니다. 그때부터는 영미권이나 우리나 동시대를 같이 가는 거죠. 다만 하드SF 영역에서는 아직 우리가 고민이 더 필요한 실정입니다.

박상준(POSTECH) 네 좋습니다. 원종우 선생님.

원종우 네, 저는 '과학과사람들'이라는 회사를 운영하고 있고 '과학하고 앉아있네'라는 팟캐스트를 하고 있는 원종우라고 하고요. 여기 계신 초덕후 분들에 비하면 저는 일반 독자에 가까울 겁니다. 초등학교 때부터 어린이 문고판으로 나온 로봇 시리즈부터 시작해서 SF는 좋아했고요, 몇 년 전에는 SF관련된 강연과 포럼에 참석했는데 그게 인연이 되어서 아시아태평양이론물리센터 하고도 연관이 됐고 소백산천문대 워크샵에 가서 『딴지일보』에 썼던 SF 다큐멘터리를 빙자한 태양기 연대기 이야기를 하기도 했죠. 그리고 이후에는 국립과천과학관의 SF 2014, SF 2015 행사를 기획하고 만드는데 많이 관여했고요.

저는 여기 계신 분들의 지식과 경험을 존중하면서 대중적 접근이라든가 상업적인 측면이라든가 이런 쪽, 오래 전 제 문화운동 경험을 바탕으로 이야기를 해보고 싶습니다.

박상준(POSTECH) 고맙습니다. 박 대표님.

박상준(서울SF아카이브) 서울SF아카이브의 박상준입니다. 사회를 보고 계시는 포항공대의 박상준 선생님과 동명이인이어서 (일동 웃음) 우리나라의 많지 않은 SF 관련 인사분들 사이에서 혼돈을 야기한 장본인 중에 하나입니다.

박상준(POSTECH) 제가 후발 주자인데, 제가 죄송하지요.

박상준(서울SF아카이브) 어렸을 때부터 SF를 읽었던 건 여러분과 마찬가지입니다. 저는 91년도부터 SF쪽 일을 기획 번역가로 시작을 했습니다. 올해로 25년째 된 것 같네요. 그렇게 주로 출판 쪽에서 일을 했고요. '판타스틱'이라는, SF와 판타지를 포함한 여러 장르를 다루는 월간지의 창간편집장을 맡기도 했었고, 웅진 출판사에서 만든 SF 전문 출판 브랜드인 '오멜라스'의 대표도 3년 정도 했습니다. 지금은 개인 사무실 타이틀인 서울SF아카이브의 대표로 활동하면서 출판 쪽 일은 거의 안하고 주로 짧은 칼럼을 쓰거나 이곳저곳에서 SF에 대한 강연이나 기획, 자문 등 여러 가지 일을 합니다.

사실은 90년대에 제가 처음 활동할 때부터 느꼈던 것이 지금도 계속 지속되는 게 뭐가 있냐면, SF가 Science Fiction이다 보니까 문학 쪽 뿐만 아니라 교양 과학 쪽에서도 저를 찾는 수요가 꽤 있더라고요. 그래서 SF에서 소설을 뺀 교양과학 분야도 여태까지 어느 정도 맡아왔던 부분이기도 합니다. 여기서 마치겠습니다.

박상준(POSTECH) 손 선생님께서도 한 말씀 하시죠.

손승우 저는 SF와 연관이 있는 사람은 아닌 거 같고요, 오늘 이 자리에서는 제가 APCTP 과학문화위원으로 한 번도 좌담회를 참석해 본 적이 없는데, 어떤 식으로 이루어지는지 또 선생님들이 하셨던 생각 같은 거 같이 자리에 참가해서 직접 듣는 것만으로도 영광으로 생각하고 목적을~

고장원 질문 하나.

손승우 네.

고장원 SF소설을 읽으신 적이 있나요?

손승우 있죠.

고장원 제일 재미있게 읽으신 작품이 뭐였나요?

손승우 제가 제목이 기억이 잘 나진 않는데 아시모프의 그 작품들을 모아 놓은 책이 있었어요.

고장원 단편집이요?

손승우 네. 그래서 그걸 쭉 읽으면서 굉장히 좋아했었고 그리고 제가 고등학교 때 그것도 제목이 기억이 잘 안 나서 죄송합니다. 시간이 없음에도 그 3권짜리로 돼있는 책이었는데 우리나라 작가가 썼고 핵전쟁 이후에 이런 굉장히 비극적인 상황이 …… 이런 걸 다루는 작품이었는데 제가 굉장히 탐독했었던 기억이 있습니다. SF는 요즘엔 영화만 보고 책을 안 읽긴 하지만 이제 크로스로드나 APCTP 과학문화위원으로 활동을 하면서 관심을 갖고 생각을 하고 있습니다.

박상준(POSTECH) 네 고맙습니다. 이론물리학자시지만 SF 관련해서는 평범한 독자의 한 분이다 이렇게 생각하시고 말씀해주셔도 좋습니다.

고장원 제 친한 친구 중에 수학과 교수가 한 명 있어요. 제가 그 친구한테 허구한 날 논문만 쓰지 말고 수학을 모태로 한 교양서를 한번 써보면 어떻겠냐고 종종 권하곤 하죠. 영미권에는 수학을 포함해서 과학의 각 분야에 관한 책을 전문가들이 대중과 공유하기 위해 알게 쉽고 재미있게 쓰는 경우가 많지 않습니까? 그렇게 하는 것이 단지 개인적인 기호나 취미가 아니라 학문하는 사람이 사회에 기여할 수 있는 길 중 하나라고 생각합니다. 과학 분야에 국가예산을 투자받고 국민의 존중을 받고자 한다면 응당 국민이 그렇게 생각할 수 있도록 학자들 입장에서도 소통하는 것이 중요하지 않겠습니까? 맨날 기초과학이 중요하다고 학계에서 떠들어대지만 국민이 체감하는 절실함이나 눈높이와는 아무래도 거리가 있는 것이 현실이니까요.

예전에 남순건 교수님의 『스트링 코스모스』라는 과학교양서를 읽은 적이 있는데요. 당시 읽으면서 '아, 이런 책이 계속해서 나왔으면 좋겠는데 어째서 우리나라의 자연과학자들은 대중을 상대로 소통하는 책을 쓰지 않을까?' 하는 아쉬움이 있었습니다. 앞으로 우리나라가 과학강국이 되기 위해서는 응용과학은 물론이고 기초과학 관련 예산을 많이 확보해야 하잖습니까. 그런데 정부나 국회가 이 부문에 얼마나 전문성을 갖고 예산을 제때 알맞게 배정하는지 잘 모르겠습니다. 비근한 예로 2010~2021년까지 진행되는 한국형 발사체(로켓) 개발 사업 예산 1조 9,572억 원도 몇 차례 예산 축소와 진통 끝에 간신히 마련됐지 않습니까. 저는 이렇게 과학관련 예산이 일관성이나 뚜렷한 목표 없이 외풍에 시달리는 가장 큰 원인이 국민의 폭넓은 이해와 지지를 받지 못하고 있기 때문이라고 봅니다. 한마디로 '그들만의 리그'로만 비춰지는 거지요. 상황이 이러하니 과학계는 예산을 타내려면 로비 아닌 로비를 의식하지 않을 수 없게 됩니다. 이와 대조적으로 미국의 미항공우주국과 전미과학재단을 보세요. 뭐 그리 대단한 발견을 한 것도 아닌데 세상이 떠나갈 것처럼 시시콜콜 홍보해대는 미항공주국과 중력파 검출성공 결과를 공식브리핑 한 전미과학재단에게서 발견되는 공통적인 태도는 국민을 향한 자세입니다. 두 기관 다 이번 발견(혹은 사업)이 국가와 사회에 어떤 의미가 있는지 공유하는 가운데 그러한 예산을 확보할 수 있게 성원해준 국민에게 감사의 말을 아끼지 않습니다. 아울러 이러한 예산을 확보하는데 과학계의 명망 있는 인사들이 앞장서곤 하지요.

저는 우리나라의 과학자들도 미국의 과학자들처럼 흥미로운 과학소설을 써달라고까지 조르고 싶지는 않지만 적어도 유익한 과학교양서들은 많이 펴내서 국민대중과 소통하는 모습을 적극 보여주었으면 하는 바람을 갖고 있습니다. 그렇게 해서 국민들이 사랑하고 좋아하는 과학자들이 스포츠 스타나 인기 연예인 마냥 많이 늘어나길 바랍니다. 우리나라에도 칼 세이건이나 프리먼 다이슨 같이 대중적 영향력을 지닌 과학자들이 늘어나길 바랍니다. 국가 예산의 할당에는 명분이 필요합니다. 그러한 명분이 국민을 지지를 바탕으로 한다면 과학계가 국회나 정부를 대상으로 원하는 사업을 어필하는데 장기적으로 큰 도움이 되리라고 봅니다. 좀 장황하게 말씀드렸는데, 핵심은 이겁니다. 국민대중과 과학계가 소통하는 일차적인 단계는 대중적인 과학교양서를 많이 써서 일단 과학자 한명 한명이 사람들에게 널리 알려지는 것입니다. 수고스럽다 생각지만 마시고 국가사회의 미래를 위해 과학자 분들이 이 제언을 진지하게 받아들여주셨으면 좋겠습니다.

박상준(POSTECH) 네, SF 발전방안 관련한 내용으로 끌어올 수 있는 말씀이네요.

고장원 충분히 연관될 수 있는 맥락이지요.

박상준(POSTECH) 그럼요.

고장원 무엇보다 인문학에 배경을 둔 작가와 평론가 그리고 학자들은 개인차는 있겠지만 전반적으로 과학에 문외한이잖아요. 그래서 기울어진 추를 보정하기 위해 과학교양서를 집어 들어야 하는데 현실적으로 고를 수 있는 대안들은 십중팔구 해외 저자들이 쓴 번역서잖습니까. 하지만 아무래도 번역서는 우리 피부에 착착 와 닿는 이야기를 우리 입장에서 해주지 못한다는 한계가 있습니다. 만약 우리나라 과학자가 쓴 과학교양서가 풍부하다면 이런 문제는 금방 해결되겠죠. 예를 들어 앞서 말씀드린 남순건 교수님의 『스트링 코스모스』를 보면 우리나라 과학계의 양자역학 연구 진척 상황도 알 수 있습니다. 우리나라의 SF 작가가 우리나라 독자를 대상으로 과학소설을 쓰면서 국내 양자역학 연구 현황이나 제반시설에 대한 지식이 없다면 얼마나 사상누각 위에 집을 짓는 것이겠습니까.

박상준(POSTECH) 우리가 지금 과학 문화 이야기보다는 SF를 이야기해야 되는데요. (일동 웃음)

전홍식 사실 관련이 있다고도 생각해요. 작년인가 칼 세이건의 과학 다큐멘터리 〈코스모스〉가 다시 만들어져서 오바마 대통령이 직접 선전하는 일이 있었어요. 한국 쪽 선전에선 배명훈 씨도 SF 작가로 소개되어 나왔던 것으로 기억하죠. 이렇게 〈코스모스〉는 미국에서도 많은 영향을 준 작품인데, SF에서 가지는 위치도 상당히 높더라고요. 그걸 통해서 많은 사람들이 우주에 대해 관심을 갖고 우주 관련 SF 작품도 활성화될 수 있었으니까요.

한국에서 SF를 본다고 이야기하면 대부분의 어르신들은 '그런 황당무계한 걸 왜 보느냐'라고 하시기 때문에 과학 쪽으로 접근하는 것도 괜찮다고 생각합니다.

이를테면 〈코스모스〉에서는 '만약 목성에 생명체가 살고 있다면 어떤 모습일까?'라는 내용이 나오는데, 이런 이야기를 시작하면서 SF에 대해 풀어나가도 좋겠죠.

박상준(POSTECH) 네, 선생님들 아까 근황을 설명해 주신 거 자체가 잘 섞어 놓으면 현대 SF의 현황을 어느 정도 말해주는 그런 걸로 생각이 되는데, 지금 이론물리학자가 한 분 계시니까 두 분 선생님께서 일종의 바람이라면 바람, 한국 SF가 발전하기 위해 필요한 것까지 언급해 주셨어요. 꼭 순서가 있는 건 아니지만 이제는, 우리가 근황을 통해서 독자들이 재구성해볼 수 있는 그런 현황이 아니라 2015년 현재 시점에서 한국 창작 SF가 어떤 상황에 있는지를 이야기하면 좋겠습니다. 조금 넓혀서는 한국 사회의 문화 일반에서 SF가 어떻게 소비되고 수입되고 향유되는지, 약간 좁혀서는 문학 분야에 있어서 한국 SF문학의 상황이 어떤지, 좀 더 초점을 맞춰서 보자면 한국 창작 SF는 지금 어떤 상황에 있는지, 그런 이야기들을 좀 더 풍성하게 해주시면 독자들이 나중에 이해하는 데 도움이 될 거 같습니다. 자유롭게 말씀들을 해 주시지요. 작품을 쓰시기도 하고 출판도 하시는 입장에서 김 선생님께서 말씀을 해주시지요.

김창규 SF문학의 현재 처지는, 창작 위주로 말씀드리면요. SF자체가 융성했던 나라는 미국하고 영국 정도일 텐데요. 반면에 우리나라는 자생적으로 만든 SF가 거의 없었던 지라, 누적된 작품도 없었죠. 하지만 외서가 소개되고 그걸 읽던 독자들이, 나이를 먹으면서 쓰기도 하고, 출판사 편집장이 되기도 하고, 기획도 하게 됐어요. 하지만 국내 SF문학 얘기를 하려면 결국 주류문학과 연계지어 얘기를 안 할 수가 없거든요. 앞서 얘기한 대로 자생적 SF문화가 적다보니, 주류 문학에 친화성을 가진 형태로 쓸 것인지, 과학과 기술의 비중이 더 큰, 굳이 말을 만들자면 정통 SF로 쓸 것인지 갈등을 안 할 수가 없어요. 그 결과 일부 SF 팬덤에서는 주류문학 친화적인 작품을 쓰는 작가를 배신자라고 부르는 경우도 있었죠. 그런데 SF를 쓰는 입장에서 보면, 작가가 하고자 하는 이야기를 잘 표현하면 그걸로 끝이지 배신자라는 말 자체가 성립이 안 된다고 생각해요. 하지만 그런 단어가 SNS에서 통용되고, 공감을 하는 사람들도 있다는 게 국내에서 SF창작을 하는 사람들의 묘한 위치, 어디에도 속하지 못하는 위치를 잘 보여주고 있다고 봅니다. 그리고 이런 현상은, SF를 소비해주는 독자층이 자리 잡았다면 생기지 않았을 거라고 보고요. 배신이라는 단어에는 약간의 질투심이 있을지도 모르거든요.

박상준(POSTECH) 좋습니다. 이건 좁은 분야고, 이제 이야기의 폭을 넓혀 보겠습니다. 원종우 선생님께서, 아주 넓은 의미에서 한국문화 또는 대중문화 일반에서 SF가 어떻게 소비되고 향유되는지 말씀해 주시면 좋겠습니다.

원종우 저의 부족한 전문성으로 인해서 오히려 얘기할 수 있는 부분이 아닐까 싶은데요. 제가 90년대 잠깐 있던 인디뮤직 씬 관련해서 말씀드리죠. 제가 음악 덕후였습니다. 그리고 이후에 밴드를 하면서 밴드 음악이 자생할 수 있는 구조를 만들어야겠다. 당시만 해도 음반 한번 만들 때 돈이 많이 드는데 제작자들은 철저하게 장사꾼인 상황이라 장르적인 다양성은 아예 생각조차 할 수 없던 때거든요. 그래서 우리가 스스로 합리적인 구조를 만들자고 해서 시작을 했습니다. 그때 나왔던 문제의식이나 한계, 우리나라의 많은 분야가 그렇지만, SF도 똑같은 것을 안고 있다는 생각이 들어요. 한정된 시장과 많지 않은 작가들 등, 한마디로 관런된 사람 자체가 굉장히 적어요. 그래서 이게 내부에서 바깥으로 확장할 수 있는 기회라던가 그런 것들이 주어지지 않은 상황이거든요. 1996, 97년 이때 인디뮤직의 상황은 홍대 앞에 클럽을 필두로 인터스텔라 이후 최근의 과학 붐과 비슷했습니다. 그때 언론에서 인디뮤직 운동 자체를 굉장히 중요한 문화로 생각하고 서포트를 많이 해줬죠.

그럼에도 불구하고 실패했고 그래서 몇몇 스타 밴드들만 살아남고 20년이 지난 지금까지도 씬이 제대로 정착이 안 되어 있는 상태입니다. 다시 말해서 밴드들이 생존이 담보가 안 된다. 먹고 살 수가 없다. 그 상태가 계속 똑같이 이어지는 거죠, 왜 실패했나. 굉장히 많은 이유가 있긴 한데, 그 중 하나는 대중성을 찾지 못하고 심지어 대중적인 포인트가 있는 것들조차 대중들에게 연결하는데 실패하고 산업화를 못했다는 거였어요. 산업화를 못한 상황에서는 어떤 명분을 가져도, 어떤 의의를 가져도 한계가 명확한 거죠. 그런데 산업화를 얘기를 하면 그게 나쁜 의미에서의 상업화라고 생각을 하는 사람들도 있었고, 그래서 내부의 문제들이 생기기도 하면서 얼마 안 되서 흐지부지 됐죠. 제가 SF를 조금 쓰기도 하지만 오히려 지금 과학 쪽이 SF보다 대중과 연결고리가 더 많다는 생각이 들거든요. 당연히 SF가 더 대중적이어야 할 것 같은데 말입니다. 그래서 SF 대중화, 산업화에 대해서 조금 개방적인 이야기가 필요한 시점이 오지 않았나 생각이 듭니다.

박상준(POSTECH) 오늘이 그런 날이 될 수 있으면 좋을 것 같습니다. 계속들 편하게 말씀해 주시죠.

박상준(서울SF아카이브) 네. 먼저 원종우 선생님의 아주 흥미로운 그쪽 동네 케이스랄까? 이야기 들으면서 계속 SF계의 상황을 떠올리게 됩니다. 따지고 보면 우리나라에서도 산업 내지 상업화 된 SF 출판 시장은 이전부터 존재를 했죠. 베르베르와 마이클 크라이튼이 그렇게 많이 팔리니까, 독자들이 다른 SF 작가들 책도 찾을 것이라고 기대를 했지만 사실은 베르베르와 크라이튼의 다른 작품들만 찾아 읽었죠. 다른 SF 작가를 읽는 게 아니라……

그런데 뭐 우리끼리, 여기서 우리끼리라고 얘기하긴 조금 그렇지만, 김창규 작가가 표현한 이른바 전통적인 SF 팬들 입장에서 봤을 때는 베르베르의 작품들이 『개미』 이후의 작품들은 다 SF 팬 입장에서 봤을 때는 쉽게 말하면 성에 안 찬다는 거거든요. 그러니까 SF에 관심 없는 일반 독자들이 보면 굉장히 재밌고 읽을 만한 작품들인데, SF에 익숙한 독자들이 봤을 때는 뭔가 좀 눈높이가 낮달까? 이건 꼭 폄하하자는 의미가 아니라 이미 모든 진입장벽을 많이 건너온 사람의 입장에서 봤을 때에는 태권도 검은 띠를 딴 사람이 태극1장을 다시 배우지는 않잖아요. 옛날에 다 배우고 올라와가지고. 아무튼 장르의 규칙이라든가 문법에 이미 아주 익숙해진 사람들의 입장에서 봤을 때, 베르베르나 이런 사람들 작품들을 읽기에는 좀 뭔가 연결이 안 됐던 건지, 그런데 사실은 원종우 선생님 말씀하신대로 SF의 저변을 넓히고 산업화의 어떤 부정적인 영향을 걱정하는 것은 조금 나중 일이고 일단은 파이 자체를 키워놓고 나서 걱정은 그때 가서 해도 되는데 파이를 키우려는 노력에 대해서도 사실은 우리 한국 SF 창작 역량에 그다지 신경을 안 썼던 거 같고요. 그리고 사실 저는 한국에서 결정적으로, 감히 말하건대 영미 SF문학계에서 아시모프나 클라크 같은 또는 하인라인 같은 뭔가 스토리텔링으로 일반 독자들이 SF에 진입할 수 있는 장벽을 확 낮춰주면서 확 끌어올 수 있는 그런 뛰어난 역량의 작가가 나오지 않았던 것도 굉장히 큰 문제였던 것 같아요.

90년대 초만 하더라도 우리나라에서 정말 얼마 안 되는 SF문학 독자들이 그래도 판타지 독자들한테서는 좀 부러움의 대상이었던 적이 있어요. 지금으로써는 상상이 안 가죠.

SF는 그래도 동호임 모임도 하고 그러는데 한국의 판타지라는 거는 뭐 이런 장르가 있는지 조차 잘 모를 정도로 그랬던 게, 갑자기 국내외에서 동시다발적으로 판타지 시장이 확 커지는 계기들이 일어났던 거고. 국내에서는 이영도 작가의 『드래곤라자』를 포함한 국내 창작 판타지들이 일단 온라인 연재와 동시에 단행본 출판이 되면서 독자 시장이 갑자기 확 커졌고 또 판타지의 대표적인 서브장르 중 하나라고 할 수 있는 호러에서 이우혁 작가의 퇴마록이 나오고, 동시에 외국에서 반지의 제왕 시리즈, 그 다음에서 해리포터 이 두 작품이 영화화가 되면서 한국에서 갑자기 판타지 시장이 확 컸죠. 근데 사실 판타지는 SF에 비하면 일반 독자들의 진입장벽이 많이 낮잖아요? 판타지를 읽기 위해서 우리가 최소한의 교양과학 지식을 쌓을 필요도 없거든요. 읽어서 재밌으면 찾아보는 거지. 그래서 우리가 유념해야 될 것은 사실 영미권이나 일본같이 SF가 어느 정노 시장으로서 정착한 나라들에서 조차도 사실 SF는 메이저가 아니라는 거죠. 마이너예요.

그래서 한국의 창작 SF 스타 작가가 누가 나왔으면 그래도 좀 도움이 되지 않았을까 생각이 드는데, 우리나라 최초의 PC통신 연재소설도 사실은 SF여서 이성수 작가의 『아틀란티스 광시곡』이라던가 이런 게 있었지만 그냥 그게 화제성이었지 작품 가지고 그렇게 사람들한테 회자가 되지는 않거든요.

조금 더 역사를 거슬러 올라가면 우리나라에 과학 소설이라고 하는 것이 서양에서 태동을 해가지고 동아시아에 유입된 시기나 이런 것들을 봐도 중국이나 일본에 비해서 딱히 우리나라가 많이 뒤쳐지지는 않았단 말예요. 이미 쥘 베른의 해저이만리가 '해저여행기담'이라는 제목으로 한국어로 번역된 게 1907년 그리고 일제시대의 '철세계'라던가 '비행선'이라던가 비록 작품 수는 많진 않아도 과학소설이라는 타이틀도 국내에 소개가 됐었고 그리고 그 시기에 국내 작가들의 어떤 창작 시도도 분명히 있었고, 전 아까 전 관장님이 한국 SF문학을 소개하는 책자를 일본 SF 대회에 가서 나눠주신 것에 대해서 굉장히 뿌듯하게 생각을 하는데, 한편으로는 한국 최초 창작 SF로 책자에 수록이 된 김동인의 「K박사의 연구」가 사실 아직까지도 저는 이게 정말 최초는 아닐 거라고 마음 한 구석에서 기대하는 그런 게 있어요. 그보다 먼저 나온 창작 SF가 있을 것이다.

일본이나 중국은 이미 19세기 말부터 창작 SF가 나왔거든요. 그런 영향관계를 따져 봐도 김동인보다는 먼저 어딘가에서 누군가 창작을 하지 않았을까 해서 저는 지금도 그런 자료가 없는지 계속 찾아보고 있는 것이죠.

그랬는데, 일제식민지, 그리고 그 다음에 채 5년 지나서 한국전쟁 겪고 그리고 나서 분단체제 하에서 남쪽에서는 군사독재 체재가 계속 되다 보니까 뭐 이것도 옛날부터 SF계에서 많이들 했던 얘기지만 이 리얼리즘 문학이 문화 예술계 쪽에서 담론의 주도권을 잡을 수밖에 없는 그런 분위기에서 SF라고 하는 장르에 대한 인식이 잘 안 되어 있다 보니까 뭔가 허황되고 뜬구름 잡고 현실에 발 붙지 않은 것 같은 장르의 문학으로 알려져서 90년대까지도 한국의 문화예술계나 출판계 문학계에서 진지한 관심을 끌어오기가 참 쉽지 않았죠. 그래서 저는 그나마 처음은 아니지만 지나고 보면 결국 SF장르에 대해서 진지한 관심을 끌어내는데 그래도 어느 정도 한국 최초로 성공했던 사람이 복거일 작가라고 봅니다. 87년에 『비명을 찾아서』를 냈을 때 우리나라 문학계에서 엄청 센세이션을 일으켰죠.

그 비명을 찾아서 앞에 서문을 보면 복거일 작가가 분명히 밝혀놓고 있습니다. 서양 SF문학에서는 하위 장르인 대체역사 이야기이고 내가 이 작품을 쓰면서 주요하게 참고했던 작품이 '필립 딕'의 『높은 성의 사나이』 등등의 대체역사 소설들이라고. 그러고서는 몇 년 뒤에 일간지에 본격적인 창작 대하 SF소설인 『역사 속의 나그네』도 연재를 하고 그래서, 복거일 작가가 어떻게 보면 80년대 말에 등장해서 90년대에 거의 혼자서 나름 이룩했다고 볼 수 있는데 그거에 어느 정도 보조를 맞춰서 다른 작가들이 같이 좀 SF를 창작했으면 좋았을 텐데, 그때도 SF라는 장르에 주목해서 작가들이 붙은 게 아니라, 대체역사소설이라는 기법에 주류문학계의 작가들이 좀 관심을 보여 가지고 그 비슷한, 이를 테면 아류작이라고 할 만한 작품들이 나왔었어요. 그래서 주류문학 그리고 일반소설 독자들이 부담 없이 진입장벽을 함께 부드럽게 넘어오면서 스토리텔링과 엔터테이닝으로서 즐길 수 있는 SF시장을 만들겠다는 그런 노력을, 지나고 보니까 우리나라 창작 SF계에서 얼마나 열심히 했었을까. 사실 뭐 몰랐죠 아무것도. 20몇 년 전에 저는 여기 계신 김창규 작가와도 같이 활동을 하고 그랬지만 그땐 진짜 뭐 아무도 우리가 지금 어떤 위치인지 자각이 없었죠. 지나고 나서 지금 생각해보니까 그랬던 거 같다하고 생각을 하는 거지, 그때는 그냥 동호회 활동이었던 거죠. 동호회 활동을 하는 뭐 외국 SF 번역했더니 책 출판해 준다네, 당연히 그래야지. 그런 수준이었죠.

고장원 1960년대 일본이 딱 그랬어요. 그런데 거기서는 양자대면이 이뤄졌단 말이에요.

박상준(서울SF아카이브) 그러니까 일본은 뭐 60년대 SF매거진이 출간이 됐고, 그리고 사실은 옛날 자료를 계속 접하면서 느끼는 건데 일제시대하고 그 19세기 말부터 중국하고 일본은 확실히 한국보다는 좀 뭐랄까 다른 차원이었습니다. SF의 어떤 토대라던가 기반이 될 수 있는 게, 근데 이제 한국이 그거에 비해서는 지금보다는 그래도 조금은 더 따라잡을 수 있는 기회가 없지는 않았던 거 같기는 한데, 지나고 보니까 뭐 간헐적인 운동은 90년대, 2000년대, 2010년대 지금까지도 계속 되고는 있지만 뭔가 이게 좀 커다란 동력이, 커다란 모멘텀이 딱 중간에 박혀있는, 묵직하게 지속이 돼야 하는 이런 움직임을 좀 우리가 계속 살려보지 못한 것 아닌가 그런 생각을 하고 있습니다.

박상준(POSTECH) 지금 우리가 다 인정할 수 있는 것이겠지요. 1990년대 이후로 출판시장이 전체적으로 커졌는데 SF 문화나 문학, 이 비중은 적어졌거든요. 출판시장은 커졌지만 문학 이외의 읽을거리들이 워낙 많아지면서 이제 문학은 위상도 떨어지고 비중이 적어지고 했지요. 그 속에서이니 장르문학이 뭐 의미 있게 발전한 게 사실 아닌 거죠. 주도권을 주고받고는 했어요. 무협이 90년 전후로 아주 크게 융성을 했고, 그 이후로 판타지가 지배적이었으니까요. SF는 좀 기회가 있었던 것도 같은데, 지금 안 되는 거죠. 방금 전에 일본 같은 경우는 양자도약을 했다 이러셨는데, 그 사례 설명도 좋고 그럴 수 있었던 요인이 뭔지를 좀 더 이야기해 보시면, 우리가 지금 이 시점에서 발전하기 위해서 필요한 게 무언지가 분명해질 것 같아요.

고장원 그 이야기를 하기 전에 이제까지 여러분이 말씀하셨던 내용 가운데 사실관계를 일부 손봤으면 합니다. 말씀하신 내용들에서 제가 다르게 이해해온 부분들이 조금씩 있어서요. 그래서 다음 이야기로 넘어가기 전에 여러분의 말씀에 제 개인적인 생각도 조금 더 보태고 싶은 마음이 있습니다. 저는 작금의 우리나라 과학소설 시장에 대해 필요 이상으로 비관론을 가질 필요는 없다고 보며, 다만 향후 발전을 위한 철저한 자기분석은 있어야 한다고 생각해요.

먼저 아까 김창규 작가 말씀 중에 과학소설의 화법을 시장 친화적으로 갈지 아니면 전통적인(?) SF 고유의 화법으로 갈지 고민되는 경우가 많다는 언급이 있었는데요. 이 점에 대해서는 저는 작가라면 두 방향 다 아우를 수 있어야 한다고 봅니다. 시장에서도 살아남고 과학소설답기도 해야 한다는 것은 당위론일 수밖에 없으니까요. 다만 커뮤니티에서 내키는 대로 쏟아져 나오는 말 한 마디 한 마디에, 특히 독설을 낙으로 삼는 일부 사람들의 감정을 긁어대는 날선 태도에 작가가 상처받을 이유도, 그럴 가치도 없다고 말씀드리고 싶습니다. 한두 작품 내고 말 일이 아니라면 작가는 보다 대국적인 관점에서 시장을 봐야 한다고 생각해요. 저 같은 경우는 밥 먹고 살던 분야에서의 오랜 경험이 몸에 밴 탓인지 늘 시장 데이터에 관심을 갖고 있고 이런 맥락에서 보면 과학소설의 오늘과 내일을 바라보는 시각도 별반 다르지 않습니다.

이해를 돕기 위해 한두 가지 지표를 예로 들어볼게요. 미국 아리조나 대학의 마이클 맥컬럼 교수의 집계에 따르면, 서기 2000년경 전세계 영어권의 SF독자 수는 백만 명 선이라고 하더군요. 이 백만 명은 돈을 내고 작품을 구입하는 유료 독자들이 그만큼 된다는 뜻입니다. 이미 2000년에. 미국에만 한정해 더 최근 자료를 찾아보면 2014년 성인 과학소설 판매량이 약 414만 권에 달했습니다. 여기에는 청소년 과학소설 판매량은 빠져 있는데 어림잡아 그 7~8배 정도 될 것으로 보입니다. 제가 입수한 자료에서 청소년 부문은 과학소설과 환상소설이 합산되어 있어 정확히 전자의 수치만 산출하기가 어려웠습니다. 2014년 청소년 부문 과학환상소설 총판매량은 약 4천 5백만 권입니다(*Publishers Weekly*, USA, 2015 참조).

박상준(POSTECH) SF가요?

고장원 네. 그 결과 뜻하지 않게 재미를 보는 작가들이 있어요. 그렉 이건 같은 호주 출신이나 뉴질랜드와 말레이시아, 필리핀의 작가들처럼 영어를 모국어 혹은 그에 준하게 사용하는 이들은 이 거대한 시장에 묻어 들어가기가 상대적으로 쉽지요. 그래서 제가 우리 작가들한테 얘기 해주고 싶은 바는 (원래 맨 나중에 말씀드리려 했는데 이왕 말을 꺼냈으니) 바로 국제화 과제예요. 복거일 작가의 「비명을 찾아서」를 보면 주인공이 조 선어를 쓰는 인구가 이렇게 작은 언어권에서 자신이 과연 문학적으로 성공할 수 있겠는지 회의하는 장면이 나와요. 늘 시장 사이즈에게 좌절 하는 우리나라 과학소설 작가들에게도 똑같이 해당되는 문제라고 생각 해요. 영미권 문학에서도 과학소설은 게토라지만 덩치가 상상할 수 없 이 커져버린 게토거든요. 우리는 정말 게토고요.

사실 제가 2010년대 초까지만 해도 한국향 과학소설을 많이 얘기했 어요. 그러니까 '굳이 해외의 과학소설 흉내를 내지 마라'는 식으로 공 개적인 자리에서 주장하곤 했습니다. 하지만 이제 더 이상 그런 얘기를 하지 않게 된지 오래되었습니다. 우리 작가들이 이미 모작 단계를 넘어 서 독자적으로 완숙미가 물씬 풍기는 자기 색깔을 갖게 되었거든요. 그 렇다면 이제 남은 과제는 글로벌한 소설을 쓰는 일이라고 생각합니다. 수백에서 수천 명을 대상으로 쓰는 대신 적어도 백만 명을 잠재독자로 염두에 두고 작품을 쓰는 시대에 돌입해야 한다고 보는 겁니다. 물론 지 금은 백만이 아니라 훨씬 더 커졌겠지만요. 최근 미국의 출판시장을 보 면, 전자책의 대중화로 SF와 판타지소설의 매출액 상당부분이 이 시장 으로 옮겨갔습니다. 그래서 대형출판사와 대형서점 등이 온라인에서 유 통되는 전자책 브랜드들을 만들었는데 과학소설만 펴내는 브랜드들도 생겼어요. 게다가 그런 쪽 매출이 쭉 올라가고 있어 기대를 모으고 있습 니다.

이렇게 해외 출판시장이 급변하고 있는데 우리 작가들이 좁은 토종시장에만 갇혀서 '이거 왜 이리 안 팔리지? 내가 이런 장르소설을 계속 쓰는 게 맞아? 아니면 그냥 주류소설 쓸까?' 이렇게 걱정만 하고 있을 일은 아니라고 봅니다. 물론 영어 번역이란 허들이 있으니까 작가들의 힘만으로 될 일은 아니지요. 대신 오늘 이 자리에 박상준 교수님이 계시니까 이런 말씀도 드리는 건데요. 방금 설명 드린 글로벌 시장변화에 우리 작가들이 순탄하게 적응할 수 있도록 지원해주는 체계적인 백업 시스템이 필요합니다. 시스템이 준비되지 않는데 작가들에게 실질적인 동기부여를 주기는 어렵지 않겠습니까.

그렇다면 현재 우리의 과학소설과 SF콘텐츠는 영미권 시장에서 어느 정도 인식되고 있을까요? 제가 오늘 세미나에 오는 도중 차 안에서 스마트폰으로 검색을 해봤어요. 해외 온라인에는 SF백과사전이라는 방대한 관련 데이터베이스가 항시 제공되고 있습니다. 여러 필진이 각 항목마다 글을 쓰고 영국의 유명한 SF 평론가 존 클루트와 피터 니콜스가 공동 주관해서 관리하는 식이죠. 원래는 종이책으로 나왔는데 너무 분량이 두꺼워지니까 나중에는 온라인에도 개설해서 실시간으로 증보판을 내고 있어요(제가 소장하고 있는 판본만 해도 1,600쪽이 넘어요). 이 백과사전에서 'South Korea'라고 검색하면 얼마나 관련 항목이 나올까요?

딱 세 개 나옵니다. '궁', '복거일' 그리고 '별에서 온 그대', 딱 이 세 개예요. 한국의 SF 정보라는 게 그게 다입니다. 우리나라보다 문화적으로 더 나을 것 없다고 여겨지는 오밀조밀한 나라들까지도 이 백과사전으로 검색해보면 별별 SF 정보가 다 나와요. 한마디로 그 정도로 우리나라의 과학소설계는 해외, 특히 영미권과 소통하는데 굉장히 소홀했다 해도 과언이 아닙니다. 2015년 중국 작가 류츠신이 『삼체』로 휴고상을 받아 화제가 되었잖습니까. 그런데 그게 찬찬히 살펴보면 그냥 운 좋게 복권 맞은 게 아니라 다 이유가 있어요. 류츠신 자신은 중국 토종 작가지만『삼체』는 미국의 메이저 출판사에서 영문판이 출간되었습니다. 번역 및 출판 코디네이션을 중국계 미국 작가가 적극 나선 덕분이죠. 일단 이런 식으로 네트웍이 한번 이어지면 다음부터는 아무래도 순탄하겠지요. 류츠신이 중국작가라 해도 휴고상을 탔으니까 다음부터는 미국에서 출간하기도 쉽고 훨씬 더 많이 팔릴 겁니다. 그래서 우리에게도 이에 비견할만한 유사 시스템의 구축이 필요합니다. 일부는 재정적 후원 아래 제도화되고 일부는 인맥으로 뒷받침 되는 방식으로 말입니다. 물론 그러자면 가장 중요한 동인은 그렇게까지 할 만한 원천 콘텐츠가 있느냐 하는 문제로 돌아가게 됩니다. 얼핏 닭이 먼저냐 달걀이 먼저냐 하는 문제 같지만 제가 보기에 작가는 어떤 상황에서도 대비할 수 있게 먼저 준비가 되어야 한다고 봅니다. 콘텐츠도 없는데 시스템에 신경써줄 리는 없을 테니까. 콘텐츠가 차고 넘쳐야 해외유통을 위한 논의도 절로 탄력을 받지 않겠습니까.

그리고 아까 평론 얘기를 하셨는데, 최근 제가 펴내온『SF가이드 총서』는 1차적인 집필목적이 평론은 아닙니다. 그보다는 정보 소개 및 계몽에 더 가까워요. 지금 우리나라의 SF평론가가 우선적으로 해야 할 역할은 작품평론 못지않게 장르문학 전반에 대한 계몽이라고 봐요. 더 많은 정보를 더 넓게 재밌게 전달하고, 그린 콘텐츠를 즐기는 시야를 넓혀주는 역할을 평론가가 해줄 수 있어야 한다고 봅니다. 평론가나 학자들끼리만 상아탑에서 돌려보는 평론만으로는 지금 시장을 개선하기 어렵잖습니까.

다음으로, 아까 원종우 대표께서 우리나라에 과학소설 작가가 별로 없다고 하셨는데 그러한 판단에는 솔직히 동의하기 어렵습니다. 1980년대 말에서 1990년대 초까지만 해도 국내에 내로라하는 과학소설 작가는 복거일과 듀나 두 분밖에 없었어요. 아, 물론 그 외에도 적잖이 있었죠. 있긴 있었는데, 여기서 책 한권 내고 사라지는 작가는 따로 카운트 하지 않겠습니다. 일관되게 과학소설 작가로서의 자긍심을 갖고 꿋꿋이 작품 활동을 해온 분들만 거론해야겠지요. 20세기 초까지만 해도 극소수의 예외를 제외하고는 단발적인 작품발표에 그쳤던 것이 사실입니다만, 2000년대 중반 세 차례에 걸쳐 매년 과학기술창작문예가 신인작가 등단 공모전을 시행함에 따라 적지 않게 물꼬가 트였습니다. 매년 4~5명씩 중편, 단편, 만화스토리 등에서 등단했는데 이때 얼굴을 알린 작가들 중 상당수가 지금도 열심히 창작활동을 하고 있습니다. 김보영, 박성환, 배명훈, 김창규, 정소연 등등. 이들이 항상 SF만 쓰는 전업 작가라 할 수는 없지만 언제나 창작량의 일정비중을 과학소설에 할애하고 있는 것만은 사실입니다. 더욱 흥미로운 일은 2010년대에 들어서면 신인작가들을 위한 공식적인 등용문이 거의 없어진 것이나 마찬가지인데도 불구하고 과학소설을 발표하는 신인 작가들이 꾸준히 늘고 있다는 사실입니다. 덕분에 어렵게 시작한 과천과학관의 SF어워드가 매년 질적 양적으로 풍성해질 수가 있었죠. 그리고……

박상준(POSTECH) 거기에 크로스로드도 역할을 했죠. (웃음)

고장원 그렇습니다! 크로스로드도 등단에 중요한 역할을 했죠. 예를 들어 백상준 작가와 황태환 작가처럼 작년에 SF어워드를 수상한 작가들과 올해 또 수상후보에 오를 작가들 중 상당수가 크로스로드나 황금가지 출판사의 좀비문학상 같은 곳을 통해 등단을 했습니다. 따라서 2015년 현재 과학소설을 창작하는 작가들은 보수적으로 헤아려 봐도 약 30명이 되고 좀 더 장르의 정의를 넓혀 '아, 이 작가는 SF를 쓴다고도 볼 수 있어'라는 관점에서 따져본다면 한 40~50명 정도라고 집계할 수 있습니다. 물론 이들이 SF소설만 써서 생계를 꾸리는 것은 아니지만, 항상 창작물의 일부에 이런 수고를 하고 있다는 점이 중요하다고 생각합니다. 어느 한 문학 장르 군에 30에서 50명 정도의 작가들이 포진해 있다는 건, 순문학도 아니고 협소한 특정 장르문학임을 고려할 때 그리 가벼이 볼 규모가 아니지 않을까요. 다시 말해 과학소설 출판시장이 취약한 이유를 단지 작가들의 수가 많지 않다는 데서 찾으려 한다면 그것은 시장의 진화하고 있는 거시적 / 역사적 흐름을 놓친 게 아닐까요? 현재 작가가 없는 게 아니에요. 아직 큰 히트작이 나오지 않아서 그게 제대로 실감나지 않을 뿐이죠. 배명훈의 『타워』가 1만 부에 육박했다면 다른 작가들의 과학소설이 몇 만 부는 거뜬히 넘는 대박을 터뜨려야 합니다. 이제는 시장규모를 탓할 때가 아니라 준비된 역량을 갖춘 여러 작가들이 팔짱을 걷어붙이고 앞장 설 때가 되었다고 말씀드리고 싶군요.

박상준(POSTECH) 이제 나오겠지요.

고장원 그 다음에 시장 얘기를 해보죠. 늘 거론되는 얘기가 산업화의 문제예요. 솔직히 이런 사안은 접근하는 방식 자체에서부터 문제가 있다고 생각합니다. 시장을 만들어 가는데 필요한 우선순위는 고민하지 않고 당장 과실부터 따먹을 궁리나 하고 있으니까요. 이러한 관점은 영화 산업이나 애니메이션 산업을 바라보는 우리나라 정부의 시각과 다를 바 없어 보입니다. 전세계에서 특수효과 범벅의 헐리웃 영화가 큰 히트를 쳤다는 소식을 듣기라도 하는 날이면 CT 기반 콘텐츠 투자만 잘해도 영화 한 편으로 국내 자동산 산업에 맞먹는 수익을 올릴 수 있다는 식으로 아무 맥락 없이 외형만 비교하고 헛물을 켜지요. 같은 맥락에서 한때 애니메이션 붐이 우리나라에 크게 일었는데 정부와 공공단체에서 과감한 투자를 한다고 공언해놓고 나중에 보면 실제 애니메이션 제작과는 동떨어진 애니메이션 박물관이나 짓는데 대부분의 돈을 쏟아 붓고 말았잖습니까. 건물이 올라가면 질 좋은 애니메이션이 절로 만들어지나요? 애니메이션 펀드가 없지는 않으나 투자에 그리 적극적이지는 않아 보입니다. 예나 지금이나 투자펀드 조성 때에만 요란을 떨고 막상 어느 작품에 얼마나 투자해서 어떤 작품이 결실을 맺었는가를 보면 신통치 않은 경우가 많거든요.

그렇다면 왜 애니메이션 박물관에는 돈을 뭉텅이로 쓰면서 정작 작품에 대한 투자는 하지 않는 걸까요? 이유는 간단하죠. 망할까봐 돈을 못 쓰는 거예요. 겁이 나잖아요. 흥행에 망하면 쪽박 찰 수도 있는 콘텐츠 비즈니스를 공무원들이 해본 적 없잖습니까. 그러니까 박물관이나 차리고 그 안에 앉아 있는 편이 속 편하고 안전하지요. 그러고는 영세한 사업자들에게 손을 내밀죠. 전시할 작품을 거의 공짜로 달라는 식으로. 공중 앞에 전시해주는 것이 어디냐 하는 식으로 은전을 베풀 듯이 말입니다. 하지만 이미 망한 작품을 쓸쓸하게 몇몇 관람객들이 지나가다 보며 '아,

우리나라에 이런 작품이 있었구나!' 하는 게 제작사들에게 무슨 위로가 되겠어요.

과학소설 출판을 놓고 입질하는 출판사들도 영화나 애니메이션 투자에 이율배반적인 태도를 보이는 우리나라 정부와 별반 다를 바 없어 보입니다. 출판사들은 '당장 어떤 SF로 승부해야 돈이 되지? 어떻게 하면 팔려?' 이 생각만 하는데 우습게도 그 생각을 받아줄 독자가 없어요. 시장을 키워놓지도 않고 '이 동네는 왜 이리 흉년이 들었어?'라고 따지는 식이죠. 무슨 얘기냐 하면 과학소설 독자층의 형성에는 세계 어디서나 공통된 성장패턴이 있다는 뜻이에요. 과학소설은 예외가 없는 것은 아니지만 일반적으로 청소년기에 입문하는 것이 쉬워요. 어른이 되면 먹고 살기도 바쁜데 아무 사전 지식이나 기호가 없이 특정분야의 장르소설을 읽기는 시간상 여의치가 않아요. 나이는 어릴수록 좋은데 영미권에서는 12살을 적정선으로 봐요. 조숙한 아이도 있겠지만 대개는 그 정도 나잇대가 되었을 때 과학기술의 경이에 대해 가장 전율할 수 있는 감정이 복받치기 시작한다는 뜻이죠. 우리로 치면 초등학교 상급학년에서 중학교 1학년 사이에 과학소설을 통해 세상에 밀려오는 변화의 파도를 경이감 그 자체로 받아들일 수 있다는 얘기가 됩니다. 요즘에는 꼭 소설만 SF를 담고 있는 것은 아니죠. 애니메이션을 보든 만화를 보든 관련 잡지를 보든 간에 어려서부터 SF에 차차 친숙해져야 어른이 되어서도 이 하위문화를 늘 자신의 여가생활 중 일부로 즐길 수 있어요. 오늘날 일본 어른들의 꾸준한 만화구독 습관이 어디서부터 출발했는지 생각해보면 바로 답이 나오죠.

그런데 난데없이 과학진흥이나 문화 다양성 등 번지르르한 명분을 내세우고 정부와 문화단체들이 과학소설 읽기 범국민운동을 전개한다고 가정해보세요. 생전 과학소설 표지도 본 적이 없는 20대에서 40대 사람들이 이제 와서 고개라도 돌리겠어요? 하품이나 하겠죠. 자꾸 강권하면 머리만 아파할 거예요. '과학소설 중에는 재미있는 것들도 많아요. 생각만큼 딱딱한 게 아니에요. 그건 어디까지나 편견이에요.' 이렇게 뒷북치듯 얘기한다 해서 귀에 들어올까요? 어려서부터 클래식 음악에 길들여지지 않은 사람이 나중에 돈 많이 벌었다고 예술에 전당 드나들어봤자 그건 남들에게 보여주기 위한 행위일 공산이 커요. 스스로는 감동이 없을 테죠.

상황이 이런 건데, 우리나라에서 SF로 돈 벌겠다는 사람들을 보면 앞뒤 다 잘라먹고 '당장 어떻게 해야 돈이 나와?'라고만 생각해요. 그나마 저를 포함해서 시장에 남아있는 장년층(이른바 SF 덕후들)조차도 1970년대에 아까 예로 들었던 아이디어회관에서 펴낸 60권짜리 SF문고를 위시해서 이런 저런 출판사들에서 20~30권씩 펴낸 전집들의 세례를 받지 않았다면 이 자리에 있지 않았을 겁니다. 그런데 지금은 그게 많이 꺾인 상태인데 1990년대가 이 장르문학의 불모지나 다름없었기 때문이죠. 과학소설 덕후들의 대가 잠시 끊어져버렸던 겁니다. 다행히 2000년대 이후 상황은 차차 나아지고 있지만 예전처럼 청소년 과학소설 시장에 대한 관심이 크지는 않은 상태 같습니다. 중요한 것은 청소년 시장이 단절되면 그 피해는 성인문학 시장에 고스란히 돌아가게 된다는 현실입니다.

미국뿐 아니라 중국의 경우를 보더라도 청소년 문학이 SF쪽에서 굉장히 발달한 덕에 쩡웬광 같은 대작가가 나올 수 있었던 거예요. 물론 중국에서도 침체기가 없었던 것은 아닙니다. 문화혁명 시기와 정신문화적 결운동의 광풍이 분 1980년대 초 SF를 부르주아 문학이라 매도하며 작가들을 옭죈 적이 있긴 했죠. 하지만 그때 외에는 중국정부와 지식인 사회는 과학소설이 부국강병으로 가기 위해 국민을 계몽하는 효과적인 지름길이라고 생각했어요. 그래서 정부가 청소년 문학 출판사들한테 꾸준한 재정지원을 해줘서 매년 일정량의 과학소설 출간이 가능하게 해주었습니다. 작가들한테 꾸준히 고료를 지급할 수 있으니 시장이 지속발전하는 것은 당연한 얘기죠. 중국에서 펴내는 SF잡지『과환세계』는 정부 보조금을 받던 전성기 때에는 월 발행부수가 40만 부를 넘어 세계최고의 발행부수를 자랑했지요.

이러한 역량이 쌓이고 쌓여서 2000년대 들어서서는 중국이 세계과학소설 대회를 두 번이나 유치하면서 한때 유치 횟수에서 일본을 앞질렀지요. 이제 중국 작가들 사이에 공개적으로 논의되는 화두는 관 주도로 발전해온 자신들의 문학을 앞으로 어떻게 하면 주도적으로 발전시켜 나갈 수 있을 것인가 하는 문제입니다. 중국사회에서 왜 SF를 써야 하는지, 중국의 SF에 어떤 시대정신을 담아내야 하는지 그런 것을 진지하게 고민하기 시작한 거죠. 문화혁명의 과오를 과학소설 형식을 통해 반추해보는 류츠신의『삼체』가 탄생한 데에는 이런 배경이 있는 거죠.

다시 우리의 이야기로 돌아오겠습니다. 우리나라 출판사들은 과학소설 출간에 대해 접근방식부터 바꾸어야 할 필요가 있습니다. 이 장르문학에 발을 디디려 한다면 한두 작품으로 단기 손익계산을 따지며 들어와서는 시장은 물론이고 출판사 자신에게도 별 소득이 없을 것입니다. 일단은 온오프라인에서 다양한 매체를 개발하는데 출판사들이 관심을 두어야 하고 그 중에는 청소년 대상의 시장에도 각별히 신경을 써야 합니다. 크로스로드도 앞으로 청소년 SF에 관심을 가져줄 수 있는 포맷으로 진화한다면 더 바랄 나위가 없겠죠. 사실 청소년SF는 SF를 쓰되 청소년의 감성과도 눈높이를 맞춰야 하기 때문에 성인SF보다 훨씬 고난이도의 화법이 동원되어야 한다고 생각합니다. 어렵지도 않으면서 재미있어야 하고 무엇보다 SF여야 하니까요.

박상준(POSTECH) 전 대표님께서는 도서관을 지금 7년째 운영하고 계신다고 알고 있었는데, 이렇게 말씀드리면 정말 실례일 수 있지만, 7년 동안 망하지 않을 수 있던 (일동 웃음) 요인을 포함해서 가지고 말씀해 주시죠.

전홍식 일단 망하지 않은 건 제가 포기를 하지 않았기 때문이죠. (웃음)

박상준(POSTECH) 사재를 엄청 털어 넣은 거군요.

전홍식 정확히 계산은 해 보지 않았지만 억은 넘더라고요. 열심히 벌어서 다 쏟아부은 거죠. 일단 제가 좋아하는 일이라서 한 거라.
  근데 지금 얘기 들으면서 여러 가지 생각을 했는데, 분명히 일본이나 미국에서 SF가 주류문학이 아니라고 했잖아요. 근데 저는 좀 반대의견을 내고 싶어요. 뭐냐면 주류문학은 아닐지 몰라도, 주류 문화는 맞다는 거죠.
  제가 일본에 가서 첫날 몸이 너무 안 좋아서 마사지를 받았습니다. 제 아버님 정도 세대 되시는 분이 오셔서 마사지를 받으며 이것저것 이야기했죠.

제가 SF 대회에 참여한다고 말하면서요. 그런데 거기가 좀 작은 도시에서 춘천의 절반 정도 인구일까. 14만 정도 밖에 안 되니까 되게 작죠. 그런 작은 지방 도시에 전국에서 SF 팬이 1,500명 넘게 모인 겁니다. 호텔을 빌려서 묵으면서 말이죠.

일본 SF 대회가 53회째인데, SF 대회와 역사를 같이 하는 사람들이고 연령층이 높다보니 가능한 거죠. 내년엔 관광지에서 호텔 하나 통째로 빌려서 한다고 하는데……

어쨌든 그런 규모다 보니 그 도시 사람들은 관심이 있겠죠. 그렇기니한데 이야기하다보니 이분은 SF 팬은 확실히 아니에요. 그럼에도 "아, 요즘에 〈진격의 거인〉이 참 재밌더라. 극장에서 봤는데 좋더라"라는 얘기를 하시는 거예요.

생각해 봤죠. 저희 아버지께서 〈진격의 거인〉을 보고서 재미있다고 얘기하실까. 사실 〈어벤저스〉 같은 작품만 해도, 아들은 SF 좋아하고 도서관도 차렸음에도 저희 아버님은 그런 건 황당하면서 안 보시거든요.

근본적으로 문화가 다른 겁니다. 마징가, 아톰, 그냥 얘기가 통해요. 제 아버님 세대의 분들과 이야기해도 말이죠.

미국도 그렇죠. 심지어 오바마 대통령이 '휴가 중에 〈스타트렉〉 영화 봤는데 재미있더라, 꼭 봐라'라고 할 정도니까요.

이렇게 일본이나 미국에서 SF가 대중화된 데는 애니메이션이나 만화, 드라마 같은 작품의 역할을 빼놓을 수 없습니다. 일본 청소년층은 몽땅 SF만화나 애니메이션을 보고 자란 세대에요. 우리나라도 그렇지만, 사실 단절기가 있다고 생각합니다. 무엇보다도 한국에서 만든 SF 만화나 애니가 거의 없었거든요. 이번에 조사해 보니 〈2010원더키드〉를 기억하는 사람들이 조금 있습니다. 나름대로 좋은 작품이라고 할 수 있지만 이젠 어디서 구해 보기도 힘들어요. 청소년은 아예 모르고.

일본에선 최근에도 마징가Z나 아톰이 다시 만들어지고 지금도 읽히고 있습니다. 〈마징가 Z〉의 작가인 나가이 고 같은 사람이 SF 회장을 할 정도로 SF 만화의 위상이 높습니다.

한국에선 그렇지 못해요. 〈철완 아톰〉 같은 만화를 한국의 SF 팬들은 '이거 남들이 생각할 수 있는 거 아냐?'라며 우습게보거든요.

일본이나 미국처럼 SF가 대중문화가 되어야 해요. 쉬운 작품이라고 해서 무시하면 안 되죠. 사람들이 뭘 보고 즐기는지를 생각하고 그들이 재미있게 보고 즐기게 해 주어야 합니다. 이를테면 베르나르 베르베르 같은 작가의 작품을 생각해보죠. 솔직히 베르베르 작품은 SF 작품으로 볼 때 아이디어가 낡았습니다. 『파피용』 같은 걸 보면, 아서 C 클라크의 『라마와의 랑데부』 같은 작품이 훨씬 전에 나왔음에도 완성도도 높고 더 흥미롭죠. 하지만 일반적인 독자들과 인터뷰를 하다보면 꼭 베르나르 베르베르 이야기가 나와요. '『파피용』을 재미있게 봤다'라고 말이죠.

최근 한국에서도 베스트셀러에 오른 SF소설이 있습니다. 『마션』이라고 일본이나 미국에서도 인기 끌고 있죠. 그건 뭔가 심각하게 쓴 게 아니라 작가가 일지 형식으로 인터넷에 연재하다가 나온 겁니다. 그런데 돌아다녀보면 사람들이 『마션』 얘기를 많이 해요. 굉장히 많이 봤다는 얘기죠.

그런데 우리나라에서 이런 작품이 나올 수 있는가 하면 어렵다고 생각해요. 이렇게 말하면 안 되겠지만, 한국 SF 팬 중에는 살짝 자괴감이 있고 한편으로는 그런 의식 아래 나에 대한 자존감이 떨어지다 보니 말이죠. SF 팬들을 만나다 보면 우리가 재미있게 보고, 사람들이 재미있게 읽을 수 있는 작품을 만들려는 게 아니라 'SF로서 가치가 있는 작품'을 만들어야 한다고 고민하는 사람이 적지 않거든요.

김창규 선생님이 말씀하신대로 하드SF가 아니라 베르나르 베르베르 같은 작품을 쓰고 보는 사람들을 배신자라고 깎아내리고 폄훼하는 풍토. 그것이 SF라는 큰 가능성을 스스로 좁히는 게 아닌가 생각해요.

아톰을 보고서 "야. 이건 SF도 뭣도 아니잖아"라고 말할지는 몰라도, 아톰이나 철인28호를 보고 자란 세대들이 새로운 작품을 만들어내고, 일본 소설에서 할리우드에서 영화화되고 하게 된 거죠. 미국에선 〈스타워즈〉나 〈스타트렉〉 같은 걸 보고 자라나서 NASA에 들어가기도 하고 말이죠.

"야, 우리 SF다운 걸 써야해"라고 하는 게 아니라 SF를 많이 보다보니 "야. 재미있는 얘기 하나 만들어볼까?"라는 사람들이 많이 나와야만 그런 문화가 될 수 있을 거라고 생각해요.

김창규 말씀을 조금 거들자면요, 저랑 나이차가 별로 안 나는 친구들이 SF를 전혀 안 읽다가 갑자기 추천을 해달라고 하더라고요. 그 이유는 미국 / 영국 드라마 때문이었어요. 〈배틀스타 갤럭티카〉와 〈닥터 후〉가 동기였죠. 〈배틀스타 ……〉는 논외로 하더라도 〈닥터 후〉는 과학적인 정확성을 일부러 많이 생략한 시리즈거든요. 그런데 이 드라마를 본 친구들이 괜찮은 SF소설이 없냐고 묻더라고요.

고장원 그래서 제가 얘기 드리고 싶은 것을 종합하면, 한마디로 'SF는 습관이다.' 아까 청소년 문학의 중요성을 거론한 것도 같은 취지고요. SF 읽기는 습관의 산물이지 갑자기 어떤 바람이 불어서 책장을 넘기기만 해도 술술 읽혀지는 문학은 아니거든요. 아무리 엔터테인먼트성이 높은 작품이라도 과학소설은 독자의 적극적인 사고활동을 촉진하는 경향이 있습니다. 이러한 독서 습관을 불편하다거나 버거워한다면 SF 독자로 남기가 쉽지 않습니다. 그러니까 과학소설 출판시장의 성패는 첫째도 습관, 둘째도 습관을 만들어내는 것입니다. 작가부터 출판사, 유통 플랫폼에 이르기까지 유관사업자들이 이러한 과제를 공유하며 대응해야지만 중장기적으로라도 봉우리를 넘어설 수 있습니다.

박상준(POSTECH) 이제 가닥을 잡으면 이렇게 되는 거겠죠. 우리가 발전을 지향한다고 할 때, 지금 선생님들 말씀을 종합하면 두 가지가 됩니다. 하나는, 어릴 때부터 친숙하게 해줄 필요가 있다는 거고, 또 한 가지는 장르 같은 데 갇히면 안 된다, 애니메이션이든 만화든 뭐든, SF를 폭넓게 다룰 수 있는 그런 풍토가 도래가 됐든 부흥이 됐든 마련될 필요가 있다는 거죠.

거기다 한마디 덧붙이고 싶습니다. 사실은 선생님들께서는 어쩌면 잘 모르실 수도 있는데, 저처럼 늦게 SF에 관심을 가지고 있고 신경을 쓰고 시간을 많이 투자하는 사람들 입장에서 첫 번째 느낄 수 있는 것입니다. 이게 뭐냐면요, 'SF 팬덤 자체가 지나치게 폐쇄적이다'라는 거예요. 어떤 사이트 같은 데에 들어가 사람들과 커뮤니케이션을 시작하다 보면, '어 이 사람들이 참 좁게 생각하는구나', 'SF란 이런 거야! 이것만이 SF

고 나머지들은 SF처럼 보이지만 아닌 거야!' 하는 이런 의식이 있고, 심한 경우에는 'SF가 문학 중에서 가장 훌륭하고 의미가 있는 거야!' 이런 의식도 있고 그렇거든요? 저는 뭐 30년 가까이 문학연구를 해오는 사람이지만, 어떤 문학도 다 자기가 잘났다고 말을 해도 '자기만이 위계질서 속에서 우위에 있고 나머지는 아니야' 이렇게 말하면 안 된다고 생각하거든요? 실제로도 그렇지 않고요. 본격문학이나 이른바 대중문학 그 구분 자체가 의미가 없어졌다, 이런 생각을 해요. 훌륭한 작품은 그냥 훌륭한 거죠. 근데 SF 팬들은 그게, 대학에서 학위를 받고 문학연구를 쭉 해온 사람의 입장에서는 아주 깜짝 놀랄 정도로, 정반대의 입장이 강해요. 그러다 보면 사실상 독자층을 넓히는 데 장애가 되는 것 같아요. 그래서 다른 사람들이 조금 관심을 가져도 그거를 막 적극적으로 끌어안아주고 "야 그거 나도 재밌어" 이렇게 같이 화기롭게 이야기하는 게 아니라 가르치려 드는 거죠. "야 그건 아니야" 이렇게 나오는 거예요. 이런 SF 팬덤의 폐쇄성이 독자층을 확장하는 데 있어서 장애가 되는 게 아닌가 싶어요.

고장원 저는 그런 문제를 이렇게 바라보고 싶습니다. 긍정적인 부분과 부정적인 부분이 공존한다고 생각하는데요, 다시 말해 과학소설 커뮤니티는 순기능과 역기능이 있지요.

아시모프나 맥컬럼의 글들을 읽어보면 영미권 SF 커뮤니티에서도 극단적인 충돌을 일삼는 일부 팬들이 없지 않습니다. 아시모프조차 청소년기에 노상 파벌이 갈라져 싸우는 SF 팬덤의 한복판에 있었던 사람입니다. 이들은 작가와 맞설 뿐 아니라 자기들끼리도 노상 티격태격 하죠.

작가와 출판사 입장에서는 이들의 이야기에 미주알고주알 귀 기울일 필요는 없다고 봅니다. 무엇보다 시장 사이즈에 의미 있는 숫자가 아니거든요. 전에 말씀드렸듯이 전세계 영어권 과학소설 유료독자 수가 100만 명을 넘어선다면 이중에서 팬덤 커뮤니티에서 적극 활동하는 독자들의 수는 채 1%도 안 된다고 합니다. 나머지 99%는 자기 취향에 따라 묵묵히 책을 구입하죠. 그렇다면 작가와 출판사는 목소리 큰 몇몇이 아니라 침묵하는 다수의 속내를 어떤 식으로든 파악하는 것이 중요합니다. 작가 입장에서는 유독 있는 대로 신경을 긁어대는 일부 독자의 (심지어 인신공격성 의도까지 종종 묻어나오는) 비난에 속이 상하겠지만 관심을 두지 말고 의연하게 대처하는 편이 더 낫다고 봅니다. 작가에 대한 평가는 편협한 한두 사람이 작당해서 끌어 모으는 것이 아니라 시장의 다수 독자들이 좌우하게 되는 것이니까요. 사실 과학소설 커뮤니티에서는 말을 함부로 해서 오히려 설득력을 잃어버리는 극렬 팬들이 없지 않은데 이런 사람들은 어느 분야에서나 생기기 마련이므로 크게 개의할 필요 없다고 생각합니다.

하지만 다른 한편으로 커뮤니티에서 거론되는 이야기들 가운데에는 작가나 출판사가 기꺼이 받아들일수록 유익한 통찰도 왕왕 있다고 생각합니다. 왜냐하면 과학소설은 순문학이 아니라 어디까지나 장르규칙에 제약을 받는 문학이므로 장르의 형식과 전개방식에 대해 견해가 다른 독자들이 이의를 제기할 수도 있지 않겠습니까. 어떤 문학이나 인간사회와 삶을 이야기하지만 소재와 화법에서 순문학과 변별력이 없다면 과학소설의 존립기반 자체가 흔들리는 꼴이 되니까요. 물론 일부 작가나 작품들은 장르의 경계선을 의식적으로 넘어서려는 시도를 보여주기도 하는데 그렇다고 해서 장르의 틀이 무의미해지는 것은 아닙니다. 경계를 넘어서려 한다는 것은 경계가 엄연히 존재한다는 것을 전제하거든요. 주류가 굳건해야 장르조합이나 변형을 자유로이 구사하는 일부 비주류가 의미 있게 평가될 수 있다고 생각합니다. 따라서 장르의 정체성 문제는 특정작품이 출간될 때마다 독자들 사이에 빈번하게 불거져 나오는 이야기이므로 작가들도 장르 전문가로서의 자신의 기량을 향상시키기 위해 다른 사람들의 말에 귀 기울일 필요가 있다고 봅니다.

박상준(POSTECH) 제가 조금 아까 말씀 드린 취지는 이런 겁니다. 팬덤에 있는 상대적으로 젊은 분이라든가 또는 약간 편협하다면 편협한 그런 시각으로 발언하는 경우에 대해, 선생님들이 혹시 관여하실 기회가 있다든가 선생님들께서 이런저런 자리에서 청중들과 만날 때, 그 청중들이 일반 청중들이라기보다는 사실상 팬덤에 가까운 사람들 그 속에 있는 분들일 가능성이 클 텐데, '좀 더 포용력이 있으면 좋지 않겠나' 이런 말씀을 해주시면 훨씬 더 좋겠다 이런 생각이었습니다.

　제가 시간을 끌어서는 안 되겠지만, 한 가지 말씀드리고 싶습니다. 요근래 저희 크로스로드 웹진에 SF를 게재할 때, 이른바 SF쪽이 아니라 문단, 일반 문단에서 활동하면서 작품을 써주시는 분이 박민규 씨란 말이에요. 전 대단히 소중한 자산이라고 생각하고 있습니다. 한국문학 전체를 위해서도 그렇고 SF를 위해서도 말입니다. 박민규 씨가 SF와 SF 아닌 것을 반씩 섞어서 『double』이라고 작품집도 내고 저희 웹진에도 내 주고 하는 것이 참 좋은 일이라 생각했는데, 최근에 청탁을 했더니 거절을 했어요. 거절한 이유가 뭐냐면, SF 팬덤 속에서 자기에 대한 싫은 얘기를 들었다는 거예요. 그런 이야기를 들으면서까지 SF를 발표하고 싶지가 않다고 명확하게 얘기를 했어요. 저는 그 전에도 알고 있었지만, 물론 그럴 수도 있다 싶지만, 참 안타까운 일이지요.

고장원 그 말씀을 들으니 저도 이런 이야기를 드리고 싶네요. 2012년쯤 인가요? 『사이언스타임즈』에 제가 '한국과학소설 100년사'를 연재한 적이 있습니다. 그 연재의 막바지에 가서 한국을 대표하는 SF 작가 10 명을 제가 임의로 골라 상세 소개를 한 적이 있어요. 그때에만 해도 아직 한국에서 눈에 띄는 작품을 많이 내놓는 작가들이 지금보다 많지 않았던 터라 그 10명 중에 제가 순문학 출신의 윤이형 작가와 지금 말씀하신 바로 그 박민규 작가 그리고 백민석 작가를 넣었지요.

박상준(POSTECH) 백민석도요?

고장원 네. 그런데 제가 이 세 분을 그 안에 포함시켜 함께 소개했다고 해서 커뮤니티에서 무지하게 욕먹었습니다. 하지만 저는 그 세 작가가 내놓은 과학소설 작품들이 당시 김보영과 박성환 그리고 배명훈 같은 작가들에 전혀 손색이 없는 수작이었기 때문에 개의치 않았습니다. 이 작가들의 작품을 장르 배타성이 강한 커뮤니티의 독자들이 얼마나 읽었 는지 모르겠습니다만, 훗날 계속해서 재평가가 이뤄질 수록 순문학 분 야에서 출발했지만 과학소설 장르의 형식실험에 진지하게 뛰어든 세 분 의 성과에 대해 좀 더 공정한 판단이 이뤄질 것으로 믿습니다.

박상준(POSTECH) 그러니까, 이게 팬덤 문제뿐만 아니라, 사실상 SF를 어떻게 발전시킬 것인가에 대해 선생님들께서 말씀해 주신 거와 관계되어 있어요. 문학 장르에 한정해서는 안 된다라는 부분이요. 원종우 선생님께서도 말씀해 주셨듯이, 사실상 문화시장이라는 맥락에서 보면 한국 사회에도 잠재적으로 SF 문화에 대한 SF문학에 대한 소비욕구가 충분히 있다고 전 생각해요. 할리우드에서 만드는 필립 K. 딕 원작의 SF영화 등이 들어오면 거의 전 국민 모두가 가서 본단 말입니다. 다양한 부류의 많은 사람들이 보잖아요? 하지만 그 SF영화를 보는 사람들 중에 과연 얼마나 한국 창작 SF문학 작품을 읽는가 치면은 거의 꼽을 수 없을 거란 말이에요. 〈인터스텔라〉를 보면 그 연장선상에서 한국 창작 SF를 찾는 그런 식이 안 되는 거잖습니까 지금. 그걸 되게 하려면 대체 뭐가 필요하냐고 할 때, '작가가 필요해', 맞는 말씀이다 이거죠. 근데 '작가는 어디서 나오냐 그럼,' 대부분은 팬덤에서 나오는 거 아니냐. 지금까지 그래왔단 말이에요.

전홍식 실제로 그렇지는 않은 것 같습니다. 7년 동안 도서관을 운영하면서 느낀 건데, 커뮤니티에서 열심히 활동하는 팬들은 거의 안 오거든요.

박상준(POSTECH) 네네. 자기가 안다고 생각해서 그런 거 아닌가요?

전홍식 가끔은 자랑하러 오시는 분도 계세요. (웃음) "아, 이거 밖에 없어? 우리 집에 다 있는데."
　저희 도서관에 SF책이 …… 소설책을 다 합치면 5,000권 정도인데,

그 중 SF만 대략 2,000권정도 됩니다. 뭐 많은 건 아니죠. 그래도 한국에선 어지간한 작품은 다 있다고 생각하는데, 그분들이 보기엔 많은 게 아니에요. 왜냐하면 그분들은 "난 아시모프 밖에 안 보는데, 아시모프 작품이 왜 이거 밖에 없어" 이러시거든요.

반면 와서는 여러 가지 작품을 골라서 보거나 '이런 책을 찾는데 비슷한 게 있나?'라고 물어보는 분들이 계세요. 하나의 작가나 경향에 국한하지 않고 다양한 작품을 보시는 거죠. 우리가 봐야 할 독자는 바로 거기에 있다고 생각합니다.

인터넷 게시판 같은데서 SF 얘기를 하는 분은 많습니다. '이런 건 SF가 아냐. SF라면 이런걸 봐야해.'

제가 SF 관련 행사를 한 열 몇 번 열었습니다. 그래서 많은 분이 와서 SF 얘기도 하고 책도 같이 보고, 게임도 같이 하고 그랬죠. SF가 뭔지, 어떤 게 재미있는지 같은 거 말이죠.

그런데 "SF는 이런 거야 이런 거 말고는 의미가 없어"라고 인터넷에서 얘기하시던 분은 거의 안 오세요. 솔직히 직접 만나서 얘기해 보고 싶었는데 말이죠. (웃음)

일본이나 미국, 이를테면 일본 SF 대회에서는 다릅니다. SF 대회라고 컨벤션 센터 같은데서 행사를 열어놓고는 이런 얘기를 한다는 말이죠.

"이번에 야마토 새로 나왔지. 그거 어떻게 하면 과학적으로 재미있게 얘기할 수 있을까?"

"가면라이더는 이렇게 이렇게 하면 하나의 세계관이 되고, 과학적으로는 이렇게 해서 만들 수 있어. 아. 그러면 슈퍼 전대도 이렇게 해서 연결할 수 있겠네?"

심지어 "SF 만화 속에 나오는 무술 강연" 같은 것도 하더군요.

그냥 즐기는 거예요. 그게 어떤 얘기건 SF 얘기를 하는 그 자체로 좋은거죠.

SF는 재미있는 겁니다. 그냥 재미있고 보고, 얘기하고 싶으면 하면 되는 거예요.

"이런 건 SF가 아냐." "이게 무슨 SF야." 같은 식이면 얘기 거리도 더 줄지 않을까요?

그런데 PC통신 때도 그렇고, 트위터도 그렇고, 뭔가 "SF는 차원이 다른 거야" 같은 말만 하시는 분들이 눈에 많이 띄죠.

제가 1998년도에 스타워즈를 보고 너무 감동 받아서 홈페이지를 만들었습니다.

나중에 '조이 SF 클럽'이라고 이름 붙였는데, 이 클럽이 SF 모임이라고 인정받지 못했어요. 많은 팬들에게 말이죠. 동인지도 몇 권 내고, SF 행사도 꽤 많이 열고 그랬는데 말이죠. '거기는 유치한 곳.' 이런 식으로 불리곤 했죠.

솔직히 당시엔 상처받았어요. 그런데 시간이 지나면서 생각해보니 남의 인정을 받을 필요 따윈 없더라고요. 그냥 내가 좋아서 즐기는데 무슨 상관이냐 생각했죠.

그러면서 "아. 저 사람들은 SF를 좋아하는 게 아니라, 자기에게 SF 밖에 없어서 지키려고 하는구나"라고 느끼게 되더군요.

박상준(POSTECH) 네, 그런 사람들이 있겠지요.

전홍식 그렇습니다. 그래도 도서관을 운영하면서 만나본 대다수 팬들은 열려있는 거 같아요.

우리나라에서 과연 SF가 성공할 수 있을까라고 생각하면서 청소년과의 관계를 얘기하는데, 저는 충분히 가능성이 있다고 생각합니다. 대한민국에는 〈또봇〉 같은 로봇 애니메이션이 성공하고 있거든요. 그게 지금 중국에서 엄청나게 돈을 벌고 있어요. 손오공 주식을 살까말까 하다가 안 산 걸 후회하고 있죠. (일동 웃음)

고장원 근데 최근 5년 사이에 팬덤에서 작가가 나왔나요?

박상준(POSTECH) '거울'쪽에서는 계속 하잖습니까.

전홍식 '웹진 거울'의 활동이 계속되고 있습니다만. 실제로 작품 나온 것을 따져보면, 거울 출신 작가 중에서, 김보영 씨 같은 몇몇 분을 제외하면 책으로 나온 게 별로 없습니다.

박상준(POSTECH) 그렇지요. 그래도 자기들은 계속 책을 내지요.

고장원 (박상준 서울SF아카이브 대표 쪽을 바라보며) 올해하고 작년에 우리가 SF어워드 후보로 심사하려 검토했던 작품들의 면면을 보면 커뮤니티 출신이 아닌 작가들이 더 많지 않은가요?

박상준(서울SF아카이브) 이게 있어요. 온라인 커뮤니티에 글을 올리면서 활발하게 활동하는 경우들 말고, 들어와서 읽기만 하는 다수들이 제가 볼 때는 의외로 많거든요? 그리고 시야가 좁으면서 온라인에서 목소리는 큰 일부 사람들은 정작 오프라인 모임은 안 나오고 한국 창작 SF는 읽지도 않으면서 외국SF얘기하고 그러죠. 그런데 그것보다 훨씬 많은 침묵하는 다수 SF 팬들이 사실은 커뮤니티 활동을 주로 하지 않나. 저는 어떻게 그렇게 생각을 하냐면, 지금은 죽은 지 꽤 됐지만 해피SF에 올라오던 글들은 거의 모든 포스팅의 기본 조회 수가 몇 천이고 많으면 이만~삼만을 다 넘어갔단 말이에요. 그러니까 한국에서 SF에 관심 좀 있는 사람들은 온라인에서 몇 년 전까지만 하더라도 해피SF에 올라오는 글들을 거의 다 보고 있었다는 의미인데, 물론 한 사람이 중복해서 조회하는 것까지 포함해도, 제가 보기에 조회 수로 미루어 짐작하면 많은 사람들이 어쨌든 커뮤니티 활동을 한다고 할 수 있지 않나……

김창규 제가 비중이 어느 정도인지는 모르겠지만요, 굳이 내외를 나누자면, 외부에서 필요에 의해서 여러분들이 계시다는 느낌이 드네요.

고장원 '거울' 사이트의 경우를 보면 제가 속사정은 잘 모르지만 일단 외부에서 필력을 인정받으면 해당 사이트에서 정기 기고할 수 있는 작가로 초빙되는 경우가 꽤 있는 것 같습니다. 그런데 박상준 대표님 말씀을 들어보니 이제는 커뮤니티에서 SF지식을 과시하는 이들보다는 열심히 눈팅하며 내공을 쌓는 이들이 많은 모양이군요. 사실 창작은 SF 지식이 많다 해서 잘 쓰는 것은 결코 아니니 국내의 뛰어난 작가들이 늘어나면서 그런 갈증도 많이 희석된 것이 아닌지 모르겠습니다.

김창규 반은 농담이고 반은 진담인데, 씁쓸한 얘기를 하나 할게요. 얼마 전에 SF를 안 쓰시다가 SF를 쓰기로 했다는 분을 만났어요. 호러를 쓰시던 분인데, 왜 SF라는 험한 장르에 발을 들이시냐고 물었더니 이러시더라고요. '호러는 나라에서 지원금이 안 나오지만 SF는 정책과 연결되면 나올 수도 있잖아요.'

박상준(POSTECH) 원래 오늘 이 자리에, 과학정책 분야와 출판사 쪽 분들도 모시려고 했다가 잘 안 됐는데요. 사실 그렇잖습니까? 어쨌든 한국 창작 SF를 발전시켜서 '발전됐어'라고 말하자면 발전됐다는 것을 우리가 뭘로 측정하겠습니까. 작품이 많이 나오고, 작품이 나오면 또 많이 팔리고, 그 다음에 단순히 소설로만 소비되는 것이 아니고 그게 다른 장르로 연결되어 가지고 영화로도 되고, 영화도 많이 나오고. 뭐, 지금 있는 것들 같은 영화들이 많아지고, 드라마도 많아지고, 이럴 때 발전하는 거겠죠. 그런 발전을 가능케 하는, 또는 그런 발전이 가능해지기 위해서 필요한 게 뭐냐. 관련해서 SF 애호가들의 태도 이야기도 살짝 거론이 될 수 있는 거고……SF 관련해서는, 정말 선생님들은, 스스로 부정하시고 겸손의 말로 아니라고 하셔도, 한국 SF의 산 증인들이고 가장 중요한 분들이에요. 이런 분들이 어떤 생각을 하고 있고 어떤 액티비티를 하고 있는가는 사실 대단히 중요하다고 생각하거든요. 계몽도 하시고 대중화도 하시고 계속 해오셨는데 그것만으로 충분한 거는 아니라고 말할 수 있지 않습니까? 선생님들 대단한 노력을 해 오신 거는 다 인정을 하지만. 지난 20년 넘게 계속 그 일을 해오셨지만, 한국 창작 SF, 또는 한국 SF 문화는 답보라면 답보 상태에 빠져, 어떤 수준을 못 넘고 있지 않습니까? 이것도 엄연한 사실이니, 우리가 정말 양자도약까지는 아니래도 정말 의미 있는 발전을 할 수 있게 하려면 지금 시점에서 어떤 생각을 해야 되는지, 선생님들께서 관심사를 어디로 모아 보시는 게 좀 더 필요할지 그런 얘기를 들으면 좀 더 좋을 거 같아요. 문학도 문학이지만 문화 일반으로 넓혀가지고, SF가 활성화될 수 있는 방안이 뭐냐, 궁극적으로는 '11세 이전에' 이런 말씀 다 맞는 말씀이고 한데, 가까운 시일 내에 우리가 어떤 부분에 역점을 둬야 할 것인지 이런 얘기를 좀 해주셨으면 좋겠습니다.

전홍식 아까 고장원 선생님께서 10년 전에는 SF개 몇 개 안 나왔다고 하는데, 제가 요즘 조사를 해 보니 2013년 1월부터 지금까지 나온 SF 장르 책이 80권 정도 됩니다. 그 중 알라딘 같은 서점에서 SF라고 나뉘어서 나온 건 한 40권 정도. 한편 SF이면서 SF아닌 척 하는 책들이 40권 정도라고 볼 수 있는데요. (웃음) 이건 뭐 SF에 대한 좁은 인식이라던가, SF라는 이름을 달면 안 팔린다는 인식이 있기 때문이죠.

과천과학관에서 내기로 한 SF 책에서도 SF라는 이름은 안 넣기로 했을 정도니까요. SF어워드 작품이 들어가는데도 말이죠.

이러한 상황이 있음에도 2년도 안 되어 80권 이상의 책이 나온 거죠. 물론 판타지와는 비교가 안 됩니다. 판타지는 1년에 3,000권 정도 나오니까. 뭐 대여점이라는 어마어마한 시장이 뒷받침되어있고, 라이트노벨이라던가, 대중화를 이끌어내는 것들이 있어서 가능하겠습니다만.

여하튼 우리나라에서 2년에 80권. 1년에 한 40권 정도 나오게 된 것은 제가 보기에는 '웹진 거울'의 영향이 굉장히 커요. 거기서 실제로 활동하던 작가들이 낸 작품이 많은데, 그건 SF를 쓸 수 있는 장소가 없었던 상황에서 '거울'이 분출구가 되어주었기 때문이죠.

조아라나 문피아, 최근에는 네이버 웹소설 같은데서 사람들이 활동하는 것도 글을 썼을 때 남이 읽어봐 주길 바라기 때문인 거죠.

그런데 '거울'에는 기본적인 독자들도 있습니다. '거울'만 보는 독자들도 꽤 많아요. 거울에서 나오는 책은 안 사볼지 몰라도 인터넷에서라도 글을 보며 반응하고 있는 겁니다.

작가를 키우는 가장 좋은 방법은 활동할 수 있는 무대를 주는 거예요. '거울' 같은 웹 형태만으로는 아무래도 제한적이기 때문에 어떻게든 잡지를 만들어보겠다며 생각하고 있습니다만.

일본 SF만 해도 크게 성장한 것은 만화책 덕분이지만, 그러한 성장의 이면에 『우주진』이라는 동인지의 존재를 빼놓을 수 없습니다. 1950년대 말에 나와서 지금까지 한 백몇십 권. 계속 이어지는 동인지인데. 그 동인지에서 활동하던 작가들이 현재의 일본 SF문학계를 만든 거죠. 외국 작품이 많이 들어오게 된 데는 '산리오 문고' 같은 걸 만들어낸 해외 SF 교류 협회 같은 곳이 큰 역할을 했고요.

국가의 지원이건 뭐건, SF를 쓸 수 있고, 많이 접할 수 있는 장소가 늘어나야 한다고 생각해요. 그것도 '거울'처럼 조금 닫혀있는 형태가 아니라 훨씬 열린 형태로 말이죠.

고장원 '거울'은 원고료가 없죠.

전홍식 네, 없죠.

고장원 저기 SF어워드 수상작들 가운데 이번에 실리는 건 원고료가 있겠죠?

전홍식 당연히 원고료가 다 있고, SF어워드 작품도 상금과는 별개로 게재료가 나갑니다.

고장원 이런 생각이 드네요. 1930~40년대 미국에서는 이른바 펄프잡지 시대라는 SF문학의 활발한 태동기가 있었습니다. 수십 개의 SF잡지들이 앞서거니 뒤서거니 하며 경쟁을 하던 시대지요. 그 시대에도 비록 형편없기는 했지만 과학소설을 잡지에 실은 작가에게는 고료가 지급되었어요. 휴고 건즈백이 발행인과 편집장을 맡던 잡지에서는 툭하면 지급이 밀리기 일쑤였다고는 하지만. 그래서 인기 작가의 반열에 올라갈 경우 죽어라고 글을 써대면 (저마다 나중에 혹사당했던 시절이라고 투덜대긴 했지만) 밥은 먹고 살았단 말이죠. 그런데 우리나라에서는 과학소설만 썼다가는 아예 밥도 못 먹어요. 무엇보다 규모의 경제를 실현할 매체 공간이 턱없이 부족한 실정이니까요. 이러한 사정은 청소년과학소설 시장도 마찬가지예요. 청소년들이 과학소설 창작물을 접할 유료매체 공간이 종이책 / 전자책을 제외하고는 없어요. 청소년들에게도 단행본을 구입하기 전에 진입장벽이 낮은 뭔가가 있어야 부담 없이 이 장르에 친숙해질 수 있지 않겠어요. 무턱대고 단행본을 사라고 부추기는 것은 과학학습문고 읽으라고 청소년에게 우격다짐하는 식이나 마찬가지 아니겠습니까. 저만 해도 아이디어회관에서 펴내던 SF명작문고 60권을 어린 나이에 한 권씩 사들일 때 제 의지로 용돈을 모아 해결했지 만일 부모님이 한방에 전질을 사서 서가에 꽂아주었다면 읽고 싶은 마음이 싹 사라졌을 겁니다. 결국 청소년이든 어른이든 매체가 있어야 그리고 다양해야 독자와 작가들이 만나는 접점이 늘어날 텐데 말입니다. 그러니 지금 현재 무엇보다 중요한 건 과학소설을 실어줄 수 있는 유료매체의 탄생과 증가예요.

박상준(POSTECH) 그렇지요.

고장원 크로스로드도 현재 작가들에게 귀중한 매체지만 이곳 말고도 종이잡지와 온라인 공간을 포함해서 매체공간이 더 풍성해지면 좋겠습니다. 그리고 무엇보다 유료매체들이 많아지는 게 현재로서는 가장 절실한 대안입니다.

박상준(POSTECH) 그렇지요, 절실하지요. 그런데 그게 정말 어렵지요. 자금을 끌어오는 게 어렵고⋯⋯ 박 선생님, 출판사를 다시 한 번 해볼까 하는 생각도 잠깐 하시는 것 같긴 하던데요⋯⋯

박상준(서울SF아카이브) 잠깐이 아니라 늘 염두에 두고는 있죠.

박상준(POSTECH) 돌이켜보셨을 때, 판타스틱을 접게 된 이유, 요인 같은 뭔가가 짚이는 게 있으세요?

박상준(서울SF아카이브) 창간하고 한동안은 발행인이 좀 여유가 있는 상태여서 매달 제가 알기로는 거의 뭐 억대이상의 제작비를 투자했죠. 그러면서 적자를 보더라도 한 3년쯤 버티면 정기구독자가 쌓여가지고 그때부터는 흑자전환이 가능하지 않을까라는 전망을 가지고 있었죠. 이를테면 밑 빠진 독에 물을 부을 걸 각오하고 그렇게 했던 거였는데 그게 서브프라임 모기지 사태 때문에 나중에 발행인의 원래 사업이 상황이 안 좋아져서 접게 된거고요.

그러니까 사실 '판타스틱 잡지'가 시장에서 반응이 그렇게 나쁜 편도 아니었고 SF나 다른 장르 작가들에게 좋은 지면을 제공을 했고 그래가지고 거기에서 처음 작품활동 해가지고 지금까지도 작가로 활동한다 그러는 분들도 있거든요. 그런데 그 잡지는 일반화시키기에는 좀 특수한 케이스이긴 했어요. 발행인이 잡지 쪽에 강한 의지가 있는 분이었죠.

박상준(POSTECH) 선생님들께서 계속 또 그런 케이스들을 찾아내시면,

고장원 『판타스틱』 관련해서는 저는 이런 생각도 들어요. 단순히 경영난이 아니었더라도 이런 식의 혼종 잡지는 결국 문을 닫게 되었을 것 같다는 겁니다. 제가 보기에는 잡지의 기본 컨셉이 잘못되었다 보거든요. 각각의 개성이 강한 장르문학들을 한통에 넣어 돌린다고 독자 수가 안정적으로 확보될 거라는 발상 자체가 장르독자들의 특성을 이해하지 못한 것이라 생각합니다.

박상준(POSTECH) 죄송한데, 시간이 많지 않으니까 제가 일단 진행을 좀 해 보고요, 그 다음에 이제 편한 얘기는 식사하시면서 또 하시고요. 원

종우 선생님께서 보시기엔 어떤가요. 저희는 어쨌든 논의를 넓히기 어려워서 그랬는데, 지금까지의 이야기가 문학과 출판 쪽에 많이 집중되어 있지요. 이것을 조금 넓혀서 보시면 또는 선생님의 과거 경험에 비추어 보실 때, 지금 현재 한국 창작 SF 운동이라면 운동 사업이라면 사업의 현황이라는 것이 어느 상황인 것 같은지요? 발전가능성 면에서 어떤 위험이 있을 수 있고, 어떤 점을 살리는 것이 좋을까 등에 대해 편하게 말씀하시는 걸 듣고 싶습니다.

원종우 일단 문학에 대해 제가 많은 얘길 할 수 있는 입장은 아니고. 제 경험에서 얘기를 하자면 제가 음악 마니아, 소위 덕후 모임의 수장이었다가 그 모임을 제대로 리드하지 못하는 상황이 생겼었는데, 여기 오신 분들도 모임을 이끌면서 책임감을 가지고 실제적인 활동을 해 보려다가 의미 없는 반대를 많이 경험하셨을 거라고 생각합니다.

이런 한계를 가진 마니아 문화를 어떻게 현실적인 에너지로 만들어내느냐는 건 기본적으로 굉장히 어려운 문제라고 생각이 되고요, 그래서 마니아 문화는 대중들 세상하고는 좀 다른 세계라고 인정하지 않을 수 없다고 봅니다. 저도 음악 쪽으로는 덕후성을 버리지 못하고 있기 때문에 그 한계를 자주 느낍니다. 그래서 제가 하는 과학문화라던가 SF 등에서는 이를 거울삼아 그런 입장을 갖지 않도록 경계를 많이 하고 있습니다. 예컨대 제가 스타트렉은 좀 덕후성이 있는데 요즘 스타트렉 영화는 진짜 스타트렉이 아니라는 느낌이 있거든요. 옛날 스타트렉의 그 정신을 계승하지 못하고 있다고 여기죠. 하지만 스타트렉을 처음 접하는 대중들에게 그런 생각을 강요해서야 무슨 의미가 있겠어요. 이런 부분에 대해서 우리가 면밀하게 생각을 해봐야 하는 것 같아요.

또 우리나라에 SF계에 속해 있다는 인식 없이 활발하게 창작물들이 나오고 있는 분야는 웹툰입니다. 제가 이런 작품들을 많이 챙겨보는 편인데 대중적으로 잘 만들어진 작품과 대작, 수준 높은 작품들이 각각 많이 발표되고 있습니다. 이 작가들은 몇 년 동안 이미 개인 작가로서 활동했지만 SF 커뮤니티에 대한 인식도 없고 지지도 없는 상태죠. 그런데도 자기가 좋아서 연구를 해서 SF 작품들을 내고 있는데 퀄리티도 높고 인기도 있는데 SF의 본령이라는 쪽하고 소통이 없이 분리돼 있는 것 같습니다.

그래서 이 작가들을 끌어들여서 그들이 SF를 하고 있다는 것을 느끼게 해야 되고 SF 커뮤니티가 그들이 독자층과 대중성, 그리고 작품성을 확보하고 있다는 걸 인정해주고 지분을 줘야 한다는 생각입니다.

박상준(POSTECH) 소백산천문대에서 뵙도록 해야겠군요.

원종우 자원이 아까운거죠 지금. 이분들이 SF를 하고 있다는 자각을 서로 공유하는 게 필요합니다.

전홍식 아까 SF파티하고 페스티벌 같은 행사 얘기 드렸었는데요? 그 SF 행사에서는 사람들이 한 200명 정도 모여서 이것저것 떠들고 하는 그 자리가 상당히 그 뭐랄까, 굉장히 열기가 있었어요. 확실하게.

일본이나 미국 같은 경우에 팬덤은 일본 SF대회라던가 미국의 SF 월드콘 같은 행사나 코믹콘 같은 여러 가지 행사를 통해서 사람들끼리 자발적으로 모여가지고 같이 으쌰으쌰하는 분위기가 강합니다. 그런데 우리나라는 현실적으로 그런 게 보이지 않죠.

고장원 나라마다 과학소설이 발달해온 맥락이나 사정이 다르긴 하죠. 중국은 상당기간 관 주도로 안정적인 성장을 거듭해왔죠. 지금은 『과환세계』의 보조금이 끊기는 등 바뀌어가고 있지만요. 영미권과 일본은 적어도 초기에는 자생적 커뮤니티가 시장을 일궈냈다 해도 과언이 아닙니다. 나중에는 일반 독자층이 호응하게 되었고요. 이에 비해 우리나라의 커뮤니티는 기대보다 생산적이지 못한 것 같습니다. 그 점이 아쉬워요. 기성작가들을 비판만 할 것이 아니라 그러면서 동시에 자신들이 대안세력으로 나서줘야 하는데 커뮤니티에서 프로작가가 배출되는 빈도가 많지는 않을 것 같아요.

박상준(POSTECH) 그러니까, 일단, 여러 장르를 불문하고 SF에 관련되어 있고 SF에서 종종 활동하시는 분들 상호간에 네트워크가 조금 확장될 필요가 있는 거 같아요, 그렇죠, 조금 더 확장될 필요가 있고, 그리고 어느 자리에서 누가 말하든 당연히 항상 지목하는 건데, 펀드가 있어야 되는 거죠. 정부로부터든 기업으로부터든 펀드를 따올 수 있는 무언가가 있어야 하는데, 이걸 사실상 SF 쪽에서 적어도 문학 쪽에서는 아직까지 성공적으로 못해오고 있는 거라고 정리할 수 있겠죠. 그게 소스가 어디가 되었든 간에, 예전에 있었던 과학기술창작문예 같은 것들을 다시 열 수 있게끔 해보는 시도들을 계속 해야 되는 거고요. 사실상 제가 생각할 때 현재 상태에서 제일 아쉬운 것은 장편소설에 대한 어떤 공모라든가 이런 게 없다는 겁니다. SF어워드가 있지만 이건 있는 작품들에 대한 사후 명예 부여 성격이 강하지 않습니까. 해서 장편소설을 공모할 수 있는 이런 게 있으면 활성화되겠는데, 그것도 또 돈이 문제가 되는 거죠. 그 다음에 괜찮은 SF를 잘 살려가지고 정말 시쳇말로 대박이 나는 영화 작품을 만들어낼 수 있게 하든가 드라마가 되게 하면서, SF 작가나 SF 문학에 같이 도움이 될 수 있는 그런 홍보도 하고. 정말 필요한 것은 이렇게 빤히 보이는데 이것들이 잘 안 되는 것을 생각해보면, 선생님들께서, 서로 익히 다 아시지만, 선생님들께서 좀 더 협업할 수 있는 무언가 장이 있으면 좋겠다는 생각도 사실 들고, 선생님들 스스로 그런 필요를 좀 더 찾으시면서 결합할 수 있는 어떤 이벤트를 만드시는 것도 좋을 것 같습니다. 그 외에 이제 다른 분야, 다른 장르 쪽에 있는 분들하고도 또 연결이 잘 되면 그런 멋진 그림이 그려질 것도 같은데요. 그럴 수 있는 것이 있는 뭔가가 있을까요? 그러기 위해서 필요한 뭔가든?

전홍식 일단 내년에는 제가 SF페스티벌을 다시 열 생각입니다. 사실 저는 쌈마이 문화를 좋아합니다. 일본 SF 대회 같은 게 가면 되게 편해요. 심지어는 시장이 나와서 SF 농담도 하는 상황이니까요. 괜히 축사니 뭐니 해서 연설 같은 건 찾기 힘들죠.

그 행사에서 이런 책자를 만들어 배포했는데, 이런 건 제작비가 별로 안 듭니다. 이런 책자가 꾸준히 만들어지는 것도 좋다고 생각해요.

사람들이 쉽게 접하고 재미있으면 계속 보게 됩니다. 이번에『원더랜드』를 만들었는데, 이제껏 SF를 보지 않은 사람들이 에세이 같은 걸 읽으면서 'SF가 이렇게 재미있는지 몰랐다'라고 얘기하는 게 참 좋았어요.

한국에서 바로 잡기보다는 사람들에게 널리 알려야 하는 게 있습니다. 바로 "SF는 재미있다"라는 것입니다. 어렵고 복잡한 게 아니라 그냥 재미있게 볼 수 있는 거라고 말이죠. SF 팬덤에서는 이걸 부정하는 사람들이 좀 있는 것 같아요. 자꾸 'SF의 가치'를 찾으니까요. 그런데 'SF의 가치'라는 건, 외부인들이 보기엔, 사실 저도 SF 팬덤 입장에서는 외부인이었다고 할 수 있겠지만, SF 팬덤의 외부인에겐 별로 중요한 게 아니에요.

외부인이 나왔으니 하는 얘기지만, 아까도 '조이 SF 클럽은 SF 모임이 아냐'라는 얘기를 들었다고 했죠. 그런데 사실 현재 SF를 꾸준히 다루는 커뮤니티는 사실상 조이 SF 하나뿐입니다. SF가 가치가 있거나 그런 게 아니라 그냥 재미있고 좋아서 하다 보니 20년 가까이 계속해온 거예요. 거창하게 가치 같은 걸 이야기할 필요 없이, 그냥 좋아서 재미있어서 계속해야 한다고 생각합니다.

책자 얘기로 돌아가자면, 원더랜드의 경우 원고료니 인쇄비니 다 해서 800만 원 정도 들었습니다. 적은 돈도 아니지만, 투자 같은 형태로 생각한다면 사실 큰 것도 아니에요. 이런 책이 한 달에 한 번 씩 꾸준히 나온다고 해 보죠. 한 달에 한 1,000만 원만 들어서, 크게 말고 150쪽 정도로 좋으니까. 그렇다면 더 많은 사람이 SF를 보고 즐길 수 있을 거라고 생각해요.

최근 추리 소설 잡지 중에서 5,000부 정도를 파는 게 있습니다. 팔리는 이유가 있는데 일단 가격이 싸요. 5천 원 밖에 안 하니까 쉽게 손을 댈 수 있죠. 게다가 소설이 많이 실렸으니까 소설책 사듯이 사는 거예요. 처음부터 이렇게 많이 팔자는 건 아닙니다. 조금씩 사람들에게 익숙해지면서 완성해나가면 언젠가는 SF책자도 이만큼 성공할 수 있을 거라고 봐요.

고장원 아까 공모전 얘기 하셨는데, 저는 공모전은 개인한테는 영향이 있을지 모르나 시장의 관점에서는 별로일 수도 있다고 봅니다. 왜 김장환 작가의 『욘더』란 장편 과학소설 기억하시나요? 이 작품은 당시 모 공모전에서 1억 원의 상금을 받았습니다. 원래 출판사 하시다 창작에 매진하신 분 같은데, 사업이 잘 안 돼 이민을 가셨다가 잠시 돌아와 이 작품을 출품했죠. 그리고는 상금 수령 후 다시 뉴질랜드로 떠났다고 들었어요. 지금도 문필활동을 하고 계신지 모르겠지만 일단 국내 시장과는 접점이 없어 보이네요. 요는 공모전은 작가 개인에게는 영예일 수 있으나 시장성장과 반드시 긴밀한 인과관계를 갖는 건 아니라는 점입니다. 따라서 시장관점에서 제일 중요한 것은 거액의 상금을 1회성으로 받기보다는 자신을 작품을 자주 게재할 수 있는 매체들이 풍성하게 발달하는 환경입니다. 자신의 창작물이 계속해서 여기저기에 실릴 수 있어야 작가들이 글을 쓰는 보람을 느끼지 않겠습니까. 어디가나 알아주는 작가가 된다는 것은 작가 개인에게 큰 에너지가 되겠죠. 따라서 같은 돈이면 1회성 전시행사로 끝내기보다 지속발전 가능한 매체에 투자되는 편이 시장을 활성화시키는데 더 도움이 된다고 봅니다(예컨대 과천과학관에서 주최하는 SF어워드는 상금이 생각보다 많지 않습니다. 그보다는 작가가 고생한 결실에 진심으로 축복하는 분위기와 정서가 더 중요하다고 생각합니다).

전홍식 인터넷에서 인기가 좋아도 책으로 만들어진 것과는 감각이 다를 거 같아요. 웹툰이 성황 하는 것은 사실이지만, 그 조회 수라는 것이 사람들에게 쉽게 안 다가오거든요. 그에 반해서 '나 책 많이 팔았어' 그러면 뭔가 있어 보여요.

박상준(POSTECH) 제 말씀은 이런 거였습니다. 책이 안 팔리는 이유가 뭐냐, 그런 상황에 대해 뭘 할 거냐 하는 맥락에서, 기존 패턴을 계속 발전시킬 필요도 분명히 있겠지만, 뭐 여러 가지 하는 거니까요, 우리가 뭔가 새로운 가능성, 기회 그런 지점을 만들고 모색하고 고민하는 뭐 이런 게 필요하지 않을까 해서, 선생님들께서 어떤 생각을 하실지, 하실 수 있는지, 하시고 계신지 그 부분이 듣고 싶었던 겁니다. 시간이 얼추 됐으니까, 이제 한 말씀씩, 우리가 SF의 발전과 관련해서 많은 이야기들을 했는데, 매듭을 짓는 입장에서 소감 한마디씩 하면서 마치도록 하겠습니다.

박상준(서울SF아카이브) 저는 요즘 SF보다 그 백그라운드에서 유기적으로 연결된 과학문화의 저변이 넓어지는 것을 느낍니다. 특히 각 기관이나 연구소 같은 곳에서 점점 과학과 SF에 대한 관심도가 동시다발적으로 떠오르는 것 같아요. 저를 찾는 횟수 같은 이런 직접적인 지수만 봐도 그렇고, 그래서 이렇게 가면 어떻게 보면 지난 세월동안 우리가 했던 이런 저런 것들이 이제 시행착오였다면, 이제는 그걸 바탕으로 깨달음을 얻어서 새롭게 노하우를 가지고 앞으로는 좀 느리지만 꾸준히, 슬로우 & 스테디로 가다보면 이번에는 탄탄하게 다져가면서 장르SF의 저변을 넓혀갈 수도 있지 않을까 생각합니다. 이제 변수가 그거죠. 출판 시장 자체가 어려운건데, 어차피 미디어는 출판만 있는 게 아니니까. SF가 메이저가 아닌 것은 장르SF에 해당이 되는 거고, 일반 대중문화에서 SF는 어마어마한 주류이기도 하죠. 그리고 각 나라마다 그 나라의 국민SF콘텐츠라고 할만한 게 있잖아요. 일본에는 아톰이 있고, 영국에 닥터 후, 그리고 미국에 스타트렉이나 스타워즈 등이 있기 때문에 우리나라도 이제라도 그런, 진짜 어렸을 때부터 친숙해질 캐릭터에 대하여 고민을 좀 해봐야 되지 않을까. 이걸로 저는 결론을 맺겠습니다.

원종우 제가 이제 과학문화를 하고 있는데, 지난 학기에 성공회대에서 강의를 했습니다. 3학점짜리를. 뭘 하겠냐고 해서 과학과 상상력을 하겠다고 했더니 통과가 됐습니다. 과학과 SF와 주변 어딘가가 얽혀있는 얘기인데, 그런 수업을 열어주더라고요.

그 다음에 웹툰 얘기를 잠깐 드리면, 웹툰의 영향력이 이렇습니다. 중고교 교실에 들어가서 너희가 아는 심리학 관련 작품을 얘기해 보라고 하면 프로이트가 나오는 게 아니라 웹툰 〈닥터 프로스트〉를 말합니다. 전부 다요. 이게 웹툰의 힘입니다. 어른들은 현재 웹툰의 힘과 영향력을 잘 모릅니다. 어린이들, 젊은 층에서는 정말 막강하구요. 근데 이 웹툰 작가들은 돈도 있고 인기도 있는데 정통성이 없습니다. 우리가 그런 부분을 실어줄 수 있는 거죠.

또 하나를 더 얘기해보자면 예를 들어 국내 팬덤 중에 〈닥터 후〉 팬덤이 있거든요? 닥터 후 주인공들이 세계 투어를 했습니다. 우리나라에도 왔는데 팬미팅이라고 해봤자 한 100명 나올까 싶어서 여의도 IFC몰에 자리를 잡았다가 엄청난 항의를 받고 63빌딩 그랜드볼룸, 1,000명 이상을 수용하는 곳으로 바꿨습니다. 이런 닥터 후 팬덤이 존재한다는 것조차 파악이 안 돼 있었습니다. 이 사람들은 전통적인 SF 팬이라기보다는 닥터 후 팬인데, 1,000명이나 모이는 실체가 존재하고 있으니 SF라는 큰 틀 안에 품어 안을 수 있지 않겠냐는 거죠.

또 하나가 뭐가 있냐면 '태권 V'인데요. 브이센터라고 하는 '태권 V' 센터가 만들어졌습니다. 태권 V에 대한 문제제기도 있었지만 여하튼 대중적으로 굉장히 인기를 끈 캐릭터와 작품인데 이쪽의 움직임도 SF 커뮤니티와 공유가 안 되고 있는 상태입니다. 태권 V 관련된 장점들을 살릴 수 있는 곳이 되어야 하는데 SF 커뮤니티가 도울 수 있는 거거든요. 세계관도 새로 정립해 보고. 이렇게 이미 존재하는 것들에 외형적인 접근이 가능한 상황들인데 서로 못보고 있는 거죠. 그런 쪽에 조금 더 우리가 눈을 열어야 되지 않을까 합니다.

박상준(POSTECH) 네 고맙습니다.

김창규 어떤 장르 하나가 제대로 서려면 다양한 스펙트럼이 있어야 해요. 집중해서 보고 숨은 뜻을 발굴해야 하는 작품도 필요하고, 바깥이나 안이나 두루 쉽게 접할 수 있는 작품도 있어야 하고, 그 중간도 다 있어야 해요. 하층이 없으면 상층은 무너지거든요. 출판사와 SF번역이나 기획 이야기를 할 경우 처음에는 잘 알려지지 않은 보석들도 출간하자고 얘기가 오가죠. 하지만 시간이 흐르면 결국 상을 얼마나 탄 작품이냐는 얘기로 귀결돼요. (일동 웃음) 생각이 못 미쳐서가 아니라, 경제적인 압박 등 여러 가지 사정 때문에 족쇄가 생기는 거죠. 그래서 장르의 생명력을 키우려면, 안쪽에 있는 사람들이 어깨에 힘을 많이 빼야 해요.

박상준(POSTECH) 그렇지요.

김창규 그걸 인식하는 게 먼저라고 보고요. 좀 몸담고 있는 사람도 그렇고 그리고 말씀하셨던 바깥쪽에 있는 사람들하고 계속 연결이 되려면 어깨에 힘을 좀 많이 빼야 돼요. 그 인식자체를 하는 게 먼저라고 생각을 하구요. 개인적으로는 직접 영화를 만들어보려는 생각도 합니다.

고장원 SF 시나리오인 거죠?

김창규 네. 텍스트를 많이 안 읽는 시대이니 접근성이 높은 여러 매체를 다 이용해야 한다고 생각합니다.

박상준(POSTECH) 네, 전홍식 선생님.

전홍식 좋은 말씀 잘 들었습니다. 특히 과학 문학을 통해서 SF에 대해 살펴보는 이야기가 재미있었습니다.
저는 이런 이야기를 하고 싶습니다. 일본에서 〈기동전사 건담〉이라는 작품이 굉장히 유명합니다. 애니메이션으로 나왔는데, 게임이나 프라모델, 만화나 소설처럼 엄청난 양의 상품이 있죠.
오래 전에 나왔고 오랜 팬이 있는데, 그 팬문화는 대부분 성인층이고 청소년층에서는 단절되는 경향이 있었어요. 아이들을 위한 SD 건담이라는 작품이 있지만, 여기서 청소년이 되면 다음으로 넘어가지 못한 것이죠. 그 와중에 '〈기동무투전 G건담〉이라고 건담으로 격투기를 하는 이야기'가 나왔습니다. 건담의 열성팬들은 '이건 건담이 아니야'라고 비웃었지만, 청소년들은 열광했어요. 그렇게 건담 팬이 꾸준히 이어졌고 지금도 계속 나오고는 있는 겁니다.

한국에서 아이들이 〈또봇〉 같은 작품을 재미있게 보고 있다고 했습니다. 최근엔 〈터닝메카드〉가 열풍을 일으키고 있죠. 그런데 이렇게 로봇물을 보고 자라난 세대가 SF 팬으로 넘어가기에는 굉장히 장벽이 커요.

그래서 청소년 문학 같은 예도 있었지만, 저는 한편으로는 그들이 쉽게 접할 수 있게. 그러니까 극단적으로 말하면 베르나르 베르베르정도의 그런 것들이 많이 퍼져 나갈 수 있는 무대, 그런 작품을 쓰고 알릴 수 있는 무대가 많이 늘어나고 이들을 응원할 수 있는 그런 무대가 필요하다고 생각합니다.

사실 저는 이야기를 하면서 '아, 그래 내가 SF 페스티벌 열고 한편으로는 책도 만들려는 계획을 세우고 있었는데, 더 열심히 해야지'라는 생각도 들었습니다.

고장원 저는 두 가지만 말씀드리겠습니다. 그 동안 제가 국내 창작과학소설 출판시장의 성장발전 쪽으로만 치우쳐서 이야기를 한 것 같은데요. 그 외에 우리나라 과학소설의 미래와 관련해서 저는 개인적으로 두 가지 바람이 있습니다.

첫째는 우리나라에도 본격적인 하드SF가 탄생했으면 좋겠다는 것입니다. 우리의 창작 SF는 해외에 견줄만한 명실상부한 하드SF가 없습니다. 그런데 중국만 보더라도 『삼체』처럼 정치풍자문학인 동시에 하드SF라 해도 전혀 손색이 없는 작품이 대중에게 인기를 끌고 있지 않습니까. 하드SF라 하면 정의를 어떻게 하느냐에 따라 또 얘기가 길어질 수 있겠습니다만, 저는 가장 일반적인 의미에서 과학기술에 보다 경도된 소설을 의미합니다. 우리가 어차피 과학기술이 토대가 되는 문명사회에서 살고 있는 한 그러한 경향의 극단을 탐구하는 것은 과학뿐 아니라 문학의 사명이라고 생각합니다. 모든 과학소설이 하드할 필요는 전혀 없지만 그래도 그 중 일부는 전위 역할을 할 필요가 있지 않겠습니까. 그렇다고 해서 읽히지 않는 공학서 같은 이야기를 의미하는 것은 절대 아닙니다. 제가 이 자리에서 정의하는 하드SF는 소설 내용의 90%를 과학적인 기술로 채우라는 것이 아닙니다. 대신 그러한 언급은 소설 속에서 겨우 한줌밖에 나오지 않아도 좋으니까 그 사실이 해당 소설의 세계관을 지탱하는 근간이 되었으면 합니다. 그래서 그러한 세계관이 캐릭터와 사회 그리고 인류에 심대한 영향을 미쳐 이른바 코페르니쿠스적인 사고의 전환을 하게 만드는 작품을 저는 하드SF라고 부르고자 합니다.

아직까지는 이러한 관점에서 접근하는 작품들이 우리나라에 많지도 않고 그 시선이 그리 과감하지도 않아 좀 아쉽습니다. 이미 소프트SF 쪽에서는 영미권 따라하기를 졸업하고 우리의 정체성을 독창적으로 담아내는데 이르렀다는 사실을 감안하면 더욱 아쉬운 부분입니다. 후자의 대표적인 예로는 최근 SF어워드를 수상한 김창규 작가의 「업데이트」가 문득 떠오르는군요. 하지만 하드SF로 시선을 돌리면 솔직히 아직 이런 쪽에 치열한 관심을 쏟는 작가를 만나기가 쉽지 않습니다. 개인적으로는 이재창의 「기시감」과 박민규의 「깊」 그리고 배영익의 「전염병」 등이 이러한 기준을 충족시킬 만한 작품들로 보이는데 찾아보면 정말 생각보다 많지 않습니다. 크로스로드에 실린 작품들 가운데에는 필자2의

「비눗방울」이 그러한 후보가 될 잠재력이 있다고 생각됩니다. 다만 너무 분량이 짧아 할 이야기를 다 못한 감이 들어 아쉽습니다. 이 단편은 기본설정을 씨앗으로 삼아 작가가 생각한 외계인 생태계를 좀 더 치밀하게 장편으로 구성한다면 아주 인상적인 하드SF가 될 수 있지 않을까 기대됩니다.

둘째는 우리나라 창작 SF의 국제화 혹은 글로벌 유통에 관한 과제입니다. 충분히 우수한 콘텐츠만 있다면 유통시스템은 어떻게든 중장기적으로 해결이 되리라고 보는데, 관건은 그럴만한 작품들을 과연 수적으로 충분히 확보할 수 있느냐에 달려 있다고 봅니다. 그렇다면 어떤 창작 SF가 글로벌 시장에서 유리할까요? 먼저 두 가지 예를 구체적으로 들고 싶어요. 추상적이고 관념적인 개론보다는 아무래도 예를 드는 게 귀에 쏙쏙 들어오잖아요. 하나는 이혜원 작가의 『드림콜렉터』라는 작품이고, 다른 하나는 김진우 작가의 「애드리브」라는 작품입니다. 불쑥 왜 이런 소설들을 예로 들었냐면 해외시장의 경쟁이 얼마나 치열한지 그리고 그러한 경쟁을 뚫고 눈에 띄자면 얼마나 독창적이고 차별화된 관점이 필요한지를 설명 드리기 위함입니다.

일찍이 2000년경 미국에서 한 해 동안 출간되는 과학소설과 환상소설 타이틀 수가 도합 2,000여 종이었습니다. 업계동향에 따르면 양자의 비중은 통상 35 : 65라고 합니다. 이를 2000년 통계에 적용하면 미국에서 출간된 과학소설 타이틀이 약 700종이란 뜻이 됩니다. 지금은 전자책의 위세를 감안할 때 출간종수가 그때보다 더 늘었을 테니 아무리 보수적으로 잡아도 최소 1,000종 이상은 한해 미국에서 과학소설이란 레벨을 달고 출간될 것으로 보입니다. 우리나라의 작가가 만약 가장 큰 과학소설 시장인 미국에다 명함을 내민다면 단행본 기준으로 무려 약 1,000대 1의 경쟁을 해야 한다는 얘기가 됩니다. 여기에다 잡지나 단행본에 실리는 중단편까지 따로따로 계산한다면 더욱 머리가 아파지겠죠.

이처럼 백가쟁명의 시장에서 수상은 둘째 치고 책을 좀 팔려면 먼저 눈에 띄어야 하는데 어떻게 하면 좋을까요? 마케팅과 유통채널은 다음 문제이고 우선 책을 어떻게 써야 하느냐 이 말입니다. 작품이 눈에 들어오지 않는 이상 마케팅에 돈을 쓰거나 제법 괜찮은 유통채널을 잡기는 난망이니까요. 그런데 아무리 동시대를 함께 가는 지구촌 실시간 커뮤니케이션의 시대라고는 하나 한국에 있는 작가가 미국 현지의 작가들만큼 최신과학지식의 발전 동향이나 그것들이 담고 있는 사회적 이슈들을 바로바로 흡수하며 트렌드를 선도하는 작품을 선뜻 내놓을 수 있을까요? 일감은 좀처럼 쉽지 않을 것 같습니다. 따라서 억지로 힘겨운 싸움을 하느라 까치발을 하고 버티는 것보다는 차라리 새로운 패러다임을 제시하는 편이 더 현명한 방법일 수 있다고 생각합니다. 이를테면 미국 작가들의 트렌드를 따라가는 대신 그들이 전혀 생각지도 못한 소재나 발상 그리고 접근방법으로 이야기를 써서 제시하는 것입니다. 그래도 무슨 말인지 헷갈리고 한눈에 들어오지 않을 것 같아 제가 서두에 『드림컬렉터』와 「애드리브」를 예로 말씀드린 겁니다.

『드림컬렉터』는 이혜원 작가의 장편소설인데요. 스타니스와프 렘의 소설을 원작으로 한 〈솔라리스〉라는 영화 아시죠? 〈솔라리스〉에서는 외계행성의 바다가 요상한 짓을 하잖아요. 사람이 꿈속에서 떠올린 인물을 실제로 복원시켜 그런 꿈을 꾼 당사자에게 막무가내로 보내니까요. 그 때문에 영문을 모르는 사람들은 무척 괴로워하죠. 이 이야기의 취지는 인류가 아무리 우주로 진출하며 잘난 척 해봤자 우주는 우리가 도무지 이해할 수 없는 것투성이다. 그러니 자기 주제를 알아라! 뭐, 이런 거잖아요. 한 마디로 회의론적 사유가 가득한 철학적인 이야기입니다. 타르코프스키의 영화는 소설의 이러한 취지를 상당부분 감성적으로 비틀어 원작자를 분노를 샀죠. 하지만 한국의 이혜원이란 작가는 그 정도가 아니에요. 놀라운 미지의 행성급 존재 앞에서 고뇌하고 몸부림치는 폴란드인과 달리 한국인들은 아주 실용적이거든요. 종자가 달라요. 사람들의 생각을 물질화해서 보여주는 외계행성의 특이한 현상에 절망하기보다는 어떻게 하면 그런 상황을 돈벌이 관광에 이용할 수 있나 그런 생각밖에 안 해요. 그 결과 이혜원의 소설에서는 솔라리스가 엄청난 돈벌이를 해주는 노다지 행성이 되어버렸어요. 아마 생전의 스타니스와프 렘이 이 소설을 읽었으면 치를 떨었을지도 몰라요. 하지만 저는 렘의 생각을 존중하지만 동의하지는 않아요. 철학적인 사고를 요구하기 위해 과학소설을 쓰는 그의 입장도 알겠지만 사람들이 다 그런 이유로 과학소설을 읽지는 않거든요. 이혜원 작가는 아무리 요상하고 미스터리한 것도 인간이 그것을 돈벌이 도구로 전락시킬 수 있음을 보여주면서 그러한 전제를 배경으로 사회의 부조리한 면모를 아주 신랄하게 조롱하고 있거든요. 유사한 소재를 이렇게 180도 다르게 접근할 수 있겠구나 하는 깨달음을 주었다는 점에서 만약 이런 작품이 해외에 소개된다면 우리나라에서 호평 받는 다른 수작들보다 훨씬 더 외국인들의 구미에 맞지 않을까 기대돼요.

그리고 「애드리브」는 초야에 묻혀 생을 마감한 한 음악가의 삶과 무려 수만 년에 걸친 호모 사피엔스의 음악예술의 진화과정을 뒤섞은 그야말로 야심적인 괴작이에요. 음악이 예술뿐 아니라 무기가 되고 식량이 된다는 발상 그 자체만으로도 훌륭한 출발점이라고 생각해요. 고도 문명의 외계인이 이역만리에서 구태여 지구에까지 찾아온 이유도 주인공 음악가의 음악이 우주 밖으로 울려 퍼진 것 때문이었다는 설정도 충분히 설득력이 있어요. 흔히 외계인과의 최초의 만남을 최초의 접촉이라고 하잖아요. 이러한 일이 일어났을 때 정작 서로 말이 통할지에 대해 이제까지 작가들은 많은 대안을 제시해왔어요. 그 중 어떤 것은 황당하고 어떤 것은 그럴듯하죠. 김진우 작가가 내놓은 대안은 음악이에요. 음악은 제대로 완성미를 갖추려면 수학적 이해가 필요합니다. 그리고 수학은 우주만물을 규명할 수 있는 공통의 법칙이죠. 적어도 같은 우주에 살고 있는 지적인 외계인이라면 표기방법이야 어떻든 간에 수학적 개념을 우리와 공유할 것입니다. 음악은 이 수학을 좀 더 감성적으로 풍요롭게 다듬은 형태입니다. 논리에 감정이 융합되어 논리를 더 가까이 할 수 있게 만들어 준 거죠.

위 두 작품은 각각의 존재만으로도 소위 '드림펑크'나 '음악SF'라는 새로운 하위 장르를 개척한 선구적인 예들이라 해도 과언이 아니라고 봐요. 따라서 우리나라의 창작과학소설 가운데 이처럼 해외에서도 사례를 찾아보기 힘든 접근방식이나 소재를 강점으로 하는 작품들을 우선적으로 영미권 시장에 소개한다면 단기적으로도 소기의 성과를 거둘 수 있지 않을까 감히 기대해봅니다. 아울러 이러한 사례들이 향후 글로벌 시장 진출을 염두에 두는 작가들이 참고할 만한 유용한 가이드라인이라고 생각합니다.

박상준(POSTECH) 네 고맙습니다. 긴 시간 동안 수고하셨습니다. 네 시간이 있어도 부족했을 것 같은데, 아쉽지만 이만 마치겠습니다. 선생님들 이야기해 주신 것을 간략하게 정리하자면, SF에 대한 잠재적인 향유자들을 끌어 모을 수 있는 방법은 무엇인가, SF 장르의 외연을 확장하려는 노력 또는 대상 면에서 국제화까지 포함해서 시장을 넓히려는 노력, 그런 것들이 필요하다고 말을 할 수 있을 것 같습니다. 물론, 그렇다고해서 지금까지 해왔던 것을 싹 판을 바꿔서 새로운 것을 만들자 이건 당연히 아니고요. 선생님들께서야 해 오신 일들을 계속 해 가실 텐데, 그연장선상에서 또는 그 옆가지를 뻗어 가면서, 새로운 분들하고 새로운사람들과 네트워크를 만들어서 전체 그룹을 키우고 그럴 때, 한국 SF의발전도 한국 창작 SF 문화의 발전도 기약할 수 있겠다고 정리하면 될 것같아요. 두 시간 동안 귀한 말씀들 해 주셔서 감사드립니다. 여기서 마치겠습니다.

고장원

예나 지금이나 국내 SF의 확산과 보급에 관심이 많다. 평론을 주로 하되 가끔 창작
도 한다. 최근 가장 역점을 두고 있는 것은 약 20권 가량으로 구성 예정인『SF가이
드 총서』로, 현재 7권까지 나왔으며 이 분야의 관심 있는 소수자들만을 위한 POD
방식 출간이라 부크크 서점에서만 구입할 수 있다. 보다 대중적인 저서로 과학과
SF의 연계성 속에서 현재와 미래를 조망하는 교양서를 펴낼 계획인데, 이것은 추
수밭 출판사와 계약을 마쳤으며 2017년 상반기 출간 예정이다.

김보영

주로 SF를 쓴다. 2004년「촉각의 경험」으로 제1회 과학기술 창작문예 중편부문
수상,『7인의 집행관』으로 제1회 SF어워드 장편부문 대상,「세상에서 가장 빠른
사람」으로 제2회 SF어워드 단편부문 우수상을 수상했다. 영화〈설국열차〉시나리
오의 과학자문을 하기도 했다. 작품 및 작품집으로『멀리 가는 이야기』,『진화신
화』,『7인의 집행관』,『당신을 기다리고 있어』,『이웃집 슈퍼히어로』등이 있다.

김봉석

대중문화평론가, 영화평론가.『시네필』,『씨네21』,『한겨레』기자를 거쳐 컬처매
거진『브뤼트』와 만화리뷰웹진『에이코믹스』의 편집장을 지냈다.『나의 대중문화
표류기』,『내 안의 음란마귀』,『하드보일드는 나의 힘』,『탐정사전』,『좀비사전』
등 영화, 장르소설, 만화, 대중문화, 일본문화 등에 대한 책을 썼다.『전방위 글쓰
기』와『영화리뷰쓰기』,『웹소설 작가를 위한 장르 가이드 : 미스터리』등을 출간하
며 글쓰기 강좌를 진행했고, 영화사 기획 PD와 출판 기획자로도 일했다.

김창규

작가 및 번역가.「별상」으로 2005년 과학기술창작문예 단편부문 수상,「업데이

트」로 제1회 SF어워드 단편 대상, 「뇌수」로 제2회 SF어워드 단편 우수상을 수상했다. 작품집 『독재자』, 『원더랜드』, 『백만 광년의 고독』 등에 참여했고, 『뉴로맨서』, 『유리감옥』, 『블라인드사이트』 등을 번역했다. SF 및 판타지 창작 강의도 진행하고 있다.

박상준

서울SF아카이브 대표. SF전문출판 '오멜라스'의 대표와 장르문학 전문지 『판타스틱』의 편집장을 지냈다. 1991년부터 SF및 교양과학 전문 기획번역가, 칼럼니스트로 활동해왔다. 『화씨451』(옮김), 『로빈슨 크루소 따라잡기』(공저) 등 낸 책이 30여 권 있다. 한양대 지구해양과학과를 졸업하고 서울대 대학원 비교문학과를 수료했다.

박상준

서울대 국문과에서 공부했다. 현재 포스텍 인문사회학부 교수로서 이공계 학생들에게 문학과 인문학을 가르친다. 아태이론물리센터 과학문화위원으로서 한국 창작 SF를 발전시키는 데 일조하고 있다. 대중 교양서로 『에세이 인문학』, 『꿈꾸는 리더의 인문학』을, 문학평론집으로 『문학의 숲, 그 경계의 바리에떼』와 『소설의 숲에서 문학을 생각하다』를, 연구서로 『형성기 한국 근대소설 텍스트의 시학』, 『통념과 이론』 등을 썼다.

박성환

제1회 과학기술창작문예 공모전에 단편 「레디메이드 보살」이 당선되었고, 공동 단편집 『백만 광년의 고독』, 『잃어버린 개념을 찾아서』에 표제작을 수록했다. 『과학 동아』, 『크로스로드』 등에 SF 단편을 게재하고 있다.

백상준

서울 출생. SF소설가. 2008년 크로스로드에 단편 「우주복」을 게재하며 활동을 시작했다.

복도훈

1973년생. 문학평론가. 평론집으로 『눈먼 자의 초상』(문학동네, 2010)과 『묵시록의 네 기사』(자음과모음, 2012)가 있다. 현재 국내외 과학소설에 대한 평론집을 준비 중이다.

서진

1975년 부산 출생. 2007년 한겨레 문학상 『웰컴 투 더 언더그라운드』 수상. 『하트 브레이크 호텔』, 『아토믹스, 지구를 지키는 소년』 등.

원종우

과학과 사람들 대표, 과학 커뮤니케이터. 런던 칼리지 오브 뮤직 앤 미디어를 졸업 했다. 아시아태평양이론물리센터 '과학과 예술의 소통' 워크샵 강연(2012), 과학 전문 팟캐스트 '과학하고 앉아있네' 제작, 진행(2012~), 대전 아티언스 프로젝트 개막 공연 제작 및 연출(2014)을 했으며, 국가과학기술연구회 자문위원(2016)이 다. 『태양계 연대기』, 『파토의 호모 사이언티피쿠스』, 『과학하고 앉아있네』 1~5 등을 썼다.

이강영

로빈특공대와 마징가Z, 해저 20만 리와 우주전쟁부터 시작해서, 공기처럼 SF를 호흡하고 자라 예정된 것처럼 물리학자가 되었다. 입자물리학 이론을 전공해서, 힉스 보존, CP 대칭성 깨짐, 암흑물질 등을 주로 연구한다. 현재 경상대학교 물리 교육과 교수며, 저서로 『LHC 현대물리학의 최전선』, 『보이지 않는 세계』, 『불멸의 원자』, 역서로 『천국의 문을 두드리며』 등이 있다. 막상 과학자가 되고 나니 SF를 보면 리얼리티가 부족하다고 느껴져서 고민 중이다.

이지용

단국대학교 부설 한국문화기술연구소 연구교수. 「한국 대체역사소설의 서사 양상 연구」로 석사학위를 받고, 「한국 SF의 스토리텔링 연구」로 박사학위를 받았다. 한국 SF 텍스트들이 가지고 있는 가치의 재고를 위해 실증적 연구를 진행 중에 있으며, 그 결과물 중 일부를 '한국 SF 연대기'라는 테마를 가지고 웹에 연재 중이다.

임태운

다양한 장르의 SF소설을 쓰고 있다. 칼로리가 높되 혀를 만족시키는 부대찌개 같은 글을 쓰고 싶어 한다. 장편소설 『이터널마일』, 『마법사가 곤란하다』를 펴냈으며 공동 단편집으로 『앱솔루트 바디』, 『커피잔을 들고 재채기』, 『오늘의 장르문학』 등이 있다.

전홍식

취미는 독서, 취미 이외에도 독서. 특히 SF, 판타지 책을 좋아하여 SF&판타지 도서관을 만들어 관장으로 활동 중이다. 저서로『한국 게임의 역사』,『웹소설 작가를 위한 SF 가이드』,『판타지 가이드』등이 있다.

SF&판타지 도서관은 SF, 판타지 장르의 전문 도서관으로 18,000여 권의 도서와 1,000여 점의 영상 자료를 보유하고 있다. 2009년 개관하여 현재 서울 서대문구 연희동에서 운영하고 있다(홈페이지 : www.sflib.com, 연락처 : 070-8102-5010).

정보라

연세대학교를 졸업하고 예일대학교에서 러시아 지역학 석사, 인디애나 대학교 러시아 문학 박사를 취득했다. 대학에서 러시아와 SF에 대해 강의하고 있다. SF를 쓰기도 하고 번역하기도 한다.

정재승

1972년 서울 출생. 경기과학고를 조기 졸업하고, 한국과학기술원(KAIST)에서 물리학 전공으로 학부, 석사, 박사학위를 받았다. 미국 예일대 의대 신경정신과 연구원, 콜롬비아의대 정신과 조교수를 거쳐, 현재 KAIST 바이오및뇌공학과 교수로 일하고 있다. 뇌의 의사결정 과정을 물리학적인 관점에서 연구하고 정신 질환을 모델링하는 연구를 하고 있으며, 다보스포럼에서 '2009년 차세대 글로벌 리더'로 선정된 바 있다. 쓴 책으로『정재승의 과학콘서트』(2001),『크로스』1, 2(진중권 공저),『쿨하게 사과하라』등이 있다.

조성면

문학박사(인하대), 문학평론가. 평택대 대우교수, 인하대 강의교수 및 BK연구교수 역임. 현 수원문화재단 시민문화팀장. 저서로『대중문학과 정전에 대한 반역』,『경계를 넘고 간극을 메우며 : 장르문학과 문화비평』,『그래픽스토리텔링과 비주얼 내러티브』(번역서),『한국 근대 대중소설 비평론』,『한국문학 대중문학 문화콘텐츠』,『한비광, 김전일과 프로도를 만나다 : 장르문학과 문화비평』,『질주하는 역사, 철도』등이 있으며, 그 외 다수의 논문과 평론을 발표했다.